書中自有圓如玉

4 完

清棠 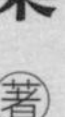

目錄

第三十一章

回到灼灼書屋，祝圓不忙幹活，先關上房門，鋪紙磨墨跟謝崢打報告。

「狗蛋，你娘身體不舒服，還不肯看太醫。」

正在與幕僚議事的謝崢皺了皺眉，快速將事情說完，讓人退了下去。

「妳進宮了？」

祝圓還以為他不在，正在燒方才寫的紙張呢，看到他回答，立馬奔回來。「是啊。」

她刷刷刷地將今天的事情說了遍，然後道：「她都好幾個月沒搭理我的生意，怎麼一生病就來找我麻煩？昨天你才說有鬼，今天就出了這事，裡頭肯定有問題。」

謝崢暗嘆了口氣。「她向來如此，不必放在心上。」

祝圓頓了頓，小心翼翼道：「你是說？」

「許是妳最近生意太紅火，遇上她身體不適，她便怪到我身上了吧。」謝崢自嘲道。

祝圓抿唇。這是謝崢第一次與她聊起母子之間的感情——身分未暴露前的那種不算。

「你是說，她真信了母子相剋那一套？」

許久，對面才緩緩寫了個「嗯」字。

「她以前身體不好都怪在你頭上？」祝圓不敢置信。

「嗯。」

「她難道都不找太醫的嗎？」

「數次太醫都查不到緣由，只會開些無傷大雅的清心養神方。」既然聊開了，謝崢便不再矯情。「但凡我過得不好，她的身體便會健康如常，幾次下來，她便深信不疑了。」

也是紙上交流方便，若是面對面，估計他永遠都不會與人討論這些話題……

祝圓都不知道怎麼安慰他了，她想到以前聽來的傳聞，謝崢身為皇子，挨打挨罵應當不至於，但是幾歲大的孩子，沒娘跟有娘，總歸是不一樣的。

再者宮裡下人慣常扒高踩低，也不知道他這麼心高氣傲的人受過什麼樣的苦。

她正想岔開話題，視線掃過剩下星星點點火光的炭盆，靈光一閃，想到昨日聊起的事。

「昨天你才說有鬼，今天就出了這事，是不是真有什麼問題？」

「嗯，有人搞鬼。」謝崢坦然。「我走之前挖了兩枚釘子，拷問之下，知道了些事情。」

祝圓問：「淑妃娘娘不是有在管理後宮嗎？在宮裡經營十幾年，難道不知道自己宮裡的人可能有問題？」

「昭純宮裡確實已經很乾淨了，我挖走的兩枚釘子，一個是茶水房嬤嬤，一個是管雜物的嬤嬤，兩個都跟了她十幾年，可見旁人經營之深。」是真怪不得她中招的。

竟然埋伏了這麼久，祝圓咋舌。「那你是怎麼把人弄出來的？」

弄走不容易，弄病弄殘還不簡單？不過這些便無須與她多說了。「這些妳不用管，應當還有個釘子，回頭等拔了就好了。」

只是，有些想法根深蒂固了，便不好拔除了。謝崢自嘲般想道。

「太難了，」祝圓感慨。「換了我，這種日子，我寧可不過。」

謝崢。「……」

祝圓又問：「那現在怎麼辦？繼續等？萬一你的人沒翻出釘子，我豈不是要遭殃？」

謝崢無奈。「據安清彙報的情況來看，暫時還未發現端倪。」

祝圓瞎指揮。「那就挨個查啊，將那宮裡所有人挨個查一遍。」

「都翻過了。」

「都翻不出來？這年頭的內奸都這麼厲害的嗎？」

謝崢無言。

祝圓摸了摸下巴。「這時候，就該出動一招了。」

「？」

「女人的第六感！」

謝崢瞇眼。「第六感何解？」

「第六感，簡稱預知能力！」祝圓信誓旦旦。「我覺得有個人挺值得懷疑的，你們重點查她！」

「……」

「反正你們都查不出來嘛，試試唄！」祝圓無賴道。

謝崢扶額。「說說看。」

「玉屏。我覺得她大有問題。」祝圓說完。「哎，你那邊傳訊太慢了，回頭我自個兒跟安清說去！」

謝崢。「……」

「主子。」安福敲門進來。

「何事？」謝崢頭也不抬，寫了句「妳安排，有事，回頭聊」便撂了筆，開始揉紙團。

「錢大虎幾人求見。」

謝崢皺眉。「所為何事？」

安福小聲道：「還有幾天就是中秋了，他們說，想見見孩子，若是能跟孩子一塊兒吃頓團圓飯就更好了。」

為了這事啊……

年初的時候，謝崢命人將盤踞枅寧多年的宗族大戶的兒孫們全擄了走，秘密送到別處州府養著，只讓他們每月按時交衣食住行費用和束脩。

各家孩子都在他手上呢，他的命令那些人自然不敢不從，只是每回見面都會小心試探，今兒爺爺垂危想見孫兒一命，明兒母親重病要兒孫床前盡孝……各種各樣的理由層出不窮。

謝崢分毫不讓，半點沒讓他們見人。

只是，每隔十天，會讓人送一批信件回來，全是他們自家兒孫親筆撰寫的書信畫稿。那五、六歲歪歪扭扭的字跡不好認，不過九歲十歲往上的，還是可以看出寫了什麼。

信中除了彙報平安，還會講講他們日常的生活，比如這段日子學了什麼、吃了什麼，除此之外，大多孩子都會在信中抱怨，比如，得自己洗衣服、得打掃屋子，偶爾還得自己去池塘釣魚加菜。

十數封信件皆是如此，各自表述不同，內容卻大致相同。

幾家一合計，自然信得透透的，知道自家孩子平安，他們好歹是鬆了口氣，暗中自然還是派人沿著這些線索去尋找，但明面上也恭恭敬敬，生怕孩子沒找著，惹惱了謝崢。

不管如何，這些人總算安分下來。

有了他們的配合，謝崢的發展計劃才開始慢慢步入正軌。故而，聽了安福的話，謝崢也不惱，隨手將紙團扔進火盆，他問道：「他們最近都聽話嗎？」

安福笑了。「聽話，聽話得很呢，若是不聽話，奴才豈會幫他們跑這一趟，連上月稅金都不需要催繳，自己乖乖去府衙交了呢。」

謝崢這才作罷，他想了想，道：「我記得吳家、劉家、張家的都有幾名，各挑一小的送回來。」這幾家比較配合。

「……是。」安福腆著臉。「那錢家？」

謝崢冷冷掃他一眼。

安福立馬縮了縮脖子。「主子您別多想，這不是那錢大虎太會折騰，天天追著奴才叨叨，奴才實在撐不住嘛……」可不是他收受了什麼賄銀。

他又不是不知道自家主子的性子，哪裡敢喲~~

謝崢神色這才緩和下來，問：「查清楚錢家手裡有什麼了嗎？」

「還不確定，不過，猜測是……」安福嘿嘿一聲，伸出拇指食指搓了搓，道：「有這個。」

謝崢凜然。「銀礦？」

若是真有銀礦……被祝圓那小財迷得知，怕是又要嚷嚷著見面分一半了吧？

遠在京城的祝圓打了個噴嚏。

誰？哪個兔崽子罵她？

謝崢此人，心高氣傲，做不來阿諛奉承之事；但他聰明，知道做什麼事情，是承嘉帝喜歡的，做什麼樣的事情，是對百姓有益的。

百官的看法，反倒不甚重要。

基於承嘉帝還正值壯年，他甚至不需要、也不能討好百官。

此時他若是得了百官擁護，第一個不饒他的，便是承嘉帝。

這一點，他比任何人都看得清楚。

說到底，除非篡位，否則，他要坐上那位置，只需要討好一個人——承嘉帝。

而承嘉帝看重什麼？

大衍。

身為帝王，承嘉帝最為看重的，就是大衍的國運、大衍的民心。謝崢正是抓住這一點，南下修堤治水、整改稅務、翻起鹽案、揪出兵部積弊……

種種件件，哪樁不是得罪官員的事情？

攤丁入畝及稅鹽案件下來，他已經得罪了幾乎半個朝廷的文官。朝廷勢力錯綜複雜，誰沒個不爭氣的親友後輩呢，被謝崢這麼一折騰，多少家族被拉了下來，盤根錯節的朝廷關係都被謝崢搗得亂七八糟，他們恨謝崢也是正常。

而相對應的，承嘉帝對他確實多了幾分上輩子沒有的親暱和寬容，但凡不是太過出格的事情，幾乎都應了他。

可聊齋的建立、書紙降價，以及《大衍月刊》的現世，卻又讓謝崢在文人中的名聲陡然上升。早在祝圓與他提起這些的時候，他就已預料到會有一些影響，卻萬萬想不到效果如此巨大——

《大衍月刊》的刊印，尤其是科舉欄目的開通，讓更多舉子得到科舉資訊。

書紙的降價、印刷術的改良，讓許多平民學子看到了更多的好書、得到更好的學習。

光這一年，京城便多了不少的啟蒙私塾，各種因為書價下降丟了抄書這份收入的書生跑去當先生。

種種舉措，讓朝廷文官——尤其是平民出身、靠科舉考出來的文官，一改原來的中立觀望姿態，紛紛對謝崢讚不絕口。

謝崢手上事多，也少與其他官員走動，加上那段日子被祝圓之事攪得心煩意亂，一開始還未曾發現，等到他想起承嘉帝好長時間沒有召見他時，他才驚覺不對。

普通官員功高尚且震主，他身為皇子，豈能美名蓋過承嘉帝？

恰好與秦又聯合籌謀之事已準備得差不多，加上與祝圓的親事塵埃落定，他索性便向承嘉帝提出要下去縣城歷練——離開京城，避避風頭。

嗯，臨走之前再扔出個兵營坐吃空餉之事，將朝廷百官與承嘉帝的注意力轉移到另一邊去，然後他才拍拍屁股走人。

再者，遠離了京城，他才能放開手腳。

所以說到底，他並沒有祝圓想像的那麼……體恤民心。他下縣城，說是為了學習，實則，不過是權衡利弊之下的選擇。

若是能有別的收穫，自然是最好的。

而今，在這偏遠的栒寧縣，竟然藏有銀礦？這簡直是……天助他也！

謝崢當即讓安福加派人手去查，務必要查個清楚明白。

祝圓與謝崢說完話後，轉頭果真去找安清，煞有介事地跟他說：「我也去了幾回昭純宮了，我發現有一個人似乎有點問題。恰好殿下給我寫了信，說昭純宮裡還有內奸，回頭你去查查這人。」

這一年來，祝圓已經「收到」了謝崢好幾回信件，安清以為自家主子神通廣大，京裡的勢力除了他手上這一支，還有其他。

故而他半點也不懷疑，只小心問了句。「敢問姑娘，此人是？」

「玉屏。」祝圓信誓旦旦。「就是娘娘身邊的大宮女之一，你去查查，玉屏這人肯定有問題。」

好幾次了，這丫鬟每回都出來當好人，好話都是她說盡，看著可綠茶了。

安清應了，主子吩咐了，他們幹活就是。雖說玉屏已經查過了，但，保不齊呢？反正他們現在也沒查出誰有嫌疑，再接著扒就是了。

說完正事，祝圓開始八卦了。「最近朝堂裡有什麼事嗎？」

安清撓頭。「若說大事……兵部改革應該算一則吧。」

「兵部改革？」宅在深閨的祝圓驚了。「改了什麼？」

安清也詫異了。「朝中這兩個月都在議論此事，姑娘竟是不知道嗎？」

祝圓。「……」

她該知道嗎？她從何得知這種朝堂大事？

安清自覺失言，忙不迭給自己掌了嘴，然後仔細給她講了最近兩個月朝廷最為關注的事——兵部整改。

準確的說，是兵營整改。這事，得從兩年前謝崢被扔進京郊的封圻大營說起。

謝崢是跟著一群新兵蛋子進去的，一進去就是從小兵開始操練。因他性格好強，操練起來半分不手軟，加上識字，他很快便得以晉升成為小隊長。

然後他便發現了，自己的隊伍名下，人員不齊。

他自然要去找上頭問問，結果上頭不耐煩，扔了句「這是規矩，讓那些名字占著名額就行」，便把他打發了。

謝崢心裡存疑，便留了心眼，因此更發現每一隊都有這樣占著名額、卻從不見人影的幽靈兵丁。

謝崢上輩子一直在朝堂上汲汲營營，即便自家二舅舅就是武將出身，他上輩子被淑妃壓制，導致對秦家也沒有過多好感和聯繫，加上二舅一直外派，他便始終沒有涉足兵營之事，所以從不知道，兵營裡頭竟然還有這種規矩。

這些幽靈兵丁都領著朝廷軍餉，既然只是人頭，那軍餉最後是落在誰口袋裡，自然不言而喻。

一支三十人的隊伍，便有三到五名的幽靈兵丁；一個百人大隊，實際上便少了十名至十五名的兵丁；若是千人呢？

這還是在天子腳下，是承嘉帝的親兵營。那別處呢？各州府駐軍、邊境兵營，會是何種情況？

謝崢越想越心驚，當時便修書給蘆州的秦又，詢問他這種情況可是常態。

秦又答覆：然，且更甚。

然後兩人來來往往地商討了起來，最後以秦又的名義上了暗摺，承嘉帝看到摺子，自然要查探一番。

就這樣，兩個月前便開始大刀闊斧地整改了……

實際怎麼改，安清也說不清楚，祝圓對這些也不感興趣，簡單了解情況，確定與祝家、謝崢都無太大關係，便讓他下去忙活了。

接下來就是等消息了。

淑妃似乎真的身體不適，自從那天動了怒後，便再無動靜。祝圓心驚膽戰地等了好幾天，也沒等到淑妃派來的人，索性丟開不管，開始去忙活自己那已開學的萌芽幼學。

畢竟，這個世界，只有她念過九年義務教育、三年高中、四年大學，足足十六年的受教育經驗，自己教人或許不行，對這些請回來的女夫子們指手畫腳一番，還是可以的。

結合古今情況，她給萌芽幼學制定了五門基礎課程、三門進階課程，以及三門終極課程。

基礎課程包括文學、算學、書法、禮儀、體育；進階課程包括歷史、民生百科、琴棋書畫三大類；終極課程是女紅、經濟、管理。

萌芽幼學的學制，她直接給定了五年。六歲至八歲入學，五年後才能得到畢業證書，若是有那家裡經濟不寬裕的，也可以提前退學，只是沒有畢業證書而已。

當然，這些只是初步計劃，實際上比如歷史、民生百科、經濟、管理這四門課，她至今還沒找到合適的夫子人選，她或許得自己培養了。

好在第一年只有基礎課程開課，她發散群眾打廣告，找張靜姝、明德書院的山長夫人、秦老夫人等幫忙，還真找到了幾個合適的夫子人選。

都是年輕的媳婦子，最年輕的二十一，年紀最大的不過二十八。

文學課上的內容有傳世經典的千字文、聲律啟蒙等，書法亦然，倒是無須她操心。

體育課也較為簡單，早在幾個月前，她就讓匠人仿照現代的各種運動設施，做了滑梯、攀岩牆、平衡木……還有一座小小的籃球場，她親自再給諸位女先生演示了各種運動方式，便丟給她們去琢磨了。

同時，入學的小孩子還會一人發兩套校服，學生進校門的第一件事就是要去更衣室換上自己的校服——當然，萌芽幼學的校服也是仿照現代的運動服所設計，輕便簡單。

最後一門算學，祝圓打算暫且教算盤，這年頭的婦人都得管帳，算盤大多會一點，找個最精通的娘子隔一天給學生上一個時辰，也夠了。

但是，她打算自己再整理一個數學教材出來，這樣孩子們學會了之後，將來不管是管帳、開店還是學經濟都用得上。

不過問題在於，阿拉伯數字在這個世界還未出現，她能不能拿出來用？

她正對著算學課文咬筆頭呢，就看到熟悉的墨字快速浮現——

「圓圓，立馬讓人送一筆錢到塢州，按照我給妳的單子採買東西送過來。」

向來渾厚的墨字今日帶了幾分難得的潦草，祝圓嚇了一跳，忙問：「發生什麼事了？」

雖說謝崢搜光了鋪子銀錢離開，可他離開後至今從未提過要錢啊，怎麼今兒突然要錢要東西了？上回要東西，還是因為水土不服呢。

謝崢沈默片刻，提筆道：「毋寧地動。」

地動？

地震?!反應過來後，祝圓倒抽了口涼氣。
「你沒事吧？有沒有受傷？」
謝崢那邊似乎忙亂得很，半晌才回道：「無事。」
無事？那是受傷了，不嚴重？還是沒有受傷？祝圓急死了。「那是——」
「採買的時候先緊著傷藥、糧食，」謝崢卻已轉移話題，開始給她列清單。「要多些——」剛寫完，立刻覺出不妥，忙改口道：「不，妳別買了，直接讓人將銀錢送到塢州，我再派人去採買。」
朝廷加急奏報尚且未到，她不能知道消息。
「好！」祝圓知道茲事體大。「要不要多派點人過去幫忙？」
「不，萬勿輕舉妄動。我待會會寫奏摺加急送往京城，朝廷會派人過來，妳萬萬不可暴露自身。」
祝圓咬唇。「好，那我立馬去籌錢。」
「嗯。」謝崢想到祝圓的財迷屬性，補充道：「別擔心，這筆銀錢我將來會補回去。」
祝圓不敢置信。「人命關天！鋪子就在那兒，錢以後隨時能掙，這種時候誰在乎銀錢了？」難道這廝就是這樣看她的？她有些憤怒。「這時多出一份力，說不定就能多救一個人，現下我若是連這些錢都捨不得出，還能稱之為人嗎？」
若不是不能洩漏他倆的特殊情況，她恨不得立即讓人採買東西送過去。
謝崢有些怔住，今日那觸目驚心的災難場景浮現眼前，斷壁殘垣，哀鴻遍野。

他手指顫了顫，人命……嗎？

祝圓說了一大堆，想起正是爭分奪秒的時候，忙再次落筆。「晚點我去聊齋找找，看看有沒有地動相關的處理方法。」

謝崢回神。「嗯，這個不急，我曾翻閱過相關書冊，還記得幾分。」上輩子他畢竟參與過朝廷政事，盛名之時，還曾翻閱過大衍舊年的紀事記錄。大衍幅員遼闊，水災、地動時有發生，他當時不過是順手翻看，倒沒想到今日能用上。

「那行，那我先去處理銀錢的事情。」

「好。」

兩人便停下說話，各自忙活。

謝崢迅速寫完奏摺，裝入信袋，封上火漆交給親衛。「走我們自己的信點，最快速度送往京城。」

「是！」已經拉著馬兒等在那裡的親衛恭敬地接過奏摺，小心用油紙包好，塞入懷裡，朝謝崢拱了拱手，立刻翻身上馬，疾馳而去。

謝崢目送他離開，暗嘆了口氣，開始琢磨栒寧這邊的事情。

錢大虎果真偷偷摸摸地在私挖銀礦，他的人還未找到地方，這場地動導致山體崩裂，礦脈裸露出來，銀礦之處才暴露。

然後他也才發現，不光錢大虎，栒寧的劉家、吳家、黃家等人皆有分一杯羹。

怪不得他們寧願冒著風險將各任縣令驅逐出去，否則若是被縣令發現，這銀礦鐵定得收歸國庫，他們就分不到什麼了。

如今光看枅寧縣城的房屋倒塌情況，便知這場地動規模有多大，死傷有多慘重，可細細回想，上輩子這個時候未曾聽說枅寧有地動，當時他正在戶部學習，確定戶部沒有撥賑災款給枅寧，甚至，也未曾聽說枅寧有申請減免秋稅。

也對，若是他守著這麼大的銀礦，區區稅收，隨便挖點銀子就能應付過去。至於死掉的人……有銀子，還怕招不來人嗎？

這幾家人打得一手好算盤，若不是他在這裡……或者說，若不是這些人家的兒孫都在他手上，說不定，這場地動，就是他喪命之時。

謝崢冷笑，這才是真真視人命如草芥，他謝崢自愧弗如——

「主子。」一身灰撲撲的安福跑過來，臉上手上還帶著些許擦傷痕跡。

謝崢回神，單手團起紙張扔火盆裡，問：「情況如何？」

此刻他正在城外曠野處，坐在安瑞臨時搬來的桌椅上寫著信箋——這傢伙還不知道從哪兒挖來個添了炭條的火盆，方便他燒掉私密紙墨。

他的護衛隊已經全數從山裡撤退出來，所幸前兩日下過雨，地動之時，他們已搬到了高處，也幸好他們所在的山地沒有崩塌，否則這場地動下來，他帶的這些人恐怕都逃不過……

不過即便如此，還是有幾名倒楣的被石頭砸中丟了性命，而其他人也多多少少帶了些傷，連他自己也被砸了半邊肩背。

他睡眠淺，稍有風吹草動便會醒來，地動初始，他不過愣了片刻便逃了出來，順手還把守夜的安瑞拽了出來。

這肩背的傷還是去揪顧著收拾東西的安福時挨的，好在傷的是左手，不妨礙書寫，就是惹得安福這老傢伙哭哭啼啼的。

他們居住的縣衙是新蓋的青磚房，饒是他反應迅速，牆倒房塌的，也死了好些奴僕。擔心餘震，安福幾人趕緊擁著謝崢挪出城外，又派人去尋找隱匿在山裡的護衛隊，讓他們全部撤出來。

再然後，謝崢便在城外空曠處弄了個臨時駐點，同時讓安福帶人進城裡查看震後情況。

灰頭土臉的安福喘了口氣，快速道：「城牆、房屋塌了大半。若是要進去救人，恐怕要費許多工夫，還得注意避開未倒的牆面，還有，」說到此，他似乎有些說不下去。「城西地陷了，城外的江水……」

謝崢頓生不祥預感。「如何？」

安福這老貨竟然哽咽了。「城外的江水變道，開始倒灌進城……」

謝崢悚然。城西是居民區，房子連甍接棟……

南邊氣候宜人，糧食產量極高，故而人口眾多，先前據幕僚們調查分析，栟寧雖窮，卻不是窮在人口，而是窮在橫徵暴斂。可栟寧上繳的稅，卻遠遠不至於到這種地步。

總歸還是政令不通，黑惡勢力橫行鄉里，說一萬道一千，這般禍事下來，死傷人數怕是……

親歷災難，謝崢兩輩子第一次覺得自己身上的擔子如此沈重。

「昌河。」他沈聲道。

跟在他身後的護衛忙應聲。「屬下在。」

「你立馬進去找振武，讓他集中精力救援西城，趕在水下來之前，能救多少是多少。」

那邊還有許多受傷不得出的老百姓，必須先救出來。

「是！」

護衛應喏，轉身飛奔離開。

謝崢轉頭看向安福。「你跑了一早上，先去歇會兒吧。」

安福苦著臉。「這般情況，哪裡歇得下去？」他瞅了眼謝崢身上同樣灰撲撲的衣服，問：「主子，咱們的東西都翻出來了，要奴才給您找身衣服換上嗎？」

謝崢沒好氣。「不必了。」他擰眉。「你若是閒得慌，去安瑞那兒幫忙。」

安瑞正領著人在附近砍樹弄擔架。

安福卻不肯。「方才是沒法子，這會兒該忙的都忙起來了，主子身邊怎麼能沒個伺候的。」

他身邊確實沒幾個人了，能派出去的都派出去了。謝崢嘆了口氣，不再多言，握筆，低頭開始寫給周邊州府的求援信，讓他們派人過來幫忙。

這便是隨他的意思了。安福鬆了口氣，麻溜湊過來給他磨墨。

承嘉十三年九月十一日，栒寧地動。山崩裂，江水易道，廟宇及居人廬舍崩壞殆盡，栒寧縣百姓十去六七，死傷無數。

朝堂震動，承嘉帝當即下令讓鄰近州府派人前往救援，同時勒令戶部撥款，讓人採買物資前往援助，幫助本地百姓度過難關。

戶部尚書當即跪了下來。「陛下，今年江南春汛、魯北夏旱，秋稅也尚未收繳入庫——」

「行了行了。」承嘉帝沒好氣。「別在這兒喊窮了，老三已經給你解決了這個問題了。」

「？」戶部尚書茫然抬頭。

承嘉帝甩了甩手上奏摺。「栒寧地動，震出了個銀礦。」

群臣譁然。

戶部尚書一改方才的苦瓜臉，喜笑顏開道：「哎喲，三殿下真是我朝福星。」這下好了，戶部不光不用出錢，還能收回一大筆！

眾人愕然，然後才反應過來，那失蹤近一年的三皇子謝崢，竟然是被派往這種偏僻縣城？

有那忍不住的偷偷去打量人群中的靖王、寧王，只見這兩人面色詭異得很。

也是，哪個皇子會自降身分下去地方當縣令，這便罷了，轉頭還遇到地動。

哎，該說這位三皇子殿下太過老實呢？還是說他太過倒楣呢？

朝廷裡暗流湧動，所有人的目光都聚焦枂寧之時，祝圓讓人搜刮的銀子已經抵達塢州。留在塢州的幕僚接手後，立即帶著人開始採買物資。

當此時，塢州之人也知道枂寧地動之事，學堂裡的孩子也都知道了自己家鄉遭遇禍事，年紀小些的便罷了，年紀大些的都自覺地帶著弟弟妹妹們，安靜焦灼地等著這些人的安排。

等到物資採買完畢，幕僚們便遵從謝崢的命令，將這群娃娃帶上，一塊兒趕往枂寧。

這場地動，誰也沒討著好，但錢、劉、吳、黃幾家能說得上話的人竟然都還留著，雖多多少少受傷了，總歸是保住了性命。

謝崢想到上輩子消息被捂得死死的，自然猜到了這一點，只是他沒空抽出人手整治他們罷了。

如今半個月過去，縣城及周邊村落能救的人也都救出來了，災後的清理和重建正在有序進行，這幾家人又開始搞鬼，試圖拉攏他進入銀礦守護隊。

「……您就算一輩子當官，又能掙得幾個錢呢？」錢大虎巧舌如簧。「枂寧地處偏僻，這事只要不捅出去，這礦山足夠我們幾家人富貴百年。」

此刻他們正聚在謝崢的臨時辦公室裡，簡陋的木屋有些昏暗，最近忙得沒空修理面容的謝崢頂著鬍茬，皺著眉峰，看著錢大虎吹噓。

錢大虎遊說了半天，終於落下結論。「喬大人，若是您加入我們，咱們讓您拿大頭！」他伸出胖乎乎的手指，忍痛比了個三。「我們商量過了，可以分您三成！您覺得意下如何？」

四家人，加上謝崢，一共五家，給謝崢三成，那真的是非常非常大方了。

謝崢單手支頷，道：「不如何。」

錢大虎幾人怔住。

「我若是要，便全要，為何要分給你們？」謝崢冷然道：「就憑你們，也配與我分？天下都是他謝家的，他為何要分給幾個賤民？

錢大虎等人。「……」

小小縣令，好大口氣！謝崢這話一出，錢大虎幾人立即翻臉。

「小子，不要敬酒不吃吃罰酒！」錢大虎冷笑。「看看外頭，全是我們的人，你今天要是不答應……哼哼！」

「哦？」謝崢睏倦地打了個哈欠。「說完了嗎？」

這態度……錢大虎差點氣死。「你不要太過——」

「主子。」安瑞鑽進來，笑咪咪地打斷了錢大虎的話。「孩子們都帶回來了。」

錢大虎等人。「……」

謝崢再次打了個哈欠，看著他們。「我倒是沒想到，財帛面前，你們連兒孫都不顧了。」他想到了，所以把人全部帶回來了。

屋裡幾人交換了個眼神，錢大虎站出來。「既然帶回來了，還不速速把人放了？」他獰笑。「若是你再不配合，這輩子就留在枂寧吧！」

「是嗎？」謝崢敲了敲桌子。「好了嗎？」

幾人愣住。問誰？什麼好了嗎？

站在門邊的安瑞笑道：「早就好了，就等您吩咐了。」

錢大虎等人想到什麼，臉色大變，姓吳的反應極快，當下便撲向謝崢。

「動手！」安瑞大喝一聲。

房梁、窗外、門口幾處同時撲出護衛，錢大虎幾人壓根來不及哼唧，便被摁倒在地。

謝崢懶洋洋地站起來，慢條斯理越過他們。「走吧。」

安瑞皺眉。「主子，不過幾個跳梁小丑，回頭再處理便是了，您身體要緊，先去歇會兒吧？」

「無事。」謝崢逕自往外走。「把人帶去縣城晃過了嗎？」

「去了。」

「墓區呢？」

「去了。」

「醫護營呢？」

「剛從那頭回來。」

謝崢滿意。「不錯。」

幾天前，謝崢便將臨時駐紮地遷移到此處。這裡距離縣城將近三里，位於江水上游，地勢開闊，既能防災後瘟疫，也能預防地震餘波。

畢竟是臨時駐地，除了集中管理的醫護營和臨時搭建的倉庫，只有謝崢能得一木房，剩下的所有百姓、侍衛，皆是幕天席地。

好在如今不過是九月中旬，枬寧這邊秋意未起，睡在戶外倒也不礙事。

謝崢早在遷移之初便做好了規劃，為防出事，他將男女分區，而他的木屋就立在中間。

此時，木屋外站了一群大大小小的孩子，他們的身後，是被護衛押著的幾家婦孺老弱。木屋兩邊，是被繩索捆著扔在地上的漢子們，再周邊，便是枬寧縣的老百姓們。

愛看熱鬧，是人之本性。雖然老百姓們剛經歷了災難，可縣令大人主動派人過來招呼他們看八卦，他們自是欣然過來。

故而謝崢出來時，還能聽到周圍老百姓們喧譁的討論聲。

謝崢頓了頓，逕自走到木屋前的空地上。護衛們隨後將五花大綁、並堵住嘴巴的錢大虎四人拽出來，扔在他面前。

看到這幾人，老百姓們更激動了——枬寧縣的四大老虎，誰人不識、誰人不知？

謝崢掃視一圈，抬起手，議論聲很快便停了下來。

謝崢眼底閃過滿意，開口道：「枬寧遭此大難，我身為縣令，災情發生的第一時間便開始援救災民、救治傷者，同時上表朝廷，尋求各方州府及朝廷的支援，在各方支援尚未抵達之始便自掏腰包採買各種藥物糧食……身為本縣縣令，我自問做得並無不到位之處。」

「沒有！」

「喬大人是好官啊！」

「喬大人是我們的再生父母啊！」

好多人甚至跪下來給謝崢磕頭。

謝崢再次抬手，喧譁聲再次消停下來。

謝崢接著開口。「截至昨日酉時末，此次地動，統計出來的死者共一千七百九十三人，傷者兩千二百四十六人。」

眾人怔然。他們知道這次災難死難者多，但未曾想到竟然有這麼多，有人當場便哭了出來。

謝崢看向那群小孩。「你們方才進城，看到了被淹掉的西城嗎？」

眾小孩看看地上幾位長輩，再看看周圍親人，遲疑地點點頭。

「看到磚牆、地上的血跡了嗎？」

眾小孩臉色有些發白地點頭。

「數了墓地上有多少墓碑嗎？」

不計其數。

「看了多少生死掙扎的傷者？」

很多很多。藥物今兒才跟著他們一塊從塢州過來，好多病人都是因傷痛呻吟哭嚎。年歲小些的孩子已經開始哭了，年歲大些的孩子也都紅了眼眶，周圍老百姓們更是哀淒。

謝崢接著看向地上四名土老虎。「在我殫精竭慮為柄寧百姓多求一分生機之時，這幾人，卻派人前來刺殺我。」

眾人震驚，下一瞬憤恨的目光便投向地上諸人。

奈何錢吳劉黃四家積威甚重，圍觀者眾，竟無一人敢揚聲指責。

地上四人也怒目瞪向謝崢，甚至嗚嗚掙扎著彷彿要衝過來一般，護衛直接一人一腳，踩住他們不讓其動彈。

謝崢沒理會他們，目光轉向那群震驚的婦孺，同時指了指邊上被捆著的眾多漢子，道：「這些人，你們應當比我熟悉，一個不漏，全是你們家的男丁及打手。」

謝崢接著看向那群孩子。「你們這幾個月，學了歷史、法政、時聞，先生可曾教過你們，什麼叫亂世重典？」

孩子們還有些懵，有那反應快的婦孺當即跪下來，哭著道：「求大人饒命！」

「喬大人，念在這大半年來我們為您做的事情，饒過他們吧！」

「喬大人饒命……嗚嗚！」

謝崢沒理他們，繼續道：「此處為臨時駐地，縣衙府兵不足五十，我帶來的護衛不足千人，因房屋倒塌、江水倒灌流離失所而聚集在此的縣民就有近萬人，每日尋釁滋事近百起，甚至偶有姦淫之事，亂象橫生，算不算亂世？錢吳劉黃四家，在此關頭欲要刺殺於我，是否要置此地萬民於不顧？」

不光婦孺們，連孩子們都全部跪下了，圍觀百姓們皆噤聲，敬畏地看著這名身著墨藍長袍的森冷縣令。

只聽男人低沈的嗓音緩緩道：「栦寧縣遭逢大難，錢吳劉黃四家不與百姓同進退，反為私欲試圖謀殺朝廷命官，論罪——當誅！」

謝崢在栩寧大發神威，昭純宮裡的淑妃卻仍然昏昏沈沈，腦袋持續脹痛，嚴重起來甚至胸悶欲嘔。

找來數名太醫皆看不出個所以然，為防萬一，甚至連淑妃居所都翻了個遍，也沒發現不妥之處。

淑妃心裡越發憤恨，待檢視的太醫一走，當即忍著頭疼坐起來，有氣無力道：「來人，讓祝圓立馬將琉璃之齋、南北貨鋪的帳冊及近幾月營收拿來。」

「娘娘！」玉容大驚。

玉屏面上也一副遲疑模樣。「娘娘，這般不好吧？」

「我說話不好——」

「娘娘！」玉露從外頭疾奔進來，草草福了福身，立即報導。「前邊傳來消息，三殿下此刻身在栩寧——」

淑妃垂眸，冷聲道：「與我何——」

玉露恍若未聞，一口氣說完。「半月前，栩寧地動，三殿下受傷了！」

淑妃怔住。

玉屏袖子下的手倏地捏緊。

「娘娘！」玉容卻眼睛一亮，急忙跪下。「殿下半月前便受傷了，您半月前就開始頭痛頭暈……這說明，你們並不相剋，你們是母子同心同運啊！」

淑妃怔怔然，半晌，她搖頭，自語般道：「不可能……怎麼可能呢……」

玉容哀聲。「娘娘，您萬不可再執迷不悟了。母憑子貴，子憑母貴，殿下與您是同氣連枝，殿下好，您才能真的好啊！」

淑妃捏了捏眉心。「現在呢？半月過去了，他現在如何了？」問的是玉露。

玉露小心道：「奴婢不知，聽說枬寧可遠了，即便殿下無事，估計也要十天半月後才能得知消息吧。」

淑妃靜默片刻，輕聲道：「嗯，知道了，下去吧，我躺會兒。」卻不再提讓祝圓進宮之事。

玉容微微鬆了口氣，忙不迭起身給她鋪床攏被。

玉屏貼心地給她放下床帳，擋住外頭明亮的光線。

淑妃輕吁了口氣，雖心底藏著事，可她終歸身體不適，躺下後很快就迷糊了過去。

安靜中，一名身影輕輕走入室內，在香爐上撥弄了片刻，看了眼掩得密密實實的床帳，輕輕的、淡定從容地端起屋裡茶杯，往外走。

「玉屏姊姊，妳在幹什麼？」

淑妃捏著一小截燎過的線香細細端詳，昭純宮裡安靜得嚇人。

慎刑司的太監離開後，淑妃便一直坐在那兒不說話了，玉容咬了咬唇，悄聲退出去。

半晌，她端來一碗冒著些許熱氣的茶碗，輕輕放在淑妃手邊。

「娘娘，這是剛沏的紅棗茶，您喝點暖暖身。」

淑妃最近頭痛畏寒，還不到十月，窩在宮裡都得蓋著毯子。方才之事後，她的臉色更是白得厲害。

淑妃回神，視線從茶碗挪到她臉上，細聲細氣問了句。「玉容，妳說，我還能信妳嗎？」

玉容怔住，立馬跪下。「娘娘，奴婢進宮便開始伺候您，一直對您忠心耿耿，若是有絲毫異心，天打雷劈不得好死！」

淑妃聲音有些顫抖。「玉屏也伺候了我十二年呢。」她喃喃。「我看著她從十二、三歲的小丫頭出落成二十多歲的大姑娘……還打算讓她出去跟祝丫頭轉幾圈，看能不能相中好人家，以後嫁出去，在外頭過安穩日子，也替我好好看看外頭，得空進宮陪我說說話……」

「娘娘……」玉容哭了。

淑妃眼眶紅了。「我對她比對自己親兒子還好……她怎能這樣對我？」

「娘娘，您別這樣。是玉屏不識抬舉，是玉屏的錯，與您無關……」

淑妃哽咽，玉容抱著她的腿哭得更是辛酸，偌大的宮殿裡只聽到兩人的哭聲。

過了許久，淑妃終於冷靜許多。

她開始回想。「這兩年我少了許多頭疼腦熱……前年底一個婆子磕破臉挪出去了，去年一個小丫頭生病……所以，我以為鐵桶似的昭純宮，其實不過是塊篩子？」

玉容抬袖擦了擦眼淚，啞聲道：「奴婢這就去查。」

淑妃盯著她，半晌，嘆氣。「咱們平日已經查得夠多了。」她自言自語般道：「如今連玉屏都被挖出去了……他什麼時候這般厲害了……」

「他」是誰，不言而喻。

謝峠還只是個正在背書的小屁孩，承嘉帝更不會插手這些事，除此之外，便只有一個長大了的謝崢。

想到自己與謝崢那複雜的關係和冷漠的相處，淑妃苦笑。「想不到我心心念念十幾年，竟然只是旁人的挑撥離間。」

如今再回想，一路過來，有多少人勸過她，她怎麼會魔障了般，半點都聽不進去呢？已逝的皇后、太后，秦老夫人、她的嫂子們……甚至玉容和嬤嬤幾個。

「為了這事，我還疏遠了幾個嬤嬤……」淑妃自嘲。「這皇宮吶，果真是吃人的地方。」當年她也是個天真無邪的小姑娘，什麼時候，竟變成這般模樣了……

玉容輕聲道：「都過去了。如今三殿下已然長大，日後他定會護著娘娘您的。娘娘，您萬不可再與他對著幹了。」

淑妃神色複雜。「我以為他會恨我……」

玉容連忙安撫她。「不會的，三殿下雖然看著冷，心裡還是想著您的，不然他怎麼會關注著昭純宮，怎麼會挖出那些個壞心思的傢伙？」

淑妃愣怔半天，幽幽道：「總歸還是遠了心，否則，怎會拐著彎弄走這些人？」而不與她親說？

玉容不敢吭聲了。

「……十幾年了……」淑妃茫然地望著外頭明媚的日頭。「他如何看我不說，我心裡總歸還是……」有些芥蒂。

她心裡對這兒子的不喜，已習慣成自然，一時半會兒如何改得過來？

「娘娘。」玉容輕聲寬慰她。「這些年三殿下都在皇子院落，您除了罰罰抄書，也沒做什麼，連祝三姑娘都是殿下使計讓妳挑上的，算不到妳頭上……他身邊的安福、安瑞，更是您親自去挑回來的人，他們至今仍忠心耿耿跟在殿下身邊，可見殿下並沒有與您離心。」

淑妃怔怔然。

「娘娘，只要您不再插手殿下之事，以殿下、三姑娘目前的態度，日後定然也不會多做什麼的。」

「是嗎……也是，這話妳彷彿已經說過許多回了，」淑妃自嘲般笑笑。「是我犯傻了。」

「娘娘。」

淑妃卻轉移話題了。「玉露是謝崢的人吧？」

玉容怔住。「玉露在宮裡也沒有別的——」

淑妃搖頭。「不是他的人，也與他有聯繫，否則，她怎麼會這麼巧盯上玉屏？」

「那、那……」玉容忐忑。

「留著吧。恰好玉屏出去了，妳看看，若是覺得她不錯，就提上來用著吧。」

這話裡意思……玉容大喜，忙不迭道：「好，奴婢回頭看看。」

「再仔細查查，看看宮裡還有誰家的探子。」淑妃沈下臉。「玉屏這般做，後頭肯定有人指使，讓慎刑司的人好好審，若是什麼都沒審出來，或者讓玉屏無緣無故丟了性命的，一個兩個全都給我下去陪葬！」

「是。」

淑妃瞇了瞇眼。「不過，我約莫也能猜到是誰動的手。」她冷笑一聲，捏起桌上的線香，冷冷道：「讓人研究一下這線香裡有什麼，回頭給昭寧宮的人混點進去。」

玉容不解。「萬一暴露了咱們的人……」

「傻瓜，咱們又不用挑時候發作。」淑妃輕聲細語。「從庫房那邊著手，把東西混進去，還不是簡單得很。」

她冷笑。「若不讓她們吃上幾年的苦頭，怎能消我這些年熬的心……」

冷笑之下，真與平日冷肅的謝崢極為相像……玉容看得一愣一愣的。

第三十二章

祝圓聽安清說完經過，長舒了口氣。「竟然還真是她啊……」

安清朝她豎起大拇指。「主子這條線的人當真是厲害，奴才自愧弗如！」

祝圓乾笑。「呵呵，確實啊。」

「那，這事奴才需要再寫信與主子說一聲嗎？」

「不用了不用了，我這邊會通知到位，你忙你的去吧！」

「誒。」安清笑咪咪。「那奴才先行告退了！」

祝圓擺手。她這會兒正忙著給莊子安排研究計劃呢，謝峥也不知道什麼時候有空能坐下寫會兒字……

反正只是小事，待他出現再跟他說一聲就好，祝圓接著埋頭書寫。

謝峥已經離開近一年了，這近一年裡，琉璃、玻璃的研發已經慢慢穩定了，莊子地方大，祝圓大手一揮，直接讓人成立了琉璃廠、玻璃廠。

前者專做琉璃飾品，招攬了許多首飾匠人，專攻質量和樣式。

後者則主要做玻璃製品，窗戶、玻璃茶具、花瓶……各種各樣，全做標準樣式，批量出產。

還有自行車、童車。畢竟是木輪，耗損大，祝圓讓匠人們專門針對輪子做了木漆的提升和加厚，讓人每日在水泥路上騎行繞城，三個多月都不見磨損。

由此，她才讓人單獨成立一個自行車廠，大量製作，銷量開始逐步上升，不光京城熱銷，甚至開始有外地商賈洽談批發合作，開始銷往各處。

另外還出了加牛皮的高級版，不過價格太高，並不好賣，只能賣給大戶人家的公子姑娘們耍耍。

光這三間工廠就折騰了好幾個月，莊子的管事們累得好幾個月沒休息，安清也成天莊子、京城兩地跑，又幫忙招人，又幫著開工廠，腿都快跑細了。祝圓不知道他領多少月俸，可憐他一個人挑大梁，賞了他好幾回，把他樂得見牙不見眼的。

倒是莊子周邊的村民們歡欣鼓舞——接連開了三個工廠呢，他們家裡的爹娘都被招進去了。

沒錯，祝圓特地要求了，這幾個廠的工人都得挑那些三十五歲至四十五之間，身體還強壯、能幹得動活的中年人；做飯打掃的婦人，也得是四十歲往上。

後者是防止出事，前者……則是因為，大衍再怎麼安定繁榮，也只是農業大國，農業才是根本，她不能將主力勞動人員弄出來幹活。

雖然她強制這樣規定，招人也是簡單得很——不說別的，家裡若是能有一個進去幹活，每個月就能多二兩銀子，不比種田來得好賺嗎？

不過半年時間，莊子周遭的幾個村落便闊綽了起來，連行商走卒都願意往那邊多轉轉。

言歸正傳，這日，祝圓終於碰到謝崢，當即將玉屏之事告訴他。

「……真是玉屏？」

「當然，我就說是她。」祝圓臭屁至極。「現在相信了吧，女人的第六感！妥！」

謝崢。「……」

神神叨叨。

不過，玉屏之事，倒是再次讓他往某個方向多想了幾分，再加上這些年來她種種新奇的點子……

不過，他自己就是重活一世，祝圓若有什麼奇遇，他也不感到奇怪，也不重要了……

眼前滑過枬寧縣的斷壁殘垣和屍山，謝崢再次暗忖，這些都不重要了。

對面的祝圓又在寫字了。「玉屏被抓了，那淑妃是不是就不會來折騰我了？」

「嗯。」玉屏跟在淑妃身邊多年，要挖她出來，昭純宮裡的線估計要消掉一、兩個了，不知道是哪條線——

「那就好。」祝圓鬆了口氣。「希望那位新上任的玉露姊姊好相處，玉容小姊姊也不錯，人美心善～～」

玉露？謝崢回憶了下。這丫頭，似乎是他的人啊……

他想了想，問道：「安清有說是誰揭發玉屏的嗎？」

「就是玉露小姊姊啊。」

謝崢怔住。

玉屏隱藏得如此之深，不管是以何種手段，要在短時間內找到證據揭發她，勢必得冒些風險，甚至做些異於平常之舉，這樣一來，暴露自己的可能性太大了。

雖然不知道安清他們是用何種法子保住玉露，但以淑妃的性子，玉露此人絕對不會得到重用，極有可能是明升暗調。

但祝圓卻說……玉露還被提拔為大宮女，近身伺候淑妃？

難道，淑妃是……故意的？

他這邊陷入沈思，祝圓在對面畫了半天圈圈都得不到反應，登時氣呼呼扔開紙，繼續搞她的方案去了。

接著謝崢也有屬下前來稟報事情，兩人便各自忙碌去了。

祝圓這邊自不必說，這段日子以來，玻璃、琉璃大受好評，廣銷五湖四海，莊子裡的廠房人手大大不夠，她得盯著那邊擴建廠房、招新人手之事。

她忙，謝崢那邊更忙，安置災民、救治傷員、搶救秋糧、維持治安，然後是災後重建。

殺了一批人後，栿寧縣的各項事務越發順暢，令行禁止，效率極高。

而且當各地州府馳援、朝廷賑災糧物先後抵達後，不知怎的，他這化名「喬治」的皇三子終於還是洩了身分，這下，原本還在打那座礦山的其他家族也全部歇火了。

隨著朝廷賑災糧物過來的，還有一支軍隊。軍隊抵達栿寧後，半分不停，在謝崢的人帶領下直奔礦山，第一時間將礦山圍起來，栿寧縣的老百姓們這才知道栿寧竟然有銀礦山！

有多少人扼腕，謝崢自然不知道。

他如此爽快地將礦山交出去，不過是因為……地動之時崩裂裸露而出的銀礦部分，他已經全部收了，轉到別處去熔煉成銀子。

來接手礦山之人早就料到這一點，看到那明顯新挖出來的坑洞，睜眼說瞎話般感慨道：「這地動著實厲害，石頭都崩落了不少啊……」

是個識相的。謝崢滿意不已。「確實厲害，否則栂寧縣也不會毀於一旦。」然後提醒道：「地動將此處礦洞震裂開後，我找人進去看過了，深度起碼有五、六丈。」

五、六丈！這位承嘉帝親信倒抽了口冷氣。「這要全是銀礦，那豈不是、豈不是……」少說有幾百萬兩？

謝崢點頭。「總歸是能讓戶部鬆快幾年。」

「嘿嘿。」這位大人摩拳擦掌。「那可得加緊時間了。」

「辛苦了。」

時光荏苒，忙碌的日子總是過得飛快。

承嘉十五年秋，時年十九的祝庭舟在剛結束的秋闈中過關，順利拿下舉人功名。同月，他迎娶了明德書院山長家大女兒，可謂是雙喜臨門。

再往前，祝玥也乖乖聽著王玉欣的安排，去年初嫁了出去。

如是，祝家年歲最大的姑娘，便是祝圓了。

當此時，已然十七歲的祝圓在徐嬤嬤這三年的調理下，也出落得亭亭玉立、風姿越盛。

謝崢三年在外，可其手裡鋪子生意全都交給了祝圓，而且在祝圓手裡越發壯大，不說謝崢外祖父秦家的來往和關照，淑妃、承嘉帝也是多有讚譽，尤其淑妃，隔三差五會找她進宮說說話。

榮寵之盛，絲毫不因謝崢缺席、親事懸而未定而受到半分影響。

這三年，祝圓經商斂財的能力也徹底讓眾人折服，看見她，不管老少，都會或恭敬或禮貌的喊上一句「三姑娘」。

祝圓暗爽在心，面上還是裝出矜持謙虛的模樣，省得被人說嘴。

今日天兒有些陰冷，比起前兩日的狂風大作總歸還是好多了，祝圓照例窩在灼灼書屋裡辦公。

剛走下，屁股還沒坐熱呢，便看到安清急匆匆跑過來，臉上帶著幾分焦急之色。

「姑娘！」

「怎麼了這麼匆忙？」祝圓隨口問了句。

安清腆著臉。「昨兒起風，王府那邊出了點問題，想煩勞您過去看看怎麼修補為好呢～～」

謝崢這王府，他走的時候，房屋等主體建築才剛剛落成，花木裝飾、亭台假山都還未佈置。

祝圓接過手來後，便跟他在紙上交流著慢慢安排下去，也不多，大部分都交給擅長的匠人，她主要盯著夫人正院、王爺正院、內外院書房的佈置，以及廚房、倉庫的整改。除此之外，她還給自己要住的正院、書房加鋪了地暖。

這三年來她與安清合作得頗為愉快，安清此人會來事，說話也不拐彎抹角，幹活麻溜，她對其印象好得很。

再者，王府整改的時候，她也去過幾回，權當去散心賞景，故而安清來找，她也未覺有異。

聽到出問題，她只猶豫了下便點頭。「反正今天沒什麼大事，走吧，去看看。」

「誒。」

灼灼書屋離謝崢的新王府有些距離，祝圓與張靜姝打了聲招呼後，便帶了穀雨上了馬車，嘚嘚嘚地前往新王府。

如往常般，馬車直入二門。

安清領著她慢慢往王爺正院走去，嘴裡不停叨叨。

「……也不知道咋回事，好端端的把這牆給吹倒了，過些日子殿下回來，若是看見了，奴才鐵定討不了好。」

他說的是王爺正院正房後頭的一面月洞牆。

祝圓也疑惑。「可是修建的時候偷工減料了？」

「哎，誰知道呢，姑娘待會看看怎麼辦，再補一道牆怕是要來不及了。」

謝崢已經傳了消息，臘月前會回來。祝圓理解地點點頭。「待會我看看，實在不行，就先栽點什麼別致的花木吧。」

「誒。」

一行人踏入正院，祝圓掃了眼乾淨漂亮的正院院子，跟著安清踏入正房門——

等等，乾淨漂亮？

不是說昨天颩風連月洞牆都吹倒了嗎？那這院子裡的花木怎麼彷彿好得很？不說折枝丫落葉，連樹冠都好好的，半點不像經歷了能吹倒牆的強風。

心念電轉，祝圓腳步一頓，察覺不妥，立馬轉身。

「姑娘？」跟在後面的穀雨不解。

安清也急了。「姑娘！」

祝圓沈下臉，快步往外。「走——」

一陣風起，纖細腰肢立即被鎖住，清冽的沉水香撲鼻而來。

在穀雨瞪大的眼睛裡，祝圓聽到低沈的嗓音從後腦勺方向傳來——

「妳要去哪？」

祝圓。「……」

不用想，是某個狗男人回來了。

當其時，穀雨和安清齊齊行禮。

「主子——」

「殿下——」

「出去守著。」低沈嗓音打斷他們。

「是！」

安清當下就低頭往外退，穀雨遲疑地看向祝圓。

祝圓羞怒。「不許出去！」說著便開始掙扎。

可惜腰上鐵臂紋絲不動，甚至還加大力氣把她往懷裡按，祝圓氣得臉都紅了。

穀雨連忙上前欲要拉她。

「安清。」低沈嗓音帶著不悅。

安清頭皮都炸了，立刻拽住穀雨往外走，低聲斥道：「走走走，主子的事是妳能插手的嗎？」

穀雨剛猶豫了下，便被拽了出去，下一瞬，嶄新的屋門被無聲無息掩上，還能聽到穀雨抗議的聲音。「放開我，姑娘還——」

聲音似乎被捂住了。

屋裡剩下窗格透進來的光線，與背後男人的呼吸聲。

祝圓臉熱，壓低聲音道：「還不放——啊——」

話音未落，身體陡然凌空。

男人竟直接將她抱起，轉身幾步，將她托放到茶几上。

祝圓嚇了一跳，抬腳踹他。「你作什——唔——」

清冽氣息襲來，所有聲音都被堵在唇齒間，鐵臂牢牢鎖著她的腰，寬厚的大掌托著她的後腦勺。

祝圓僵了僵，很快軟了下來，男人的舔舐卻越發兇狠，祝圓吃痛，踹他一腳。

「唔唔！」疼啊王八蛋！

男人低笑，終於放輕力道，含著她的唇舌溫柔吸吮舔吻。

祝圓睫毛輕顫，閉上眼，揪住他胸前衣襟。

曖昧的水聲在耳邊迴蕩，祝圓臉頰發燙、心臟狂跳。

淡定淡定！她兩輩子加起來都多少歲了，跟狗蛋也談情說、咳咳、訂親三年，親一下小意思——個屁啦！

祝圓差點喘不上氣，用力拽住男人衣襟，再次抬腳踹他。「你唔唔唔唔唔唔！」不要太過分了！

男人頓了頓，終於鬆開她。

祝圓拚命喘了兩口大氣，怒道：「你、你是不是想弄死我?!」

謝崢的指腹在她唇上流連輕撫，幽深黑眸緊盯著她，低聲笑道：「沒忍住。」

祝圓臉更熱了，拍開他的爪子，再踢他一腳。「讓開，我要下來。」

謝崢無奈。「小暴脾氣。」終於還是鬆開她，退後一步。

也就是一步，祝圓要是落地，肯定跟他面貼面。

狗男人……陰險！祝圓暗罵了句，跳下茶几，擦著他的衣服跑開。

謝崢剛伸手呢，這丫頭就呲溜一下跑遠了，他暗自可惜，只得點了點椅背，道：「過來，坐著說話。」

祝圓遠遠站在牆根下，拿懷疑的小眼神看著他。「真好好說話嗎？」

謝崢莞爾。「真的。」說完，他果真掀起衣襬，就近落坐。然後拿那雙與淑妃有幾分相像的狹長黑眸看著她。

「過來。」他道。

好吧。祝圓磨磨蹭蹭過去，打算坐在下首——

「這裡。」謝崢敲了敲茶几。

祝圓剛從那兒下來呢，聞言立馬怒瞪他。

「想什麼呢？」謝崢勾唇，指了指茶几另一邊。「坐這。」

祝圓有點尷尬，輕咳一聲，慢騰騰挪過去，與他並列而坐。

屋裡安靜了下來，祝圓左看右看，就是不看旁邊。「你不是說還要一段時間才能回京嗎？怎麼突然回來了？」

謝崢側頭看著她，道：「事情處理完了就回來，何來突然？」

祝圓不自在地動了動，嫌棄道：「天天跟我聊天，也不說一聲。」

謝崢看著她染著紅暈的桃腮，唇角勾起。「嗯，故意的。」

祝圓。「……」

謝崢輕笑。「不故意，怎麼騙妳過來？」

祝圓。「……」

扭頭，瞪瞪瞪。

謝崢卻移開了視線。「我待會就會離開，妳切勿向旁人洩漏今日之事。」

祝圓撇嘴。「我又不傻，跑去跟別人說我跟男人私相授受——等下，你的意思——你是偷跑回來的？」她震驚了。

「不是。」謝崢的視線再次回到她臉上，解釋道：「我是外派官員，回京述職，得先進宮述職或面聖，返京隊伍還未抵達章口，我先趕回來一趟，待會再去章口與他們會合。」

祝圓眨眨眼。

回來要述職要面聖，但他先跑回來，然後立刻又離開。那他，是特地回來見自己的嗎？想到這個可能，她的臉更紅了。

謝崢雙眸越發幽深。「圓圓。」

祝圓視線游移，含糊答道：「嗯？」

「我們該成親了……」

謝崢果真是匆匆而來匆匆而去，只待了不到兩刻鐘，便從王府後院悄悄離開。

祝圓頂著發麻的唇摸回灼灼書屋，半天都不敢出來，生怕被人發現自己的嘴巴腫了。

當然，她也有在幹活。

早在半月前，謝崢便告訴她，過年前他會回來——只是沒想到這傢伙竟然已經在路上……

她得抓緊時間了，各個鋪子、工廠的帳本得整理好，恰好又是年底，下年度的規劃方案剛在做，她得整理好一併交出去。

想到下個月就要將手裡事務交出去，尤其是她親手開創的《灼灼》和萌芽幼學，祝圓滿心的不捨。但沒辦法，兩者皆是依託聊齋才弄起來的，連辦公場所都是謝崢的，總得交回去。

她只能將各種事項和規劃列得清楚一些，好讓謝崢手下接手之人能善待她的心血，邊整理邊忍不住在心裡怒罵謝崢——玩什麼驚喜！現在好了，她還沒整理完這些東西呢！

男人就是討厭！回來還不忘把她當初賑災挪用銀兩的帳單拿走——她當時做了帳單，可沒想到安清那小子竟然早早就抄好了一份，趁著這會兒工夫交給了謝崢。

祝圓都能想像這廝是要幹麼了。

哼，栩寧銀礦，她就不信這廝沒有私吞，竟然還打算另外報帳……臉皮忒厚了！

沒錯，謝崢還真就是拿著帳單進宮面聖了。

承嘉十五年冬月十二日，化名喬治、調任栩寧縣令的皇三子謝崢回京述職。

栩寧縣經過一場天災後傷亡慘重，人丁銳減，所有人都以為這位皇子必定是灰溜溜地跑回來躲進皇宮，或者那已然修建好的王府裡。

不想，那謝崢卻規規矩矩地帶著稅賦丁冊前往吏部述職。

這邊他進城，吏部便已嚴陣以待。吏部尚書親自坐鎮，認認真真地將他提交的資料翻閱完，滿意地點點頭。

其餘人等好奇不已，等謝崢離開，立馬湊過來詢問。

吏部尚書擺擺手。「去去去，都不用幹活了嗎？」完了揣上東西，麻溜離開。

眾人面面相覷，有人小聲道：「這是要去『那位』面前吹噓一番？」

「哎，畢竟是龍子龍孫……」

聲音越發壓低。「也不怕吹過頭？就一個窮縣，還遇上天災……」

「那地方也夠倒楣的，他一去就天災——」

「呸呸，這種話你也敢說！」

「噓，散了散了！」

剛離開吏部的謝崢，此時正在御書房偏殿裡等著呢。

承嘉帝還在裡頭跟諸位大臣議事，與他前後腳過來的吏部尚書也在裡頭，看來是要提及他的部分了。

謝崢微哂。他自然不怕旁人議論，有成績，還是跟他們想像中相差甚遠的好成績，怎會無人議論？故而，他坐在偏殿裡是淡定得不得了。

太監們送來茶水後，他還順手拿了本承嘉帝留在這邊的書冊，閒適地翻閱起來。

待得承嘉帝身邊的德順來請，他才意猶未盡地將書遞過去。「回頭問問父皇，這書能不能借我。」

德順。「……」

謝崢站起來，理了理袖子，撿起手邊擺著的帳單，慢條斯理往正殿走去。

不到半刻鐘，就被承嘉帝轟了出來——

「滾！盡來討嫌！」

於是，謝崢回京的第一天，地方歷練失敗、慘遭承嘉帝厭棄的流言便傳遍了京城。

再於是，恰好今天去吃茶的張靜姝便帶著擔憂回來了。

「啊？」祝圓還在折騰那些鋪子帳冊呢，聞言茫然抬頭。「什麼失敗？」

「三殿下的歷練啊。」張靜姝不無擔憂。「若是遭了陛下厭棄，可怎麼辦？」

祝圓無語。「娘，他一個皇子，輪得到您操心嗎？」

張靜姝白了她一眼。「我這不是擔心妳嗎？若是他不得好，妳不是更難？」

「好好好，那您先去操心，我這裡忙著呢！」

「忙什麼？」張靜姝有些鬱鬱。「殿下都回來了，這些生意該交回去了，之後大夥也得散了吧。」

「我知道啊，這不是在整理嘛……」祝圓看她一眼，笑著安撫道：「別擔心，灼灼書屋跟萌芽幼學性質特殊，我們的女員工當然能繼續做下去。」就算不能做，短時間內要找到合適的人取代也不容易。

張靜姝眼睛一亮。「我也可以？」

「當然啊。」祝圓理所當然道，她可是謝狗蛋的岳母，誰敢炒？完了輪到祝圓自己沮喪。「我才是該滾蛋的人。」

祝盈還能跟著娘出來幹活，她這種管事的，估計就不行了。

張靜姝大手一揮。「沒事，妳回家等著出嫁就是了，這裡交給我們！」

祝圓。「……」

這是親娘嗎?!

另一頭，被承嘉帝轟出御書房的謝崢面不改色，施施然去了昭純宮。

拔高了許多也終於瘦了些的謝峍，看到他立馬興奮地跑過來。「哥你怎麼這麼慢？等你老半天了！」

謝崢拍拍他肩膀。「看來這幾年不是光顧著吃。」

謝峍皺了皺鼻子，沒搭理他的話，繞著他打轉。「東西呢？給我買的東西呢？」

謝崢慢步往前。「什麼東西？」

謝峍大驚失色。「你離京三年，不用給我們帶點禮嗎？」

謝崢想了想。「買了點書，回頭讓人給你抄一份。」

謝峍。「……」

說話間，兄弟倆已經走到正殿外，守在門口的玉露當即行禮，然後引著他往裡走，同時笑道：「娘娘已經在候著了。」

謝崢微怔，在昭純宮，無須通報便直接入內，兩輩子來，這還真是第一次。

屋裡燒著地龍，暖融融的，空氣中飄著淺淺的梅花香，身著妃色家常服的淑妃正倚在臥榻上發呆，聽到腳步聲慢慢坐起來。

「兒臣見過母妃。」

淑妃神色複雜地打量這越發陌生的兒子，暗嘆了口氣。「起吧。坐下說話。」

「謝母妃。」謝崢落坐。

謝峍看看左右，乖乖跟著坐下。

宮女送上茶水，謝崢端起茶盞慢條斯理地刮了刮，又聞了聞，才慢慢開始品。

淑妃抿了抿唇，也跟著喝茶。

兩母子就這麼各自低頭喝茶，謝峍看著他們倆，想說話又憋了回去──他已經不是當年那個小屁孩了，自家哥哥跟母妃的事，他還是別多嘴的好。

半晌，淑妃率先打破沈默，細聲細氣開口。「你這趟出去收穫如何，我也不問了，我只說一點……」

謝崢頓了頓，放下茶盞，嚴陣以待。

「《灼灼》的事情，不許你收回去，你得繼續讓圓丫頭負責。」

謝崢。「？？？」

走出昭純宮，謝崢依舊有點茫然。

謝峍跟在他後頭嚷嚷。「哥你不公平，怎麼母妃有東西我沒有？」

謝崢回神，隨口道：「那都是藥材補品，你要來作啥？」

「那也不能厚此薄彼！您身為哥哥，怎能忘記弟弟需要您的關愛？」

謝崢不理他，繼續前行。

謝峠屁顛屁顛地跟著他。「哥，要不這樣，既然你沒給我帶東西……為了不影響咱兄弟情誼，您給我折現吧。」

謝崢。「……」

這小子什麼時候變成這樣了？

他停下腳步，看向謝峠。「你缺錢？」

謝峠還帶著嬰兒肥的臉僵了下，然後老實點頭。「缺。」

謝崢瞇眼。「你的錢呢？」這小子打小月錢就攢著，不出宮花不出去，平日還有淑妃各種補貼，為何缺錢？

提起這個，謝峠當即垮下臉。「我的錢被母妃提走了。」

「……怎麼回事？」謝崢微微皺眉。

謝峠登時開始大吐苦水。「母妃也不知道聽了誰的讒言，拿我跟你比較，說你沒得她半點幫忙，自己掙起了一大份家產，然後就把我手裡的銀錢全拿走了。」他哭喪著臉。「我堂堂皇子，手裡就剩下一百兩，像話嗎？像話嗎?!」

謝崢。「……」

他輕咳一聲。「挺好的。」

謝峠震驚。「哥！你怎麼可以……你應該同情我，然後慷慨解囊，幫助貧困的弟弟我！」

謝崢不禁皺眉。「你最近在看什麼書？」這語氣，竟有幾分熟悉……

謝峍嘿嘿笑。「我正在追《灼灼》裡的《農女修仙傳》，哥，你一定要去看看！寫得可好玩了！」

謝崢。「……」

怪不得說話一股子祝圓的味。

「不了。」他轉移話題。「那你現在要錢作何用途？」

謝峍撓了撓頭。「暫時還沒想到。」

「那你想到再說。」謝崢轉身便走。

「誒！哥！」謝峍驚了，忙不迭追上去。「那我開鋪子，我拿來開鋪子！看在我這麼窮困潦倒的分上，支持一下啊……」

好不容易把謝峍弄走，謝崢回到自己的皇子院落，坐在久違的書桌前。

也不急著忙活，他提起筆，先問正在寫東西的祝圓——

「圓圓。」

「？」對面的祝圓回覆得很快。

謝崢斟酌了下，寫道：「妳跟母妃關係不錯？」

祝圓茫然。「啊？沒有啊，你聽誰說的？」她吐槽。「平均下來，我就一個月見她一回，哪來的關係不錯？」

謝崢。「……」

「看來是挺好的。」不說尋常人家，位分差一些的妃嬪們見家人都沒有這個頻率。

祝圓眨眨眼。「這就算好了？」

「嗯。」看來往後無須他多操心了。

祝圓微微鬆口氣，然後小心道：「其實你娘挺好說話的。」玉屏的事情過後，淑妃就不曾再說要接收她的生意了，除了說話輕輕慢慢、姿態比較高以外，其他都挺好的。

嗯，這些缺點，謝狗蛋自己還更嚴重呢。

謝崢自然不知道她在想什麼，見她說了這話，微哂，隨手寫了個「嗯」字。

祝圓察覺他不想多說，便也撂開不提。「帳冊什麼時候搬回去？還是就放在灼灼書屋這裡？」

「不急。」謝崢如是道。

「還有啊，之前說好了，灼灼書屋這幾家鋪子都是女員工，沒事你不能辭退，做人要守信用的！」

謝崢勾唇。「好。」

祝圓鬆了口氣。「還有發展規劃，我已經做好了，回頭你讓人照著安排下去，錯不了。」

「好。」

「哦對了，你的『琴棋書畫』也在灼灼書屋裡。」祝圓酸溜溜道。

「不是說，」謝崢慢條斯理寫道：「不要裁換裡頭的女員工嗎？」

祝圓哼道：「誰知道你呢，實話說，這四個丫頭是人才啊，配你有點虧。」

謝崢。「……」

權當這丫頭拈酸吃醋了。

祝圓又問了。「你不帶回去，回頭怎麼跟你娘交代？」

謝崢不以為意。「她不會找我談論這些。」

「隨便你。所以呢？接下來帳冊怎麼安排？」

「再說吧，辛苦妳了。」

祝圓一愣，心生不祥預感。

狗男人，該不會接下來還要丟給她處理吧？

她捋起袖子，準備跟這狗男人大肆理論一番，謝崢卻扔下一句「有事」，便不見了人影。

祝圓差點憋死，只好忿忿扔開紙，繼續忙活帳冊之事。

結果，等她將所有鋪子的東西整理好，謝崢還在忙，甚至比在枏寧時還忙，每天神出鬼沒，碰上了也不一定能聊天。

祝圓沒辦法，眼瞅著他回京都快半個月了，只能找來安清，讓他去問問情況。

安清詫異。「問什麼？」

祝圓比他還詫異。「帳冊都整理好了，你不問問你家主子什麼時候要拿回去嗎？還是你做主就好？」

「啊？」安清一臉茫然，片刻後才反應過來，小心翼翼問：「主子不是說，這些鋪子就交給姑娘了嗎？」

「……啊？」輪到祝圓傻眼了。「什麼時候說的？」她記得分明三年前，安清說的是「三殿下離京期間」、是「暫交」！

安清撓頭。「可殿下吩咐了，這些生意以後都交給姑娘您打理，奴才從旁協助……奴才以為姑娘知道呢。」

祝圓瞪大眼睛。「我怎麼不知道？他什麼時候說的？」

安清回憶了下，準確道：「十二天前。」

「……」

謝狗蛋才回來十四天！怪不得那傢伙說不急……合著在這等著她呢！所以，她辛辛苦苦整理資料做什麼？

祝圓的目光掃向邊上書架擺放得整整齊齊的帳冊文檔，差點氣吐血。

臭狗蛋，下回再見，她絕對、絕對不會放過他的！

謝崢正在忙什麼呢？

回來幾天，他除了自己父母，還去了秦家見秦老夫人及兩位舅舅，然後接著拜訪了幾位先生，每天都吃得一身酒氣回皇宮。

梳洗過後，還得整理這幾年的情報，看看有沒有什麼事情疏忽遺忘了。

剛見完一輪親友，他又被承嘉帝喊了過去——蓋因他呈遞了一份天災救治指南，涵蓋了洪災、地動、山泥傾洩、瘟疫等天災下，如何救治百姓、如何災後重建等要點。

承嘉帝看了覺得不錯，順手便交給吏部尚書供他參詳。

結果吏部尚書這種在州府打磨過的官吏一看，好東西啊！他立馬建議將這些內容整理整理，做成參考手冊，分發給各州府縣令，也可作為將來新官上任的必讀手冊。

承嘉帝當即把謝崢拎出來，扔給吏部尚書。

於是，剛回來沒幾天的謝崢又得開始天天去吏部報到，還得跟禮部商議溝通，籌備封王祭禮。

得，這下大家都知道，什麼被承嘉帝厭棄……誰造的謠？三皇子分明還是那位三皇子呢！

承嘉十五年臘月初八，三皇子謝崢被封肅王，正式搬出皇宮，入住肅王府。

按規矩，皇子開府，都會開幾場宴席賀一賀，誰知肅王卻大門一關，直接說等年後王妃進府了，再由王妃操辦。

眾人。「……」這是赤裸裸地催婚了吧？也是，肅王翻過年就二十一了，還沒成親，確實有點不像樣。

於是，所有人的注意力當即轉到承嘉帝身上。

欽天監當即將挑好的幾個日子呈遞上去，這下輪到承嘉帝無語了，隨手便挑了個最近的好日子。

於是，剛忙完萌芽幼學期末考試、正在做學期總結的祝圓便被緊急召回祝府接旨。

親事定在來年的二月二十，距離現在還不到三個月，張靜姝當下顧不得工作了，將手裡的東西交接出去，轉頭便回了祝府，除了要籌備過年之事，還要著手準備祝圓的嫁妝了。

說來，祝圓的嫁妝其實已經準備三、四年了。

早在蕪山縣時，因賺了些錢，張靜姝便開始給祝圓囤起珠寶首飾。待祝圓與謝崢訂親後，她更是直接放開了採買。

加上祝修齊正在章口上任，南北貨商、各色貨品一應俱全，北地的狐裘大氅，南邊的梨花木家具，東邊的衣料，西邊的藥材……還從璀璨之齋弄來好些琉璃飾品、琉璃擺件——直接借祝圓的手將花樣遞到琉璃廠，打出來的產品那真是獨一無二又便宜！

如此這般，三年下來，祝圓的嫁妝確實很可觀。

張靜姝趕回去也是要做最後的清點，還得開始準備祝圓的新衣——

當然，祝圓也沒逃開，今天聽張靜姝給她講夫妻相處之道，明天被拉去量身裁衣。

緊接著，年還沒到呢，宮裡的淑妃又送來兩名嬤嬤，指點她各種場合的不同規矩……

除此之外，還有徐嬤嬤開始加大力度做各種湯湯水水——天知道，她這三年喝了不少了，自覺皮膚好氣色好，月事都準得不得了了……

一連串下來，祝圓連待在灼灼書屋的時間都驟然減少，別說工作，每天能處理幾件事情就不錯了。

而那罪魁禍首卻忙得神龍見首不見尾。

祝圓心裡極為不滿，也不知道是不滿謝狗蛋回來後的各種不見人影，還是不滿自己被煩得頭大，抑或是婚前症候群發作……

於是，當謝崢終於閒下來找她說話時，她翻了個白眼，直接道：「本人已死，有事燒紙。」

謝崢。「……」

這是，鬧脾氣了？

謝崢只停頓了下，落筆訓斥道：「話不可亂說。」

祝圓沒好氣。「我沒說，我用寫的。」

謝崢。「……」

「誰惹妳了？」他無奈道。

祝圓自己都不知道呢。「有事說。」

謝崢從善如流，道：「不知三姑娘何日得空到王府一坐？」

「呸！」祝圓當即啐他。「沒空。」

狗男人，當她什麼，召之即來揮之即去嗎？必須沒空！

好了，謝崢知道是自己惹了她了。他莞爾。

「敢問姑娘，小生哪兒做得不對？」

他這般坦然，祝圓反倒不好意思矯情了，她輕咳一聲，有些心虛地道：「好啦，有什麼事？」

「後天我得出趟門，走前想見見妳。」

祝圓驚了。「還有十來天就過年了，你還出門？」

「不遠，去京郊的封地大營，屆時不好與妳聯繫。」

祝圓懂了，隨口問道：「去多久啊，還回來過年嗎？」

謝峥想了想。「應該能趕上回來過年。」前後加起來，他已經四年沒在宮裡過年了，今年剛封王，應當還是可以回來的。他想了下，補充道：「再不濟，成親前也會回來。」

誰問他這個了！「那你安心去吧，我會替你照顧銀子的。」

謝峥。「……」

「果真不過來？」

「不去。」

「那我讓人把東西送到祝府。」

祝圓眯眼。「什麼東西？」

謝峥不說。「屆時妳便知道了。」

祝圓覺得不妥。「不許大張旗鼓。」

「嗯。」

「不許送到我家，送灼灼這邊。」

謝峥停頓片刻。「好。」

祝圓見他爽快，反倒不放心了。「算了你這人鬼得很，我還是自己去拿吧。」

謝崢勾唇。

「在哪兒？怎麼見？」

「妳出門上車，會有人帶妳過來。」

言外之意，也會有人給她打掩護。

「……現在？」

「然。」

這是早有預謀了吧？祝圓想打人。「那你還問我何時有空?!」

謝崢淡定自若。「禮不可廢。」意思意思，總要問一問。

太壞了！祝圓氣死了。

謝崢心情好，又補了句。「我不好上門，只能煩勞妳出來了。」

祝圓呸他。「給姊姊等著，一會兒給你好好上上公民道德課！讓你知道什麼叫『禮』！」

謝崢輕笑出聲。

站在邊上的安福詫異地偷覷他。祝姑娘要過來，主子的心情這般好？

轉看祝圓那邊——

張靜姝不在，她在灼灼書屋就是最大的，留下一句「有事回頭再說」，她便領著穀雨出門去了，夏至則留在家中沒跟出來。

說起來夏至今年已二十三了，前年中的時候，玉蘭妝的管事求娶夏至——玉蘭妝的人馬可都是祝圓一手栽培起來的，從十來歲小夥子到現在二十來歲，年齡與夏至正相符，人也是夏至熟悉的，算是一起成長起來的祝家下人，也是會隨祝圓出嫁的陪房。

祝圓便去問夏至的意思了，夏至欣然應允，還道說這傻子等她好幾年了，是自己原來不放心小滿，才一直拖著呢。

祝圓雖有些詫異，不過自己侍女能找到自己喜歡的人，她還是很欣慰的。當即找張靜姝做主，給兩人辦了親事。

夏至成親後還是繼續在她身邊伺候，尤其是白日祝圓出門，她都會留在院子裡守著屋子，以防再被人鑽了空子。

言歸正傳，馬車溜溜達達，很快便來到肅王府。

祝圓下車時特地看了下馬車，原本掛在馬車上的「祝」字小牌已經不見，取而代之的，是肅王府的「肅」字牌。

祝圓暗嗤，回過身，朝領路的安福公公點了點頭。「好久不見，公公別來無恙？」這太監也瘦了啊，看來枂寧之行不輕鬆。

安福行禮，然後道：「託三姑娘的福，奴才好得很呢！」然後引她入內。「三姑娘，請。」

「煩勞公公了。」

這肅王府她已經來過多次，肅王居住的正院也晃過兩回，走去自然不需要旁人引路。

祝圓熟門熟路走向肅王正院，看到院門上掛著的「慎思堂」，忍不住噗哧一聲笑了。

「有何好笑之處？」低沈的嗓音從後邊傳來。

祝圓回頭。

一襲銀線雲紋蒼色長袍的男人裹著寒霜大步過來，幽深雙眸直直地看著她。

正是謝崢。

祝圓詫異。「你也剛回來？」

「嗯。」到了近前，看到裹得圓滾滾的祝圓，謝崢的神色柔和下來，牽起她的手。「剛在外書房議事。」

祝圓懂了，跟著他往裡走。「你要給我什麼東西啊？我不能待太久，待會就得回家了。」

「先說好啊，我不要大件的，不能讓我偷渡回去的東西，我都不要。」

「好。」

「嗯。」

待一高一矮、一黑一藕的身影步入屋裡，安福收回視線，朝跟著謝崢來的安瑞比了個大拇指，氣音道：「這位主兒，可真是……寵得很啊，連禮都不必行的。」

安瑞噓他。「主子的事，不要多嘴。」

「哎，我就這麼跟你說說，難不成還敢出去說嘴嗎？」安福嘿嘿笑著，拿手肘撞了撞他。「你說，這位主兒能得寵多久？」

安瑞白他一眼。「趕緊去備茶吧，廢話忒多！」

安福袖著手。「還有安平他們呢。」瞧，連穀雨都被那幾個小的攔下了，哪裡還用他操心。

「我看你是要飄了。」

安福當即收起笑容。「可不得，這一回京，蛇蟲鼠蟻又摸過來，我還得鎮住場子呢。」

「府裡的人都清過了嗎？」

安福不樂意了。「我這輩子就會幹這個，你這是要埋汰我做不好嗎？」

「我不是提醒你嘛……」

結果，謝崢大費周章把祝圓弄過去，只是給了她一堆銀票——枏寧賑災款的報帳。

氣得祝圓又踢了他幾腳，然後被壓在桌上狠狠欺負了一番，嚇得她抱起銀票箱子落荒而逃。

接著謝崢果真如他所說，轉天便進了封坮大營。

所有人都緊緊盯著他，想看他又打算搞什麼鬼——兩年前那場軍改，再往前的稅改，一個兩個的都有謝崢的影子。好不容易平靜兩年，這人又回來了，回來不到一個月，又進了封坮大營。

大夥都慌極了，連淑妃都擔心上了，趁承嘉帝過來用膳之時，拐彎抹角地問了兩句。

承嘉帝擺手。「哪有什麼深意，就是罰他進去吃兩個月苦頭。」

「……他做了什麼惹您生這麼大的氣？您與臣妾說說，回頭臣妾罰他去。」

承嘉帝沒好氣。「妳算了吧，妳除了罰抄書，還能做什麼？」頓了頓，打趣道：「還是妳想收了他的銀錢，讓他窮得四處討錢討禮去？」這說的是謝嶧。

淑妃啞然。「他都這麼大了，還開了府，人情往來都要錢，怎能跟嶧兒一般對付……總不能讓他跟圓丫頭要錢去吧？」

承嘉帝哼道：「不找他那媳婦兒，就來找朕了。」

淑妃詫異。「此話怎講？」

「這臭小子，三年前挪了錢給枬寧賑災，結果那帳單全都留著，回京城第一天就找朕，要朕給他報帳！」承嘉帝控訴道。

淑妃怔怔然。

所以……謝崢回來那天，承嘉帝才會將其踹出御書房？

承嘉帝猶自訴苦。「這小子掙的錢指不定比朕還多，竟然還有臉找朕報帳，妳說這像話嗎？」

淑妃。「……」

行了，看來謝崢壓根無須她操心。

於是，在祝圓繼續被折騰的日子裡，謝崢也真的在封坮大營待到年三十。

然後便是各種各樣的除夕宴、開年祭祀、朝拜大典、年宴、宗親宴……

偶爾兩人在紙上碰見，也只能草草聊上幾句，說說近況、問問情況，便又各自忙碌。

第三十三章

一晃便到了成親之日。

嫁妝已然在前一日送達肅王府，比靖王妃、寧王妃略薄兩分的嫁妝，不顯山不顯水，規矩得很，卻絲毫不薄。

雖然張靜姝這幾年跟著祝圓賺了許多，可要弄出這份不比靖王妃、寧王妃差的嫁妝，對祝家而言也是難。祝圓心知這裡頭肯定貼了母親許多的陪嫁，感動得差點將自己的存款掏出來——好險理智制止了她，否則，她真不知道怎麼跟母親解釋這些錢的由來。

題外話不多說，皇子婚姻與尋常人不同，謝崢迎了祝圓入府後，兩人便得去宮裡給承嘉帝、淑妃行禮，然後還得去太廟入冊。

天沒亮就起來梳妝打扮的祝圓穿著裡三層外三層的大禮服，跟著謝崢從祝府折騰到肅王府，再轉戰後宮、太廟……

別說什麼新嫁娘的緊張靦腆，這麼一圈下來，祝圓生生熱出一身汗，差點累到虛脫，半點緊張忐忑都想不起來了。

好不容易折騰完，謝崢還得出去外頭陪客，不需要待客的祝圓幸災樂禍地揮別他，轉身直接回新房去了。

沐浴更衣後，她二話不說，鑽進大紅色的鴛鴦戲水喜被裡便呼呼大睡。

伺候的穀雨、夏至、徐嬤嬤。「……」

祖宗誒，今天她成親啊，怎麼能直接睡過去了？

但祝圓是真的累，為了這場婚宴，她都兩、三天沒睡夠了，尤其是今天，她寅時就被叫起來了！

寅時！凌晨四點！更別說她前一天夜裡被各種祭拜折騰到近子時。

故而，徐嬤嬤幾個勸的時候，她直接將被子一翻，蒙住腦袋，模模糊糊道：「放心，殿下沒那麼快回來！」

「王妃，該叫王爺了。」徐嬤嬤忙道。

「嗯嗯。」祝圓隨口應了兩聲，便閉上眼睛開始迷糊了。

「王妃！」徐嬤嬤有點著急了，顧不得上下，伸手過來掀她的被子。「這會兒可不能睡啊！」

祝圓搶被子。「嬤嬤妳讓我睡會兒吧……我睏死了……」

「這會兒可——」

「王爺萬福。」門外傳來外頭守著的丫鬟行禮聲。

得了，這會兒真不能睡了。祝圓嘆氣，隨著徐嬤嬤的攙扶起身。

謝崢進來之時，便看到徐嬤嬤正著急慌忙地給她套衫子，挑了挑眉。

看到他進來，屋裡幾人忙不迭行禮。

祝圓拉了拉寬鬆的衣襟，朝他福了福身，皺眉問他。「你怎麼回來了？」

不客氣的問句，聽得徐嬤嬤心驚肉跳的。

謝崢不答，大步過來，還未走近，又停下了，問她。「妳剛洗好？」

祝圓掩嘴打了個哈欠。「不是，剛準備睡呢……這幾天累死了。」

謝崢眼底閃過笑意，道：「怎麼不等等我？」

「你不是要招待賓客嗎？我以為你會很晚才回來。」祝圓皺了皺鼻子，嫌棄不已道：「一身酒氣。」

謝崢看了眼身上的衣袍，開始解衣帶。「備水。」

這是吩咐夏至她們的，這裡是王妃正院，他的太監們都在外頭，沒有進來伺候。

「是。」

穀雨當即領命下去了。

夏至猶豫了下，欲要上前幫忙，謝崢皺了皺眉，冷聲道：「下去。」

夏至打了個哆嗦，退後兩步，看向祝圓。

後者正在揉眼睛呢，聞言動作一頓，看向緊張兮兮的兩人，想了想，吩咐道：「殿、王爺要沐浴，夏至去拿一身新衣過來。」她陪嫁要準備謝崢的新衣，全套都是齊備的。

夏至「誒」了聲，忙不迭跑去隔間翻衣服。

謝崢神色微緩，脫下外袍隨手一扔，問祝圓。「有什麼吃的嗎？餓了。」

祝圓掃了眼那件華貴的王爺吉服，頓了頓，問他。「你方才沒吃嗎？」

「嗯，光喝酒了。」

祝圓忙轉頭朝徐嬤嬤道：「去下份麵條過來。」頓了頓，轉頭。「麵條可以嗎？」

「行。」謝崢開始脫夾衣。

「那嬤嬤就下麵條吧，這個快一點。」祝圓摸了摸肚皮。「多下點，我也餓了。」

徐嬤嬤這會兒也看出來幾分，神色鬆動了許多，聞言笑道：「好，奴婢這就去。」福了福身，下去了。

「妳方才怎麼不吃點？」謝崢扔了衣服，皺眉看過來。

祝圓隨口道：「太累了，只想睡。」兩步過去，撿起衣物，將其掛到椅背上，回頭。「你快去洗吧，一會兒麵條——」

酒氣襲來，男人托住她後腦勺狠狠吸吮了幾口，低笑道：「這就去。」

祝圓。「……」

不等她說話，男人已繞過屏風，去隔壁浴間沐浴了。

這種天氣，隔壁浴間連著的燒水廚房是十二時辰不斷火，不光燒水，還給地龍供暖。

隔壁隱隱約約傳來說話聲，片刻後，說話聲沒有了，水聲響起，祝圓有些不自在，反正屋裡暖和，她索性在屋子裡漫步起來。

雖說這院子是她指點裝修的，可前幾日嫁妝才進來，跟新的也沒什麼兩樣了。

她住的這處院落叫「眠雲居」，她擬的名，謝崢親自題的字。

別的不說，這王妃院落比她以往住過的院子都大，幾乎有大半個蕪山縣官邸的大小了。

這正房自然也不小，光她這房，就有六、七十坪，還不算前廳、左邊浴間、右邊小花廳、再過去的衣物間並小私庫。

除了正房，院子裡還有東西廂，祝圓只騰了間書房、兩間庫房，其餘都留著以後備用。後排倒座房住著她的陪嫁丫鬟們，而夏至這種成了親的則住到別處院子，每日過來當值。

言歸正傳，祝圓剛晃了半圈，穀雨、夏至都回來了。

她有些詫異，看了看隔壁方向，問：「不需要伺候嗎？」雖然心裡不舒服，但規矩使然……

夏至成親了不太方便，穀雨還是可以的啊。

穀雨彷彿有些高興。「誒，王爺那邊有安福公公他們呢。」

浴間那邊有單獨的門，伺候的人都從那邊進去，想必是外頭的安福知趣，主動過去了吧。祝圓心裡微微舒服些。

回到前廳，她坐在桌子邊上等麵條，邊等還邊打哈欠。

好在沒多會兒，徐嬤嬤便端著麵條來了。

祝圓大喜。「先給我——」

「麵條來了？」腳步聲從身後傳來。

祝圓回頭。「就等你——」她瞬間移開視線，不太自在道：「做什麼不穿好衣服？」

剛沐浴出來的謝崢渾身帶著水氣，下身好好穿著褲子，上身卻只隨意地套著外衫，連衣帶都沒拉，大刺刺地露出結實的胸膛。

見她不自在，謝崢勾了勾唇，在她身邊落坐。「待會就歇下了。」言外之意，待會就得脫，何必穿好。

祝圓臉有點熱，忙不迭轉過去，朝正在盛麵條的徐嬤嬤道：「嬤嬤，給我一小碗便成了。」吃多了晚上不好消化。

「大碗。」謝崢淡淡道。

徐嬤嬤以為是說他自己，應了聲，裝好一大碗，由穀雨先端給他，然後換了個小碗接著裝。

謝崢卻將面前的大碗推到祝圓面前。「妳吃。」然後朝徐嬤嬤道：「剩下的給我。」

祝圓。「……」

謝崢不耐煩。「聽到了嗎？」

徐嬤嬤愣了愣，忙不迭放下手裡的東西，直接將一鍋麵條端到他面前。

別說，雖然是鍋，那也是乾淨漂亮的白陶鍋，也不大，裝滿了也就三、四碗的分量。整鍋放到面前吃，除了……豪爽些，也不礙事，故而徐嬤嬤才敢這麼做。

隨後穀雨忐忑地遞上餐具，謝崢只接了筷子，埋頭便開始吃。

祝圓嚥了口口水。「你這是餓了多久？」

謝崢頭也不抬，伸手比了個一。

一天？好吧！她好歹還被徐嬤嬤塞了些點心……祝圓收回視線。

麵條看著素淨，明顯是用廚房裡留的高湯做底，加上幾片綠葉子，聞起來香得不行。

她看得食指大動，索性不搭理這傢伙，扶筷開動，一時間，屋裡便只有兩人吃麵的細微動靜。

祝圓吃了小半碗，估摸著差不多了，便放下筷子，穀雨適時給她遞上剛沏好還帶著微燙的茶。

祝圓正欲接過，橫過來一隻大手，直接將茶盞接走了。

謝崢將茶盞放到另一邊，皺眉看了看她的碗，道：「再吃點。」

祝圓不滿。「做什麼？」

祝圓搖頭。「夠了，吃多了影響睡眠。」

謝崢挑眉，意有所指道：「不多吃點，我怕妳半夜撐不住。」

祝圓眨眨眼，轟地一下臉全紅了，再看徐嬤嬤幾個，全都垂下腦袋裝鵪鶉。

謝崢察覺她的視線，轉頭朝徐嬤嬤幾人道：「這裡不需要伺候了，下去吧。」

祝圓羞惱。「這碗筷還沒收拾呢！」

「明兒再收。」謝崢說罷，冷眼一掃，徐嬤嬤幾個當即行禮退出去。

祝圓忿忿踹他一腳。

謝崢似乎桌子底下長了眼睛一般，一把握住她的小腿，深潭似的雙眸緊緊盯著她。「等我吃完。」

什麼等他吃完？

祝圓怔了怔，反應過來後差點氣死。

她脹紅了臉，怒道：「我這是踹你！」不是勾引他！

謝崢移開視線，順手放下她的小腿，道：「知道。」然後低頭接著吃。

他出身皇家，自小就有嬤嬤教導，吃飯的姿態那是優雅又大方。

但就是，速度快。

幾口下去，鍋裡便沒了小半。

祝圓也不是沒跟他一起吃過飯，但上回他分明斯文許多……想到他這麼快是為何，還沒下去的熱度又湧了上來。

她拍拍臉頰，伸手去搆茶盞，男人再次攔住她，皺眉。「再吃幾口。」

「真的夠了！」祝圓視線躲閃。「嬤嬤給我備了點心，一路上我都有吃呢。」

謝崢擰眉看了她半晌，終於鬆手。

祝圓微微鬆了口氣，拉過茶盞，端起來抿了幾口，權當漱口了。

剛放下茶盞，就見男人擱下筷子。

「飽了？」祝圓探頭去看，小鍋麵條全吃光了，她咋舌。「要不要叫嬤嬤再給你——誒，那是我的茶！」

謝崢已經將她面前的茶盞端起來，豪邁地一飲而盡。

祝圓嫌棄不已。「那邊不是有杯嗎？」

「唠噠。」

謝崢放下茶盞，一抹嘴，沈聲道：「我不嫌棄。」

「我嫌棄——啊——你做什麼！」

謝崢俯下身，將坐在圈凳上的美人托抱而起，往肩上一扛，轉身往內室走。

祝圓掙扎。「你放我下來！」

「嗯，待會兒。」謝崢腳步半點不亂，一步一步走向那鋪著大紅喜被的拔步床。

祝圓腦袋充血，氣憤地捶他後背。「謝狗蛋！」

「嗯？」

「啊！」一陣天旋地轉，祝圓便被摔進軟綿綿的床褥裡。「狗——」

「狗什麼？」男人清冽的氣息壓過來。「再說一遍？」

祝圓對上男人幽深黑眸，縮了縮脖子，乾笑著往後爬。「沒，你聽錯——唔——」

片刻後，男人鬆開她。「妳暗地裡就是這麼叫我的？狗男人？狗蛋？」

「……沒有！絕對沒有！」祝圓心虛不已。

男人啄了口她的桃花唇，問：「以前便罷了，以後該怎麼叫我？」

祝圓小心翼翼。「蛋蛋？」

謝崢。「……」

「嗷。」祝圓嘴唇被咬了口，忙不迭改口。「王爺？」這下總該對了吧。

男人低笑。「不對。」

「那叫什——唔……」

半晌，男人啞聲道：「叫相公。」

祝圓。「……」

相公你妹！肉不肉麻?!可惜，接下來，她已經沒有機會再說話了。

謝崢果真是下過地方歷練的好官——

善於耕耘。

將泥地潤濕了，才慢慢開墾。

一鋤一鋤，慢，但是重。

每一鋤頭下去，都讓泥地鬆軟幾分。每一鋤頭出來，都帶出幾分潤澤。漸入佳境後，鋤頭便越來越快，越來越重。

二月寒意料峭，耕地的謝崢卻渾身汗濕，落在地裡，將泥地潤得越發泥濘。最後一記重鋤，直接將種子送入鬆軟泥田。

祝圓拚命喘息，還沒回過魂來，謝崢又再次提鋤上陣。

祝圓。「……」

要死了！

一早，謝崢聽到外頭低聲叫喚，瞬間清醒過來，側頭看了眼酣然熟睡的祝圓，有些懊惱。他昨晚有點過了……

按制，皇子成親第二日，他跟祝圓都要進宮拜見皇帝皇后。先皇后已逝，改為拜見淑妃。

丫頭今天上午估計夠嗆的，他擰著眉跨下拔步床，將床帳掩好，再撿了腳踏上的褲子套上身，才讓人進來。

抱著大衣服的安福、安瑞當先進來，徐嬤嬤幾人低垂著頭跟隨在後。

謝崢眉頭皺得更緊了，看了眼掩得嚴嚴實實的床帳，率先往外走。

「主子。」安福著急。「該更衣了。」

謝崢腳步不停，直接走到碧紗櫥那邊，回頭喊：「過來。」

安福怔了怔，安瑞卻瞬間意會，快步過去，目不斜視地給他套內衫。

另一頭，徐嬤嬤掀開床帳，入目便是祝圓那搭在錦被上……斑駁的胳膊，以及揮散不去的濃重味道。

她頓了頓，才輕聲喚道：「姑、王妃，該起了。」

祝圓紋絲不動，好夢正酣。

徐嬤嬤無法，只能上手推她，又推又喊了好幾遍，祝圓才艱難地睜開眼。「嬤嬤，我還想睡……」

「王妃，可不能睡了，待會得進宮了。」

祝圓瞬間驚醒過來，忙不迭要爬起來。「到時——哎喲！」她的腿、她的腰、她的背！

徐嬤嬤忍俊不禁，忙不迭扶她。「慢著點，奴婢扶您。」

祝圓這會兒想起自己還光溜溜的呢，當即掩著被子，乾笑道：「裡頭的衣服留下，我自己穿。」

徐嬤嬤伺候她幾年了，自然知道她性子，將臂彎裡搭著的衣物放在床邊，不放心道：「真不需要奴婢幫忙嗎？」

祝圓連連擺手，然後看到自己胳膊上的印子，瞬間縮回被子裡。

徐嬤嬤忍笑退出來，順手將床帳扯好。

祝圓忙不迭將衣服拽過來，掀開被子——

這謝狗蛋屬狗的嗎?!怎麼咬她一身的印子？

祝圓怒氣沖沖，咬牙將內衣褻褲穿上，再讓徐嬤嬤將內衫送進來，自己套了衣服裹嚴實了，才敢出帳子。

穀雨、夏至當即接手幫她穿衣，徐嬤嬤則掛起床帳，收拾床鋪，及那塊染血的布巾。

祝圓羞窘得不行，扭過頭當做沒看到。

在幾人伺候下艱難地梳洗打扮完畢，套上最後的大衣服，祝圓才走出外間，謝崢已經收拾妥當坐在那兒等著她。

徐嬤嬤還讓廚房備了不膩口的小糕點——可不敢喝粥水，待會走禮過程若是要方便，那才叫糟糕。

兩人胡亂塞了些糕點填填肚子便出門了，王妃馬車舒服得很，祝圓還乘機打了個盹。

然後便是進宮面聖，得了些祝福語，再轉道昭純宮，只說了幾句話，淑妃娘娘便非常體貼地讓他們回去歇著。

那句「回去歇著吧」，聽得祝圓臉都要燒起來了。

整個上午，她半個眼神都沒給謝崢，昨晚熬了大半宿，上午又在宮裡繞了一圈，回程路上，她直接在車裡睡著了。

回到王府，徐嬤嬤正想叫醒她，謝崢掀簾進來。

「王──」

謝崢擺手，越過她，抱起熟睡的祝圓逕自離開，徐嬤嬤忙不迭追上去。

謝崢沒有回眠雲居，而是直接將人抱進慎思堂。

這回別說徐嬤嬤了，連安福等人都傻眼了。

謝崢沒管他們，將人放到自己床上，讓徐嬤嬤給其解開大衣裳，轉頭低聲吩咐安福。「讓他們把王妃的東西挪過來。」

不是撿幾件得用的，也不是日常要用的，而是「王妃的東西」，這是要將王妃安置在這邊？

安福張了張口。「主子，這、這……於禮不合。」

謝崢眼神一掃。

「……是，奴才這就去辦。」

於是，當祝圓饑腸轆轆醒過來的時候，發現自己的私人大屋子、私人大庭院沒了，除了大家具，她的東西都已經歸置在慎思堂各處了。

雖然，王爺院落裡的泡澡池又大又舒服，院子更大，房間更寬更多……祝圓還是極為不爽。

「於禮不合，王爺。」她板著臉朝謝崢道：「臣妾還是回自己的院子吧。」以後若是情淡愛衰，難不成還要她自己灰溜溜搬出去嗎？

還不如一開始就自己一個人住，有什麼事也能眼不見為淨。

謝崢看著她，眼眸裡帶著幾分深思，嘴上卻直接否決。「不，妳以後就住這裡，眠雲居留給孩子。」

祝圓。「……」哪裡來的孩子？八字還沒一撇呢！

謝崢又說話了。「我日常事忙，從外頭到妳那院子太遠了，妳住這邊方便些。」

祝圓沒好氣。「走幾步路你都嫌累，這麼虛嗎？」

謝崢。「……」

他勾唇。「我虛不虛，妳昨夜裡不知道嗎？」

祝圓。「……」不要臉！

謝崢又道：「若是昨夜沒體會清楚也無事，今夜再給妳看看。」

祝圓。「……」無恥，太無恥了！

謝崢說完這幾句，捏了捏她鼻子。「別胡思亂想了，我允了妳的事，不會反悔。」

祝圓暗嗤，男人發誓的時候，都是真心的呢。

「好了，別生氣了。等妳回門了，我帶妳去莊子上看看。」

莊子？研發中心？

祝圓眼睛一亮。「當真？」

「嗯，妳不是心心念念要去看看嗎？帶妳去住幾天。」

祝圓登時開心了。「好，一言為定啊！」她終於可以去看看這幾年弄出來的東西了。

謝崢莞爾。「這就高興了？」

「那當然。」男人哪有事業可靠？不過，這話可不能訴諸於口，祝圓隨口道：「我這幾年安排下去的項目，雖然都有回報進展，但沒有親眼看見，總歸是不太放心。」

謝崢敲了敲桌子。「我回來後只聽安清彙報過一回，聽得雲裡霧裡的，回頭妳跟我仔細說說。」

祝圓眉飛色舞。「這些東西你怎麼會懂？」她拍拍胸口。「放心，到時我給你好好上一課！」完了小心翼翼。「能不能讓匠人們也來聽聽課？」

謝崢挑眉。「他們不是搗鼓出來了嗎？」

「哪有，那只是開始，就是因為不了解，進度才這麼慢。」祝圓鬱悶不已。「我給安清幾個說了好幾次，他都沒明白，轉述的時候肯定是有問題。原本我是不方便過去，你要是陪我去，索性一次講解吧？」她期待地看著他。

謝崢勾唇。「那得看妳這幾日如何表現了。」

祝圓。「？？？」

謝崢沒細說，帶她去用午晚膳。

沒錯，祝圓這一覺，直接睡了大半天，怪不得她餓得慌。

好好飽餐一頓，再在慎思堂院子裡溜達了一圈，從東暖閣到小花廳，再到收拾出來當她書房的屋子，最後在院子裡轉了圈，才意猶未盡地回屋。

若不是身上不得勁，她還想把後邊園子逛一圈呢。

謝崢正捧著書本坐在窗前慢慢翻閱，看見她進屋，問了句。「逛完了？」

「沒呢。這不天快黑了嘛……」祝圓嘟囔著做了個擴胸動作。「睡了一天，骨頭都硬了。」

謝崢的視線隨之落到她那鼓鼓的胸前。「是嗎？」

祝圓沒注意，猶自抱怨。「你下午怎麼不讓她們把我叫醒？我都睡了一整天，今晚還怎麼睡？」

謝崢放下書，慢條斯理道：「那便不睡了。」

祝圓開始扭腰。「不睡怎麼行？日夜顛倒，以後還怎麼幹活——啊！」熟悉的天旋地轉又來了。「你——王八蛋放我下來！」

「妳不是說睡不著嗎？」謝崢穩穩地扛著她轉進內室。

安福瞬間意會，立馬領著穀雨等人出去，順便掩上屋門。

「我睡不著也不、也不……我可以看書寫稿看帳啊！你——唔——」

第二天，祝圓依然沒出慎思堂。

睡到日上三竿起來，謝崢已經去前邊忙完事情回來，正好趕上跟她一塊兒吃午飯。

可惜，祝圓沒給他好臉色，只埋頭吃飯挾菜，就是不搭理他。

謝崢也沒在意，全程淡定自若，吃完飯拍拍屁股又去了前院。

祝圓更憋屈了。

裝！有本事晚上也接著裝高冷啊！

謝崢走了，她就是慎思堂的老大，可惜身子疲軟，不想走動，她便窩在暖閣裡看書。

謝崢應當是偶爾會在此處歇息看書，暖閣這裡直接擺了個大書架，上面擺滿了各種外邊沒有的藏本。

祝圓美滋滋地挑了本，靠在臥榻上開始慢慢看起來，才看幾句呢，蒼勁墨字便在上頭浮現，一看就知是在寫公文。

冤魂不散！祝圓忿忿扔了書。

在屋裡轉了一圈，她索性讓人將府裡下人都喊過來，一是認認人，二是要立立肅王府的行事規矩。

肅王府的下人，除了謝崢從皇子院落帶出來的近隨，和她帶來的陪嫁，剩下的全都是淑妃從宮裡抽調過來的太監宮女。

雖然祝圓覺得淑妃肯定不會往王府裡塞釘子，可宮裡人事多複雜啊，只要一想到淑妃身邊那位藏了十幾年的玉屏，她就覺得府裡的人皆不可盡信。

王府的司局設置，參考皇宮的六局二十四司，當然，沒有這麼齊備。

比如，有尚儀局，但沒有彤史——所謂彤史，是記錄、安排皇帝性生活的女官。

又比如，尚寢局的司設司是負責鋪床打掃張設的，承嘉帝那兒，從六品的司設到八品的吏員共有十人甚至更多，而肅王府這邊只有四人，看起來少了很多。

可是六局二十四司，加起來還是有百名左右。

不說別的，祝圓帶著自己的人搬進慎思堂，頓時覺得周圍多了許多人。

張靜姝給她陪嫁了六房下人、四名十三、四歲的丫鬟，還另外採買了四名留頭的小丫鬟，加上穀雨、夏至和徐嬤嬤，她身邊就不少人了。

但平日還是穀雨近身伺候較多，夏至和徐嬤嬤，一個是她身邊的管事娘子，一個要給她調理身體並調教下人，比如十三、四歲那幾個，去年才跟著徐嬤嬤學規矩，今年才慢慢開始接事做，更小的四個更是只能跑腿、擦桌子什麼的。

這兩日剛進王府，怕小丫頭們壓不住場子，夏至、徐嬤嬤才緊跟著不放。若是在眠雲居，過個幾天待環境熟悉了，她們就能鬆快些。

可如今搬來慎思堂，伺候謝崢的人更多了……

不說太監們，光是那屋裡伺候，管衣物首飾、床鋪、打掃、燈燭的，每天就有四名侍女當值，這還不算伺候茶水飲食的，吃個飯，半屋子的鶯鶯燕燕。

昨天還沒什麼感覺，今日中午這一頓，吃得祝圓心情糟透了。

她跟謝崢鬧鬧小脾氣，那是兩人的情趣。可對著眾多塗脂抹粉的丫鬟，眼睛還都長了鉤子似的直往謝崢身上瞄，添個飯遞個茶，聲兒更是九拐十八彎，比那唱戲的還鶯啼婉轉……

咋地？是她這個王妃不夠明顯嗎？

或許這些人都不是什麼奸細、探子，但，誰不想攀高枝？

祝圓捫心自問，若是她穿到伺候人的奴僕身上，她絕對也會想辦法攀高枝的。

她本來還想等幾天，摸清楚狀況再說，或者說，原本她只想打理好廚房、庫房跟眠雲居的，其他院子，尤其是謝峥那邊，她壓根不想管——她可不想知道謝峥今兒跟誰紅袖添香、明兒跟誰打情罵俏的。

如今被迫住進來，天天看這些，她也很難視而不見。

好吧！既然謝狗蛋敢把她招惹進來，在這慎思堂他就別想搞七拈三的。祝圓忿忿地想著。

為防止各方牛鬼蛇神亂竄，她參考企業管理模式，將各種事情拆分階段，任務、責任落實到人身上，一事一崗，一崗位兩、三人不等。

若是輪值換班，則需要簽寫值班交接手冊，由管事主責簽名。

這是別處的；而慎思堂這邊，直接定了規矩：未經允許，不得擅入主子所在的屋子。

此言一出，眾人譁然。

一名衣帶上繡了彩蝶的宮裝美人站出來。「王妃，這與規矩不符。」

祝圓壓根不看她，端起茶盞，慢悠悠抿了口茶，問旁邊的安平。

「安平公公，這些當真都是宮裡出來的？」

謝峥聽說王妃要召集府裡下人認認人，安福、安瑞手上還有外頭的事，他便讓安平過來協理，故而祝圓才問他。

安平跟了謝崢幾年，自然知道這位王妃在主子面前啥地位，不說別的，他的頂頭上司安福、安瑞對上她都得恭恭敬敬的，何況他呢？

他一聽祝圓問話，當即躬身，恭敬道：「稟王妃，除卻侍衛和您的陪嫁下人，府裡的人，全都是宮裡出來的。」

祝圓輕飄飄掃了眼那名宮裝美人。「那，這是娘娘身邊的大宮女？」

安平笑道：「哪是啊，娘娘身邊的姊姊們，您不都熟得很嗎？」

那名宮裝美人登時脹紅了臉。

「哦？」祝圓漫不經心。「那是宮裡教規矩的嬤嬤嗎？」

「當然不是，這丫頭自己規矩都不索利呢。」

得，這下這位宮裝美人眼睛都紅了。

祝圓放下茶盞，「啪嗒」一聲，震得底下人心跳都停了一拍——從安平公公的態度，他們已然知道這位王妃，不好惹。

果不其然，只聽祝圓道：「嬤嬤，告訴她，哪兒錯了。」

「是。」徐嬤嬤沈著臉走出來，冷眼看著。「向主子稟事說話未行禮，逾規；卑賤之軀指點主子規矩，逾矩；」掃了眼她衣帶上的繡花。「衣著，逾矩。」宮裡掌設也不過區區八品，這宮女到了肅王府，不過是普通鋪床宮女，竟敢在衣帶上繡花？

那名宮裝美人立馬跪了下來，有些慌亂道：「奴婢知罪，請王妃饒命。」

祝圓壓根不看她，只轉向安平。「安平公公，我跟娘娘也學了不少東西，什麼品階的宮女該穿什麼衣飾，多少還是了解一點。我隨意一看，這裡頭，可有不少違矩的。怎麼，如今宮裡規矩都這般鬆泛了嗎？」

安平自然知道這是為何——宮裡是規矩森嚴，可都出了皇宮，還是在年輕有為的肅王府裡當差，再加上前邊兩、三個月沒人管，這些人不就飄了嘛。

或者說，她們的目標就是肅王，若是把肅王拿下了，那就真真兒是改命的大福分，哪一個忍得住？

只是，安平也不好多說，他只能賠笑。「那倒不是，只是王爺剛開府，前兩個月又去了封坮大營，這不，府裡一直沒人管嘛……」他小心翼翼。「主子方才吩咐了，往後府裡交給您，您許是要費些工夫，好好調教調教呢。」

「行吧。」祝圓彷彿勉為其難，順嘴還把謝崢拉出來當擋箭牌。「咱王爺最是重規矩，若是我不管，回頭他指不定怎麼罰我呢！」

安平暗樂。「您說得對。」

「擇日不如撞日，趁著大夥今兒都在這兒，那就今天開始吧。」

眾人心驚膽戰。

「咱們就從簡單的開始吧。」祝圓微笑。「那些個衣帶飾品不合規矩的，有一個算一個，全送回宮裡去。」

好幾名宮女立馬跪了下來，還不敢吵吵嚷嚷。

祝圓恍若未見，只朝安平道：「煩勞安平公公下去轉一圈，看看有哪些不合規矩的，待會一塊兒送進宮裡，改天我親自去跟淑妃解釋，再換批懂規矩的出來。」

「是。」安平領命，看了眼徐嬤嬤。「徐嬤嬤是宮裡多年的老人了，小子可否斗膽，請徐嬤嬤幫著掌掌眼？」

祝圓登時滿意極了，點頭讓徐嬤嬤跟著一塊兒去。

兩人連袂下去，不過片刻工夫，便揪出近十名花枝招展的宮女，還全都是慎思堂裡伺候的。

祝圓愉悅極了，也不廢話，直接讓安平找人帶下去收拾行李，今天就送回宮裡。

殺雞儆猴一把，接下來便順暢極了。

將所有行事章程安排下去，祝圓便讓人散了。

弄走了一堆鶯鶯燕燕，寬敞的正房便只剩下她和自己人，祝圓渾身都鬆快多了。

伸了個懶腰，她慢悠悠晃進書房，打算跟謝狗蛋彙報一下這件事——畢竟把宮裡送來的人趕回去，不知道承嘉帝跟淑妃會有什麼反應呢。

至於為什麼不等他回來再說……

哼，她還在生氣呢，才不要搭理這種野蠻人。

隨意掃了眼桌上紙張，確定謝狗蛋這會兒還在批東西，祝圓才跟穀雨翻箱倒櫃找出硯台紙張——昨兒才搬進來，東西還堆在箱子裡呢。

處理好一切，祝圓提筆蘸墨。「謝狗蛋！」

「……」

「你那些鶯鶯燕燕，被我攆回宮裡了，回頭你自己找你爹娘解釋去。」

謝崢一想，便明白過來，挑眉問道：「我何來鶯鶯燕燕？」

祝圓呵呵。「現在是沒有了。」

「嗯。」謝崢渾不在意，順手還補了句。「辛苦夫人了。」

祝圓煞有介事。「確實挺辛苦。」

謝崢莞爾。除了動動嘴皮子，這丫頭什麼也不用做，何來辛苦——

「我如此辛苦，今晚需要好好歇息，待會我會讓人收拾好東暖閣，晚上你睡那邊哦～～」

謝崢。「……」

這丫頭膽兒肥了，竟然敢攆他?!

謝崢隔著迴廊院子與祝圓鬥嘴皮子，雖面上不顯，伺候多年的安福、安瑞卻能察覺到主子的放鬆，甚至，彷彿還有幾分愉悅？

這邊的下人都去了慎思堂，連安平都被請過去了，兩人自然知道祝圓這會兒正在幹麼。兩人對視一眼，心裡同時浮起一個念頭：怪不得把王妃弄進慎思堂，看來王爺嫌棄院子裡太鬧騰，等著王妃整治呢。

當天晚上，祝圓當然沒能成功把謝崢趕去東暖閣，甚至還因此被狠狠折騰了半宿，差點爬不起來回門。

也幸虧王府裡就她跟謝崢兩人，不然，早上怎麼爬得起來伺候婆婆？這麼一想，嫁給謝崢，優點又多了一個……呸！她也太容易被動搖了，本來她壓根不需要這麼辛苦。

撐著回到祝府，謝崢在外院與祝修遠、祝修齊等男丁們說話，祝圓先去長福院跟祝老夫人說了會兒話，然後才回蘅芷院。

方坐下，張靜姝便眼帶欣慰地看著她。「看來你們相處得不錯。」

祝圓茫然。「啊？」何以見得？

張靜姝意有所指地瞅了她的腰一眼。「看到你們關係好，我這心才安穩下來。」

祝圓登時脹紅了臉。

張靜姝嘆氣。「王爺三年未歸，我這心裡懸得慌，生怕他對妳沒了那心，又怕他出去三年，帶回什麼亂七八糟的人。好在，現在看來，倒是我把人想左了。」

祝圓不以為意。「您操心這些作甚？他若是想要，咱們也只能受著。」

張靜姝白了她一眼。「妳倒是心大，回頭他真找個人擺在妳面前戳妳心肺，看妳怎麼哭去。」

祝圓攤手。「不然我能如何？」

張靜姝看了眼周圍——因祝圓成親，章口的祝修齊等人都回來了，只是這會兒，她要跟祝圓說說體己話，銀環及祝盈都不在這兒。

「我給妳的那些丫鬟，都是我這幾年挑著教養出來的，妳這兩、三年趕緊生個兒子，穩妥了，白露她們幾個也長起來了，若是有那意外，便趕緊挑一個開臉。若是安穩著，妳就把白露她們嫁了，把留頭的那批教起來。」

祝圓。「……」

怪不得給她弄小丫頭，這深謀遠慮的。

「妳性子穩，做事也老道，再有夏至、徐嬤嬤幫襯，我才沒給妳安排那麼多年紀相當的丫鬟。」張靜姝有些憂心。「那穀雨是殿下送來的……」

「穀雨沒事。」祝圓搖頭。「他若是有意，怎會將人放我身邊。」

張靜姝微微鬆口氣。「妳看著辦吧。」她語重心長。「雖說妳剛成親，有些話妳可能不愛聽……但妳得記著，不是天下男人都跟妳阿爹似的長情守禮，大部分男人都是喜新厭舊，妳得自己打算好將來。」

「……我省得。」祝圓頓了頓，輕聲道：「我記著呢。」

張靜姝拍拍她手背。「王爺看起來不是那等輕浮重色之人，既然妳說他已然將王府交給妳打理，想必也是知禮的，好好過日子就好。」

「嗯。」

祝圓不想再聊這些，拉著她娘開始叨叨王府裡的情況，請教她如何管理這麼多人。

張靜姝無奈。「妳管鋪子不是管得挺好的嗎？怎麼還向我取經呢？」

祝圓撒嬌。「哪能一樣呢！管鋪子只要掙錢了，月俸獎金給到位了，誰都願意幹，這府裡都是宮裡出來的太監宮女，我怕壓制不了他們。」

「何須妳去壓制？」張靜姝不以為然。「妳是王妃，除了王爺，整個王府妳最大，哪裡需要妳天天盯著？對了，妳昨兒不是還送了批人回宮嗎？」

祝圓眨眨眼。

「我本來還擔心妳心慈手軟的，聽說妳送了批宮女回宮，我這心才放下來。就該這麼做，只要妳道義上拿住了，皇上跟淑妃萬不會為這些下人為難妳，即便為難，妳也站得住腳……」

在祝家待了大半天，直至申時初，前院的謝崢派人來催，祝圓才依依不捨地辭別張靜姝。

到前院拜別祝修齊後，她便與謝崢相攜出門，一前一後上了各自的馬車，然後出城。

沒錯，他們今兒不回王府了，這還是祝圓昨夜裡付出慘痛代價得來的結果。

到莊子還需要走大半個時辰，祝圓乘機在平穩寬敞的王妃馬車上睡了會兒，直到穀雨的低喚聲吵醒她。

她揉了揉眼睛，爬坐起來，問：「到了嗎？」

腦袋靠著腦袋擠在窗邊的穀雨、徐嬤嬤，忙放下簾子回過來伺候她。

「在前邊了。」穀雨頗為忐忑。「是奴婢吵著您了。」

「無事，也該起了。」祝圓打了個哈欠。「看見什麼了，這麼大驚小怪的？」

「好多人、好多房子。」穀雨有點赧然。「跟我幾年前待的莊子大不一樣了。」

連徐嬤嬤也跟著感慨。「才兩、三年工夫呢，變化真大。」

「哦？」祝圓伸了個懶腰，挪到窗前。「我看看。」

穀雨忙給她打起簾子。

外邊一排整齊劃一的房子，除此之外，路上還有許多的行人和攤販，遠處還傳來叫賣聲——

「燒餅誒～～乾脆的燒餅新鮮出爐誒～～」

「油果子！三文一個，五文兩個！」

熱鬧得彷彿在京中市集一般，祝圓微怔，繼而失笑。

也是，這幾年莊子裡光是工廠就開了好幾家，不說周邊村子的人都被招過來了，連京城周邊也有許多人慕名前來工作。

這幾年莊子一直在蓋房子，尤其這三年，祝圓接手之後，直接廢除院落模式，仿照宿舍的樣式給蓋了許多的平房，一間帶洗浴間、客廳、三房的宿舍，擺入上下床，能住上十二人。

若是有技術的匠人和小管事，能住獨間；若是老師傅和大管事，還能得一個套間，把家裡人帶過來住。

加上謝崢的人分佈廣，手裡又有錢，天南地北地挖來了許多可靠的匠人，甚至還把周邊莊子給買了下來，將這處莊子擴張得更大。

再者，紙張、琉璃飾品、琉璃擺件、玻璃、自行車……等等產品都在此處出產，每日還有許多商人來此洽談生意批發採購……

種種下來，人變多了，也熱鬧了。甚至，熱鬧得不像一個莊子，儼然一處縣城。

在祝圓看來，這房屋規劃還有許多不足，而在穀雨、徐嬤嬤眼裡，這裡是與京城截然不同的風景。

馬車平緩地行駛在水泥路上，穿過一排排房子，越過一片空地，再繞過一片林子，才進入莊子的中心——謝崢在莊子上的居所。

馬車直入二門。

祝圓在穀雨的攙扶下走下馬車，謝崢走過來，打量她有些睏倦的神態，道：「今兒有點晚了，明兒再去逛逛吧。」

這個點，洗洗吃頓飯，就該歇息了，祝圓自然沒意見。

梳洗過後，在穀雨伺候下用熏籠將頭髮熏得半乾，用帕子鬆鬆挽起來，祝圓才懶懶地走出來，坐到謝崢身邊。

捧著書翻閱，邊喝茶的謝崢聞聲抬頭，眼底閃過抹驚豔，灼灼地看著她。「甚少看妳這般打扮。」

祝圓斜睨了他一眼。「你才見過我幾回？」再抓了抓頸側的髮束，道：「再說，這是居家裝束，你怎麼看得到？」

謝崢眸光幽深。「妳在家皆是這般模樣？」

「哪能啊，在屋裡才這樣呢。」祝圓說完，轉頭問：「去問問晚膳準備得如何，若是好了，就傳上來。」

穀雨應聲出去了，安福躬了躬身，跟著出去。

祝圓知道他是擔心穀雨架不住，也沒多說什麼。

謝崢則目不轉睛看著她。「這麼說，為夫得慶幸有此機會得見夫人此副模樣？」

祝圓抬起下巴。「那是自然。」

謝崢眸色漸深，探身，湊到她耳邊，低語道：「夫人莫要勾引為夫。」

祝圓。「……」

誰勾引他了？

「仁者見仁，智者見智，淫者見淫……」她斜睨某人。「王爺請自重！」

謝崢挑眉。「這句話還能這樣解釋？」

祝圓哼道：「那是你孤陋寡聞。」

謝崢。「……」

恰好穀雨帶著廚房的人上膳，兩人默契地換了個話題。

「你這次回來是不是還沒到過莊子？」

「嗯。」今天是第一回。

祝圓詫異。「那你知道莊子現在多了什麼東西嗎？」

謝崢不以為意。「略有所聞。」

祝圓無語。

謝崢看著她。「所以今兒才與妳一道過來看看。」

「哦。」祝圓了然。「那咱們要待多久？」

謝崢想了想，道：「可以住五天。」接下來就得忙了。

祝圓欣喜。「那也挺好。」

謝崢目不轉睛地看著她。「喜歡住莊子？」

祝圓搖頭。「好多東西要看呢，項目的生產和提升，工人們的居住環境……我看住宅區那邊連棵樹都沒有，看著就不美。」

謝崢無奈。「怎麼連樹都要管？」

「居住環境漂漂亮亮的，工人們心情好，工作效率就更高，不是挺好的嘛。」祝圓蹙眉。「不能做嗎？」

「……那倒不是，妳歡喜便好。」

祝圓忍不住笑了。「嗯，反正這些費不了幾個錢，捯飭漂亮了，以後也好招人啊。」

安福依次給兩人遞上飯。

謝崢接過來，問道：「我怎麼聽說，這兒不愁招人？」聽說附近村落的居民都打破頭想進來啊，難道是下人忽悠他？

「咳，我是說以後，以後！」

謝崢莞爾。也就是說，是她想倒騰。

祝圓心虛地扒了口飯，嚼著嚼著想到一事，問：「對了，我想將紙張的製作方法售賣出去，你意下如何？」

謝崢伸出去的筷子停在半空。

祝圓有點緊張。「王爺？」

謝崢回神，嘆道：「妳是想讓全大衍的書紙價格降下來？」

果然是與她相識多年的謝狗蛋，一下就能明白她的心思！祝圓連連點頭，問：「好不好？」

謝崢嘆道：「妳可知，這般會損了多少書鋪、書生的飯碗？」

書鋪她知道，書生何解？祝圓不知道，便問了。

謝崢解釋道：「因書籍昂貴，許多書生靠給各書鋪、書齋抄書為生。」

祝圓「啊」了聲。「那京城裡的……」

謝崢安撫她。「聊齋安置了近百名的書生。」

至於其他……便沒那麼幸運了吧。

祝圓沈默片刻，打起精神道：「你還記得當初跟我說過要開學堂之事嗎？我覺得可以提上日程了，到時，便能招募讀書人進去當先生什麼的。」

謝崢搖頭。「時機未到。」

祝圓鬱悶。「那什麼時候才到？」

謝崢卻不再多說，挾了塊肉放進她碗裡。「別多想了，一步步來。」

「好吧……」

「不過，」謝崢淡淡道：「造紙方子無須等待，書紙降價，才是利國利民的大事。」不必為了照顧少許書生、書鋪而放慢腳步。

「好！」

第三十四章

又是個激烈運動的無眠夜。

因著第二日無事，謝崢折騰了祝圓一宿，直到天現魚肚白才放過她，由得她昏睡過去。

他則翻身下床，隨意套上褲子，用乾淨的被子裹住昏睡的祝圓，抱到臥榻那兒，才讓值夜的丫鬟進來更換床鋪。

太監送來水後，那邊床鋪也收整好了。

謝崢將人揮退，親自擰了帕子給祝圓擦去一身狼藉，再隨意給自己抹了兩下，便抱著人躺回床上，陷入酣眠。

祝圓醒來的時候，邊上位置早已涼了。

她打了個哈欠，慢騰騰爬坐起來，外頭的穀雨聽到動靜，忙抱著衣服過來。「夫人？」

祝圓將手探出去。「衫子給我。」

「誒。」穀雨將衣服放到她手上，看著衣服被抓進去了，才小聲問：「夫人今兒還沐浴嗎？」

「嗯。」祝圓在裡頭艱難地套上衣服，掀起床帳鑽出來。

穀雨忙將床帳掛起，然後攙她起來。

「嬤嬤呢？」祝圓在她的攙扶下慢慢走向浴間。

穀雨笑著解釋。「嬤嬤說您跟王爺昨天晚膳似乎吃得不美，她怕你們吃不慣這邊廚子的飯食，親自去廚房了。」

「哦。王爺呢？」

「似乎是去跑馬了。」

說話間，浴間到了。

莊子別的不多，就地大。這泡澡的浴池便比肅王府正房裡的還要大，泡十個八個漢子足足有餘那種，也不知道裡頭是燒水還是引來的溫泉水，水霧繚繞；配上漢白玉砌成的水池，竟彷彿有幾分仙氣。

昨日他們匆匆而來，又得趕著吃晚飯，祝圓便沒下去享受。

如今不趕時間，她索性揮退穀雨，略洗了洗身子，便走進那泓溫熱的池子裡。

池子邊緣還做了台階，方便入池。

祝圓趴伏在池邊，池水漫過前胸，整個背部泡在溫熱的池水裡，感覺自己疲軟的腰背終於好多了。

太舒服了，以至於她有點昏昏欲睡，直至水聲響起，她倏地驚醒，還未轉身，便被高大身軀壓在溫熱的石台上。

「海棠春睡，清荷染露……」低沈的嗓音在她耳畔響起。「王妃為何每日都在勾引本王？」

祝圓。「……」

勾引個蛋蛋！分明是淫者見淫！哦不對，這傢伙是偷摸進來的呢！狗男人！

很快，浴間響起嘩嘩水聲，還有隱隱約約的呻吟聲，一如這幾天的夜裡……

外頭，紅著臉的穀雨尷尬地看了眼旁邊隨王爺回來的安瑞，不敢吱聲。

安瑞袖著手，垂眸入定。

徐嬤嬤尋過來，正想說話，聽見裡頭的動靜，登時無奈極了。她看了眼穀雨，低聲問安瑞。「安瑞公公，午膳已經備好了，是不是……」

安瑞抬眼，慢條斯理道：「不著急，沒有讓主子就飯點的道理。待主子們盡興了，還能多吃兩碗。」

徐嬤嬤。「……」

再看面紅耳赤的穀雨，徐嬤嬤皺了皺眉，將她拉到一邊，低聲警告道：「妳可不能歪了心思。」

穀雨詫異。「嬤嬤妳在說什麼？」

「妳也不小了，過兩年白露她們長起來，妳也能嫁人做個管事娘子，可不要生出什麼歪心思來。」

穀雨嘟囔。「我才不會。」

「不會最好。」徐嬤嬤警告地看著她。「別忘了妳是王爺送給王妃當奴婢的，妳若是行差踏錯，那真真是左右不討好……一奴背二主，以王爺的性子，杖斃都是痛快的。」

穀雨凜然，發熱的腦子登時清醒過來，她鄭重朝徐嬤嬤福了福身。「謝嬤嬤提點。」

再次回到浴間門外，穀雨已恢復平日的神態。

安瑞這會兒終於見著幾分笑模樣。「嬤嬤不愧是宮裡的老人。」

徐嬤嬤皮笑肉不笑。「不及公公您通透。」這老閹貨，除了在主子面前吹噓拍馬屁的，絲毫不插手王妃這邊，比誰都精。

她跟穀雨一樣，都是被王爺送給王妃的，只有對王妃忠心，才能得王妃的信任，繼而得到王爺賞識。

即便將來王妃失寵，她也不能投靠別人，一奴侍二主，是為大忌。

幾人又等了會兒，裡頭的動靜才慢慢消停下來，幾人凝神。

「來人。」低沈的嗓音從屋裡傳來。

安瑞、穀雨忙不迭進去伺候，徐嬤嬤則立即轉身去廚房，讓人準備傳膳。

浴間裡，氤氳霧氣中，已然穿好衫子的祝圓正懶洋洋地坐在長凳上，屁股下還墊著謝峥方才脫下的衣物。

胡亂套了條長褲的謝峥正拿著帕子笨拙地給她擦頭髮。

「嘶，你輕點啊……」祝圓抱怨道：「扯得我頭疼。」要不是這廝胡鬧，她的長髮怎麼會弄濕？

她明明昨天才洗了……大冷天的，頭髮這麼長，誰樂意天天洗頭髮啊！

謝峥無奈，恰好穀雨進來了，他鬆了口氣，忙把人叫過來。「來給妳們王妃擦頭髮。」

穀雨嚇了一跳，急忙小跑過來，福了福身，接過他手上的布巾，開始給祝圓擦拭長髮。

安瑞也撿了架子上的衣服伺候，屁顛屁顛跑過來伺候謝崢穿衣。

待兩人終於弄妥當，坐在桌前開始用膳，已近午時末。

祝圓餓得能吃掉一整桌的菜，謝崢看來也不差多少，兩人上桌便開始塞東西，屋裡安靜得只聽聞碗箸輕碰的動靜。

待得半飽，謝崢才放慢速度，問她。「待會還出去嗎？」

祝圓嚥下嘴裡食物，瞪他。「休想取消我的視察行動。」

謝崢挑眉，意有所指地掃了她的腰一眼。「我以為妳更想歇息。」

祝圓。「……」

誰害的？她索性埋頭吃飯，不搭理這個罪魁禍首。

憋著氣吃完飯，祝圓心情才好些。略歇了歇，她進屋換了身衣服，便準備出門了。

候在外間喝茶的謝崢一看，皺眉。「怎麼穿成這樣？」

祝圓低頭看了眼，茫然。「有何問題？」

頭髮盤了起來，也簪了玉釵，裙裳、鞋履都是新的——新婚這個月全都得穿新衣裳，有何問題？

謝崢依然皺眉。「去換一身，我記得妳衣箱裡還有許多裙裳，換那些。」

祝圓不解。「為什麼要換？這身挺好看的啊，藕色，襯膚色，漂亮～～」

「顏色太素了，妳穿紅色好看。」

祝圓眨眨眼，又不是進宮也不是回門，穿這麼豔紅幹麼？

謝崢不等她說話，接著又道：「還有首飾，怎麼不一起拿出來用？玉釵太簡單了，換那支五鳳掛珠釵，耳飾用那副金鑲玉梅花耳墜。」視線下移。「怎麼只戴一個玉鐲？再加一個玳瑁鑲金嵌寶的鐲子，那個漂亮。禁步呢？我記得有塊珍珠荷葉提頭漿水玉禁步，那個不錯。」

總而言之，怎麼華麗怎麼來。

祝圓滿頭問號，勁往身上堆金玉寶石的意思嗎？什麼品味！

等等！她都不知道自己有這些首飾……

「你怎麼記得這麼清楚？」她眯眼。這人難道偷翻自己的箱籠？

謝崢面不改色。「我送的，自然記得。」

「……不是我娘為我準備的嫁妝嗎?!」她震驚。

謝崢看著她。「我帶回來的，只是藉著鋪子的名義轉手送到妳娘手裡而已。」

祝圓怔怔然，半晌，她問：「我娘知道嗎？」

「那是自然。」不然怎麼送到她手裡？

祝圓。「……」

虧她還以為娘親砸鍋賣鐵給她籌嫁妝！白感動了！

謝崢卻再次催她。「速去換下。」

祝圓回神。「我不！照你的穿法，我都成了那珠寶展示櫃了。」

「胡說——」

祝圓兩步過去，挽住他胳膊，撒嬌道：「好啦好啦，咱就在莊子裡走走，沒必要穿戴得花枝招展的嘛。」

謝崢依然皺眉。「那才是——」

「好好好，以後聽你的，現在咱們先去看看工廠嘛，不然待會就要天黑了。那些個首飾擺著又不會丟，以後多得是機會呢……」

祝圓半哄半推地將人帶出屋子，完了還不忘轉頭問安瑞。「安瑞公公，可方便找個管事來領我們四處逛逛？」

安瑞亦步亦趨地跟在後頭，聞聲應道：「稟王妃，已經找來了，在外頭候著呢。」

「那行，走走走～～」

被拉著胳膊的謝崢見她臉上滿是雀躍，遲疑了下，終是不再堅持。

算了，反正是在莊子裡，日後再說吧……

如是，兩人帶著一群奴僕浩浩蕩蕩往外走，出了院門，便看到一輛……大車。

四輪車廂，上有四柱，宛若屋簷的華麗頂蓋覆在其上，車裡還有靠背座椅和小桌，桌上有茶具，旁邊甚至還設置了侍從的座椅——比主人座椅要低半個台階。

祝圓囧然。這是古代版觀光車嗎？

今日領路的管事姓林，是名精神的中年人，行禮過後便請他們上車，兩人依次就座。

車裡的觀光主位是謝崢夫婦的，林管事蹭了個座位，陪在下方。因為緊張，屁股只貼了點邊，安瑞、徐嬤嬤一左一右坐在階上，而其他人呢？

祝圓忙去看後頭拿著一堆東西的丫鬟婆子，問林管事。「後頭的人讓他們用跑的？」

林管事看了眼淡定的謝崢，小聲道：「王妃請放心，會有人領他們過來的。」

祝圓想了想，朝車外無措的穀雨道：「把人帶回去吧，車上有茶水，不必一大堆人跑得累死了。」

穀雨遲疑了下，福身道：「是。」

祝圓這才放下心來。

林管事眼裡閃過詫異，笑道：「王妃體恤。」

祝圓笑笑。「林管事，出發吧。」

林管事再次看向謝崢，後者拉過祝圓的手把玩，頭也不抬道：「王妃的話，沒聽到嗎？」

林管事凜然，忙道：「是。」轉頭，拿起扶手邊上掛著的小銅鑼，輕輕一敲。

車夫當即會意，觀光車平緩地往前走……

太平緩了，祝圓瞪大眼睛，忙不迭探身往外頭看底下的輪子——

謝崢立即攬住她。「當心！」

祝圓沒在意，興奮地轉回來問林管事。「這車怎麼這麼平緩？車輪加了什麼？」

林管事笑著道：「王妃前年不是讓小的們去找找植物膠嗎？小的們試了幾年，在荇州找到一種大葉子木，切割樹皮會產出白色膠體……」他拍了拍車身。「終於算是有了些成果了。」

橡膠！是橡膠！大衍境內竟然有類似橡膠樹的植物?!

祝圓很驚喜。「方才我竟沒發現——你們真做成了輪胎？有加硫磺去燒嗎？」

她再試圖探身去看，奈何腰上大掌宛如鐵臂，將她緊緊摁在身側。

謝崢皺眉訓道：「不許亂動。」

「我就看一眼——」

「那就停車。」

祝圓悻悻然。「好吧，待會再說。」下一瞬又恢復興奮。「給我說說，你們怎麼弄出來的？」

林管事這會兒已經看出幾分，這些東西，約莫還是王妃較為感興趣。

他笑道：「王妃當初給的建議是要加硫磺一起燒，所以小的們便四處搜尋樹膠，加硫磺去燒，燒了幾年，總算是燒出來了。過幾天，負責這塊的劉管事應當會給您和王爺寫份報告。」

「好。」

說話的工夫，觀光車已然穿過莊子周邊樹林，從左側一路出了莊院範圍，進入廠區。

林管事轉回正題。「那接下來，由小的繼續為王爺王妃介紹莊子的情況。」他伸手，指著左前方一排房屋。「這邊是辦公區，平時小的們都在這兒辦公處理事情，外商洽談合作，則在前邊。宿舍區那邊有專門的辦公室……」

祝圓專心聽著，還隨著他的講解仔細打量那些屋子和佈局。旁邊的謝崢卻懶洋洋的，一手攬在她腰間，一手把玩著她纖細的手指。

林管事偷覷了他兩回，發現他都渾不在意的樣子，心裡對王妃自然更加忌憚，說話越發恭敬起來。

祝圓毫無所覺，一直專心聽林管事介紹。

「……玻璃廠目前的訂單都是爆滿，短期內不愁銷量。」林管事看了眼前邊，繼續道：「接下來是高爐實驗區……」

「高爐？」祝圓聽到這個詞，忙不迭道：「能進去看看嗎？」

林管事頓住，看向謝崢。

祝圓眨眨眼，也扭頭跟著看謝崢。

謝崢挑眉。「妳想進去看？」

「嗯嗯。」祝圓連連點頭。「這個高爐實驗區去年才建造出來，我想看看他們是怎麼做的，聽說他們還折騰出了比鐵還堅硬的東西——」

謝崢坐直身體。「比鐵還堅硬？我怎不知？」

祝圓斜睨他。「我肯定安清給你報告了。」誰知道這人有看沒看。

謝崢輕咳一聲。「是嗎？回頭我看看。」

祝圓捏捏他手掌，壓低聲音撒嬌。「那現在能去看看嗎～～」

謝崢本就應允了她的，自然不反對，他看向林管事。「讓他們準備準備，我們進廠看看。」

「是。」主子發話，林管事自然應聲。

祝圓想到高溫爐灶的特性，提醒道：「提醒一下，若是正在操作爐灶脫不開身的工人，讓他們別著急，待會不行禮也無事。」

「誒！」林管事這會兒是真感激了。

到了廠門，林管事行了禮，不等馬車停穩便跳下去，飛奔進廠——哎，那可是高溫爐台區，裡頭熱死人了，匠人們大多打赤膊的呢，可不敢給王妃娘娘看見。

謝崢、祝圓依次下車，徐嬤嬤還上前幫祝圓整理了下裙裳。

一行走到門口，便看到林管事匆匆領著一名與他服飾相近的漢子出來。

「王爺、王妃，這位是高爐實驗區的負責人老張。」

祝圓打量這名黑紅臉、低著頭不敢吭聲的漢子，二月的天候，這名漢子竟然滿頭大汗，如若不是緊張，那就是裡頭熱得很……

謝崢警告般捏了捏她的掌心，沈聲道：「帶路吧。」

「是。」林管事兩人微微躬身走在前頭，引著他們入內。

一如祝圓所料，甫一進門，熱浪便撲面而來，謝崢皺了皺眉，停下，問她。「當真進去？」

祝圓的注意力早就放到那懸在半空的高大爐子、爐裡赤紅的液體，以及底下火光熊熊的風箱爐上。

別的不說，她對那火紅的液體驚嘆。「天啊，那是鐵水？」

被無視的謝崢。「……」

林管事給了老張一拐子，老張抹了抹額頭，緊張地答道：「稟王妃，是的。」

祝圓往前走了兩步，望著那比人高上半公尺多的半圓爐子。「我就這麼隨手一畫，你們就做出來了……上頭的架子就是你們說的比鐵還堅硬牢固的東西？」

「是。」

祝圓點頭。「然後你們就用了？不怕燒爐的時候把它燒融了嗎？」畢竟是燒製出來的玩意。

老張嘿嘿笑。「我們試了好幾次，確認沒問題才裝上去的。而且，這爐子是特製的，刷了好幾層東西，一層一層下來，熱度到了外層，就變涼了。」

這不就跟現代鍋爐差不多？祝圓贊道：「真的厲害。」現代人能用科學方法測量熔點，這些匠人怕是一個個實驗過去的。

老張撓撓頭，道：「還是林管事他們厲害，他們指點咱們用什麼材料，燒幾回就出來了。」

林管事嚇了一跳，忙解釋。「這些都是王妃讓人送過來的法子呢，可不許瞎說！」

老張撓了撓頭。「是嗎？這竟然是王妃送——哦！」他挨了林管事一肘子，忙不迭閉嘴，改口道：「也不知道是哪位能人，竟然這般厲害。」

祝圓不禁笑了，就是她啊！

她理解林管事的做法，自己畢竟是婦道人家，前幾年還是個小丫頭，林管事等人大概是怕這些匠人不服管理，所以含糊帶過這些法子的來源吧。

他們說話的工夫，謝崢一直在打量那處爐子，此刻他朝爐子另一邊踩著踏板的幾名漢子看，問道：「那幾人在做甚？」

「稟王爺，他們是在往火坑裡送風。」林管事指著爐子下方的方形火坑。「若是風不夠，火力不夠，那這鐵就沒法融化成水。」

謝崢擰眉。「原理為何？」

林管事啞口，半晌，撓了撓頭。「這個……實驗出來的結果，為何這般，小的們也不得而知。」

謝崢。「……」

祝圓差點笑出聲，好在理智尚存，壓了下去。

林管事見謝崢不再問，想了想，主動接著往下介紹。「另一邊是鑄模，鐵化成水後，我們通過拉拽這道鐵索，通過上頭的滑軌，將爐子拽過去，鐵水倒入模具，冷卻後，就能成型了。」

祝圓問：「熔煉出來的新材料，目前做了什麼產品？」

「暫時只做了高爐這邊的架子和滑軌。」林管事壓低聲音。「老劉還試驗了幾把長槍。」

謝崢目光一凝。「在哪兒？」

祝圓詫異，這個可沒人給她彙報啊。

不等林管事答話，後頭的安瑞便站了出來。「主子，前幾日送到府裡了，這幾日因府裡喜事，還未來得及呈給您看看。」

謝崢這才作罷。「嗯，接著說。」

祝圓微鬆口氣，怪不得她不知道，過了年後她就沒怎麼管事了，都忙著準備出嫁之事呢。

「實驗區還沒有準確掌握這種新型材料的情況，似乎跟鐵礦純度有關係，但是據目前出產的成品來看，都比鐵器要堅硬得多，能用在什麼地方還需要——」

祝圓打斷他。「用途無須你們操心，你們只管實驗出材料的準確情況，確保出來的成品堅固程度相差無幾。」

老劉自不必說，林管事跟了這一路，知道這位王妃說話的分量，忙不迭應聲。「是。」

鋼材的研發進度喜人，祝圓心情極好，拽著謝崢又跑到橡膠實驗區去看了橡膠的各種研發產品，最後還如願地跑了趟蒸汽發熱實驗區。

晃了一圈，謝崢有些皺眉。「妳安排的這些研究，於農耕可有益？」

祝圓「啊」了聲。「這個……」還好。

「莊子這邊研究出琉璃和玻璃，還有新品瓷器，日後銀錢不會缺乏——」

祝圓壓低聲音。「重點是你在枏寧挖了不少銀子吧？」

謝崢輕咳一聲，繼續道：「反正銀錢不缺，莊子的實驗區便沒太大用處，日後妳折騰便是了，只有一點，若要再來，需得有我陪同。」

祝圓連連點頭。「等我研究出好東西，肯定不會忘了你！」

謝崢失笑，不以為然。「妳這些研究，將來或許能用在許多地方，但大衍以農為本，經商或別的，都只是點綴而已。」

祝圓不服。「商業能帶動經濟發展啊。道路通暢、經濟發展，才能帶動農產品流通，百姓們種出來的東西能賣出去了，大家手裡才有錢，然後也願意多種東西，這是一種良好的循環。」

「大衍幅員遼闊，還有許多老百姓的溫飽仍成問題。」謝崢看著祝圓。「我並不反對妳做這些，但發展上，我會有所側重。」

祝圓歪頭。「這當然啊，民以食為天，技術只是為人服務，自然不能本末倒置。」

謝崢神色柔和下來。「我看妳興致勃勃的，還以為……」

「以為我要全力以赴？你想太多了。」祝圓開始吐槽。「我三年前就讓他們研究蒸汽應用，三年了，連點水花都沒弄出來，再來三年都不一定能成功呢！」

謝崢眼裡閃過深思，問：「妳究竟想做什麼？」

「蒸汽動力可以做的東西太多了。」祝圓認真道：「能用在紡織業，能開礦挖山，能推動船隻、車輛快速前行。」

若不是現在的科技水平做不到，她恨不得一步到位，直接讓人研究電磁理論，搞出電能，不比蒸汽好嗎？

「聽起來，」謝崢挑眉。「彷彿在讓百姓無事可幹？」

「……怎會無事可做？就如紡織業，原本需要十天半月才能從棉花蠶絲變成布疋，加入蒸汽機，可能只需要兩、三天，而這兩、三天，產量還直接翻幾倍，這樣下來，產出來的布疋多了，大家就會拚命種植棉花、養殖蠶桑——」

「然後糧食種植減少。」

「……」對上男人微皺的眉峰，祝圓想了想，道：「如若沒有任何管控，這個問題必定會發生，這種時候，朝廷的干預和平衡也是很重要的，不能放任不管，也不能光是打壓。」

祝圓認真道：「生產力改革是必然的趨勢，你我無法阻止。我們能做的，是用技術改革帶來的收穫填充國稅、富裕朝廷，然後，減輕甚至免去田稅，鼓勵農桑養殖。這樣，經濟形態良好，田桑也不會減少，不是皆大歡喜嗎？」

謝崢若有所思。「妳的意思是，鼓勵商業，用商業稅收替代田稅，進而鼓勵農桑？」

祝圓連連點頭。「對！就是這麼個意思。」她堅定道：「糧食既然是國之根本，那為何不能減免稅賦、鼓勵生產？為何不能給與獎勵？既要百姓耕種，又要從中獲稅，非是長久之道。」

謝崢沈思。半晌，他再次抬頭，道：「是我狹隘了。」

祝圓欣慰地拍拍他肩膀。「能想通就是好的。」

老氣橫秋的。謝崢暗自好笑，道：「這只是個構想，未來如何施展，還待試驗。」

「那當然。」祝圓撇嘴。「你看實驗區那進度，幾年內能弄得起來嗎？」

謝崢啞然。

祝圓嘆氣。「難。我只能跟他們講個原理，剩下的還得他們自己摸索。」此時的匠人對鐵、錫、錳、鎳等元素都分不出來，只能靠經驗摸索試驗，太難了。

但是，她對匠人們的信心還是充足的。就拿天朝的歷史而言，春秋時代就能靠人力做得出鋼，如今有這麼多的人力物力支持，肯定也不在話下。

「時間問題而已。」謝崢安撫她。

「嗯，是我心急了。」祝圓看他兩眼，小聲問道：「你現在比較關心農桑？」

「算是。」

「只靠百姓是不行的。」祝圓提醒他。「還記得我爹在蕪山縣做過的農桑鼓勵方案嗎？當時你還棄之若履來著。」

謝崢無奈。「我不過是提了兩句不合時宜而已。」

「那現在呢？」祝圓斜睨他。「現在難道還不合時宜嗎？」

當時蕪山縣無人無錢，祝修齊還得自掏腰包去鼓勵農桑。現在有錢有人，為何不做？

謝崢微微皺眉，回憶了下，問：「獎勵模式？」

祝圓搖頭。「不，既然有實驗區，那自然是要負起實驗區的責任，改良糧種、研發驅蟲藥和肥料，不都是利國利民的大事嗎？」

謝崢詫異。「糧種如何改良？肥料又是何解？」

祝圓便簡單介紹了下雜交培育法，然後說：「就跟人要吃五穀雜糧一樣，糧食作物也要足夠的營養才能長大，有些土地貧瘠，可以靠肥料補充。若是肥料成本低，那大衍便處處都是沃土，處處都是良田，何愁無糧？」

謝崢修長的指節輕扣扶手，陷入沈思。

半晌，他看著祝圓，幽深雙眸湧動著複雜情緒。

「王妃真是見多識廣，種種見解，皆是我等凡夫俗子聞所未聞，令人敬佩。」

祝圓手一抖，僵住了。

謝崢暗嘆了口氣，將人摁進懷裡，低聲道：「倒是讓為夫占了大便宜。」

祝圓慢慢鬆開手，眼神依然飄忽，就是不看他。

謝崢低笑。「我以為佩奇先生天不怕地不怕呢。」

這是不追究的意思？祝圓微微鬆口氣。

其實，誰也別說誰！別的不說，十幾歲的皇子，能這麼沈穩通透？能搞出這麼龐大的地下勢力？

或許，有人會覺得莊子和鋪子不過是小打小鬧，但只有一條：莊子裡燒了三年的煤炭，哪來的？

謝崢此人，多智近妖。祝圓不知道謝崢是不是傳說中的帝王之才……她自己是穿越的，由此及彼，她覺得謝崢這廝……若不是穿越過來，就是重生的。

不過，這些問題，她不會問，即便問了，謝崢大概也不會告訴她。

再聽謝崢此話，大概也是對她的來歷有些猜測，順便，讓她定心？

不管如何，不追究就好。

祝圓假裝方才無事發生，推他。「放我下去，我要列一下重點，免得回頭忘了。」

謝崢頓了頓，終於還是鬆開手。

祝圓立刻跳下來，幾步快走，轉到酸枝木嵌漢白玉小圓桌那邊落坐，與他隔開老遠，然後吩咐穀雨備筆墨。

謝崢挑了挑眉，起身，撣了撣衣袖，慢條斯理跟著過來，挨著她落坐。

祝圓嫌棄。「別過來，礙手礙腳的。」

謝崢。「……」

還未等他說話，穀雨抱著小箱子快步過來了。

謝崢嚥下教訓之語，等她將紙筆等翻出來後，便揮手讓其退下。

穀雨不敢不從，遲疑了下，放下東西退了出去。

祝圓沒在意，撿起紙張鋪開，同時指揮謝崢。「你把我丫頭弄出去了，那你磨墨。」

正在挽袖的謝崢。「……」

雖然他本就打算自己來，但這丫頭是不是太不客氣了點？

祝圓卻沒搭理他，將紙張壓好，揀了支毛筆，開始琢磨。「按照我們說的，琉璃、玻璃、刊印廠保留，紙張方子賣掉……」

謝崢邊磨墨邊看她琢磨，提醒道：「造紙廠可以改做瓷器廠。」

「哦哦。」祝圓點頭，見墨汁出來了，提筆蘸了蘸，開始書寫。

「實驗區，目前在做的有橡膠、高溫爐、蒸汽……」

一人磨墨鋪紙，一人書寫，兩人商量著，將莊子的發展方向給定了下來。

接下來幾天，謝崢陪著祝圓，將莊子裡的事情一條一條吩咐下去，忙完這些，兩人還不忘在周圍好好逛逛走走，田野鄉間各種溜達。

悠閒的日子總是過得飛快，很快，五天時間過去了，祝圓收拾收拾，跟著謝崢回肅王府了。

之後便是各自忙碌，謝崢在忙啥祝圓當然不知道，只說她自己，這次去了趟莊子，她發現了許多問題，也發現了商機……

產橡膠的闊葉林木要研究人工培植、研究提升產膠量；要成立橡膠廠，開始製作車輪；要辦紙方售賣會，順帶搭配贈送炭筆製作法；要開瓷器廠……然後，她還決定在莊子裡辦一個技職學院，從最基本的數學教起。

千頭萬緒的事情壓下來，加上手裡的鋪子，她忙得比謝崢還狠。

謝崢也不知跟承嘉帝怎麼說的，至今還沒到各部歷練，每日都在前院忙活，到點還能回慎思堂用膳，一日三餐，風雨無阻。

雖然宮裡安排了廚子，但謝崢把人遣了回去，在祝圓入府之前便把廚子換成了自己人。祝圓進府後不過吃了兩天，就去了莊子，回來後她又忙著安排莊子那邊的各種事務，便顧不上府裡，一切由得廚房跟管事做主，廚房上什麼，她便吃什麼，如此吃了幾天，她便難受了。

所幸這府裡除了謝崢就是她最大，她便將手上事情暫且放下，決定先把廚房的事情捋順了。

提起這個，自然要說到府裡的吃穿用度。

雖然主子不多，但王府下人多，還都是不能裁撤的必要崗位，除此之外，還有王府侍衛，上上下下上百口人，每天光吃飯就是筆不小的開支。

這麼多的米糧肉菜從何而來？大都是莊子供應的。哪裡的莊子呢？淑妃給的。

祝圓後來打探了才知道，這莊子的百頃良田，還是淑妃這兩年託秦家到京城北邊的湜嘉，陸陸續續買回來的，歲前才借了謝峍的手轉交給謝崢。

祝圓不知道謝崢收到的時候是何想法，她只知道謝崢將帳冊交給她的時候，神情似乎有些複雜，當時還說了句。「原本打算找妳支點銀子買莊子，倒是替妳省錢了。」

說者無心，聽者有意。謝崢一句話，便讓祝圓心酸不已。

謝崢此話，只說明了他從未想過淑妃會給他田地莊子。

旁的皇子，打進各部歷練開始，各自的母妃、母族便會各種支持，錢、人全都不缺，莊子更是早早安排上。

而謝崢，全靠自己打拚出來，就他倆剛去過的那莊子，原本也不過幾頃地，只是這幾年陸陸續續擴張了，才顯得大些。由此可見，謝崢當初手裡有多拮据。

她彷彿能看到多年前那名瘦高少年，不過十四歲的年齡，便要奔波千里、直赴險境，只為了試試那不知道有幾分把握的水泥堤……

十四歲啊，在現代也才是個初中生吧。不管謝崢是不是重生穿越，他如今的財富勢力，完全是靠他自己搏出來的。

這樣的狀況，當年他還願意冒著風險千里迢迢給她送分成……

祝圓暗嘆，謝崢雖狗，但是有擔當、有責任感。

就衝這一點，她才會向其交付信任。當然，成親又是另一碼事。

只是把他當做合作夥伴的話，日子還是能過得很舒服的，只希望這種日子能過久一點……

言歸正傳，按制，皇子分封親王，歲支米萬石、錢二萬貫、錦四十疋、絲三百疋、紗羅各百疋、絹五百疋、冬夏布各千疋、綿二千兩、鹽二百引、花千斤。馬料草，月支五十匹。其緞疋，歲給匠料，付王府自造。

換言之，除了米錢布疋，其他東西都是王府自理。

米糧每年給一次，若是新米還好，若是那不受寵的皇子，領些蛀蟲的陳年米糧，也不是不可能。萬石聽著多，卻絕對禁不住上百號人吃上一年。

今年的歲祿已經下來，混嘉那百頃良田的米糧去歲也收了上來，按照勛貴人家的規矩，朝廷發下來的祿米，大部分都會放到糧鋪售賣，自己只吃莊子產的或去別的州府採買新米。

祝圓卻都沒賣，全囤了起來。為此，還特地裝修了幾間屋子，裡頭全部刷了石灰防蟲防潮。

大衍是個農業國家，若是遇到天災人禍，糧食真是要買都買不到，祝圓對此極其不放心。

故而，她決定每年祿米收回來就囤放著，待轉年再全部清出去，換成新米，平日吃莊子裡收上來的新米，吃完後，也只能出去採買。

家裡必須存有足夠支持半年以上的米糧，米糧都得採買，那蔬菜瓜果、肉類自然也是。瓜果便罷了，肉嘛，每個月湜嘉那邊都會送來一批家禽家豬並蛋類，這塊倒是不缺。蔬菜才是重點，這會兒還沒有大棚蔬菜，除了蘿蔔、白菜，能上桌的，只有醬菜、酸菜。

祝圓從莊子回來後，天天不是蘿蔔燉肉、白菜燉肉，就是酸菜燉肉，看見鍋子都不耐煩了。

這日吃過早飯，送謝崢出了院門後，祝圓處理完鋪子裡較為緊急的事情，瞅著時間不早了，便領著人直奔大廚房。

先是檢查廚房衛生，廚房是按照她的要求修建的，灶台、案台全都鋪了堅硬的淺色岩石，但凡有點髒污便能一眼看見。

所有廚具整整齊齊地擺在特製的貨架上，旁邊小些的架子則放些常用的調料、鍋碗等。

祝圓過來的時候，廚房裡正在擇菜洗菜，鍋裡也已經燉上了湯，看見她過來，大廚緊張極了。

祝圓也不多話，先巡視了一遍，確定所有要用的碗筷都按照規矩放在瀝水的石製碗架、案台灶台沒有明顯沈積的陳垢，廚具碗具都是乾淨的……

她鬆了口氣，溫聲將廚房眾人表揚了一番，然後才道：「老張，你擅長什麼菜？」

大廚姓張，正是謝崢這幾年慣用的廚子。

聽見問話，他小心翼翼道：「稟王妃，奴才擅長北方菜。」

怪不得總上燉菜。祝圓又問：「我記得有四名廚子，除了你，其他三人擅長什麼？」沒錯，這四個廚子都是伺候她跟謝崢的。

「稟王妃，一個南方菜、一個西北菜，還有一個白案。」

太籠統了。祝圓皺了皺眉，索性直接問：「那餅、包點、麵條、餃子、雲吞什麼的，應當不在話下？」

老張點頭。「會的，只是……」這些都是上不得檯面的菜色啊。

「有人會就行了。」祝圓笑了。「待會的午膳按照我說的做，以後，我每隔五天，會讓人給你們送張菜單，你們按照上面的單子做，若是有客人或別的意外，我會提前讓人通知你們。」

老張遲疑了。

「是做不到嗎？」祝圓笑咪咪。

老張登時想起半月前被攆回宮裡的宮人，囁嚅道：「奴才定當全力以赴。」

祝圓這才滿意點頭。「需要的食材我會讓人送來，你若是有那做不了的，便使人跟我說一聲。」

「是。」

祝圓便根據廚房現有的材料定了幾個菜色，確定老張會做，才離開廚房，轉去她相中的、位於西北邊的某處大院子——園子大小僅次於眠雲居的院落。

上午她已提前吩咐了司苑嬤嬤，讓其調十數名匠人過來。故而，她抵達的時候，司苑嬤嬤及匠人們已經等在此處了。

祝圓也不含糊，直接吩咐他們。「將這院子裡的花木全撤了，把地磚也全部清走，哦，這小池塘也填了。」

眾人。「？？？」

王妃這是要……拆院子？

當其時，謝崢正在書房裡與幕僚們議事。

守在門邊的安福打了個哈欠，眼睛一掃，便看到一名侍女在院子外面探頭探腦的。

他當即瞇了瞇眼，看了眼書房裡頭，低聲吩咐邊上小太監幾句。

小太監點了點頭，麻溜奔向那名侍女，兩人嘀嘀咕咕幾句，小太監又轉了回來，如此這般跟安福彙報。

安福咋舌。「那位當真這麼幹了？」

小太監點頭。

「行了我知道了。」安福如是道，也不再搭理外頭那名期待的侍女，半合上眼皮，袖著手開始打盹。

當謝崢忙完一輪，準備回慎思堂用膳時，狀似淡定的安福立即向其稟報王妃上午的舉措。

謝崢也有些詫異。「僅次於王妃院落的院子？」

安福連連點頭。

「她又想折騰什麼？」謝崢自言自語般，完了他道：「由她去吧，別拆了慎思堂就行。」

安福登時抹了把汗，除了皇帝老兒，誰敢拆肅王爺的院子啊？得得得，看來這位王妃娘娘的地位暫時還是穩穩當當的。

謝崢未將此放在心上，慢條斯理踱向慎思堂。

祝圓已經在兩人慣常用飯的廳裡等著他。看到他進門，她歡快地迎出來。「回來啦～～」

謝崢的神色瞬間柔和下來。「嗯，等很久了？」今天有點晚了。

「還好，就是今早喝的粥，消化得快，餓了。」祝圓說完，扭頭去吩咐穀雨。「趕緊讓人傳膳。」

「是。」穀雨領命下去。

祝圓轉回來，拉著謝崢往邊上走，那兒已經備好了溫水。

到了洗手處，祝圓幫謝崢挽起袖子，邊叨叨道：「我今兒去過廚房了，以後我來定菜單，你若是有什麼想吃的就跟我說一聲。」

「好。」謝崢視線不離她，點頭應道。

祝圓沒注意，挽好袖子後催他。「趕緊洗手。」

「嗯。」謝崢從善如流，將沾了墨的手搓洗乾淨。

守在門口處的安福巴巴地看著。

謝崢剛洗好，已經拿了帕子的祝圓當即扔給他，他失笑，拿起帕子擦手。「何須妳來伺候我，讓下人來就好。」

祝圓斜他一眼，半真半假道：「我不喜歡屋裡太多下人。」

「那我自己來也是可以。」

祝圓呵呵兩聲。「裝，我看你裝！」

新婚第二天，謝崢便是站在水盆處看著她的，一副弱智兒童的模樣。這人分明還在軍營跌摸打滾過的，哪裡不會洗手，分明就是想戲弄她。

當時她索性把他當弱智兒童，邊伺候邊恥笑，誰知這傢伙竟然上癮了，天天進屋就開始各種裝弱智，洗手要她，更衣要她，就差如廁也讓她跟過去撩衣襬了。

她若是不配合，這狗男人當下不說，當晚便會報復回來，還特別喜歡在那關鍵時候停下，逼著她哭著求饒、並簽下喪權辱國的條約才肯甘休。

幾次下來，她便知道，這人就是惹不得，沒法，她只能將他當成弱智兒童伺候起來了。

怎的今兒又矯情起來，不需要她伺候了？

謝崢聽出她言語中的忿忿，低笑道：「妳不是說，夫妻間需要些小打小鬧增進情趣嗎？為夫只是謹遵夫人意見。」

狗男人！祝圓翻了個白眼，恰好穀雨帶著人傳膳上來，她當即道：「吃飯吃飯，餓死了！」說著便風風火火走到桌前。

謝崢嘴角銜笑，慢悠悠跟過去，視線往桌上瞟了眼，隨口問道：「今兒吃什——」話音戛然而止，他擰眉盯著穀雨依次擺出來的東西。

三盤白生生的蒸餃，兩碗濃稠的黑米粥，一小籃子的醬餅，幾碗小醬，幾碟涼菜，便沒了。

上膳的司膳侍女戰戰兢兢道：「稟王爺、娘娘，午膳上齊了。」

連穀雨也是緊張得不敢抬頭。

祝圓渾不在意，慣例道：「下去吧，這裡不需要伺候。」然後招呼謝崢。「坐啊，站著幹麼？」

謝崢回神，無奈地看著她。「敢問王妃，在下可是哪裡又做錯了？」

祝圓茫然。「啊？」這人平日的缺德事做得可多了，但，怎麼突然拐到這兒了？

「不。」謝崢轉瞬改口。「看來是鋪子的生意不行了。」

祝圓。「？？？」

狗蛋餓傻了嗎？他們家的鋪子怎麼會不行？

謝崢慢條斯理。「前腳妳才把咱家院子拆了去種菜，後腳咱家飯桌連大菜都沒了……可見咱家真真是窮了。」

祝圓眨了眨眼，噗哧一聲笑了。

好吧，誤會大了，她先把園子的事情解釋了一番。

「大棚蔬菜？」謝崢想了想，道：「妳若是想吃菜葉子，讓人去跟二哥要一些。他莊子裡似乎蓋了暖房。」

他年底才剛搬出來，郊區唯一的莊子還大部分改建成廠房，剩下的土地不多，也全種了冬季能存活的白菜、蘿蔔，再養些雞鴨魚便差不多了。

再者，謝崢這種對衣食住行毫不上心的人，壓根不關心這種事，更別說搭建暖房這種燒錢的玩意。

但是謝峸卻不然，不說他母家勢大，他自己都是受不得半點苦的，暖房那是必備之物。

故而謝崢有此一說。

祝圓卻聽得詫異。「你跟寧王、咳咳，二哥關係很好？」

謝崢挑眉。「正是因為關係不好。」才要讓謝峸破財。

祝圓瞬間轉過彎來，登時笑噴。「你說得對，我這就讓人去找二哥要點菜葉子。」

謝崢神色柔和地看著她笑。

祝圓笑了一會兒才停下，然後道：「我這大棚蔬菜還是要弄，暖房太費錢了，我就想在家裡建造個實驗大棚，不指望他們弄出什麼成果，種點蔬菜瓜果就好，省得他們天天閒著沒事做的。」

這麼多下人，全伺候他們兩個，除了巡更打掃的，別的下人那真是清閒得很，閒著就容易生事，還是忙碌起來好。

謝崢點頭。「妳做主便好。」

「嗯。」祝圓眉眼彎彎。謝狗蛋這點最好了——他若是交給她，便是全然放手，不會對她指手畫腳。

聊完大棚，謝崢再次掃向桌上吃食，問：「那，這個？」

那無奈的神情看得祝圓直樂。「就是換個口味。整個冬日都是吃蘿蔔白菜，不然就是肉肉肉，你不膩嗎？」

謝崢想了想。「還好？」

祝圓白了他一眼。「我膩了行吧？再說，要想身體好，各種食物都要吃，食物種類越豐富，營養就越均衡。」完了她大手一揮。「以後每隔幾天，咱們就例行吃一頓簡單的。」

謝崢。「……」

什麼營養均衡？這丫頭總是道理一堆一堆，聽起來挺玄乎，但半點都聽不懂。

祝圓已經拽著他坐下來開始用飯了。

雖然東西看著素簡，吃起來味道卻不差。

餃子三盤，餡料分別是酸菜豬肉、白菜豬肉、醬蘿蔔雞蛋，蛋肉菜麵都齊備了。除此之外，還有涼菜呢，皮凍、醬肉、滷菜，加起來也不少了。

因著口味新鮮，謝崢吃得比平日還多些，到最後竟然有些撐了。

連當家王爺都沒有異議，祝圓的安排更是順暢無阻，沒幾天，那個院子便被拆了個徹底。

屋子都改成育苗室，裡頭塞幾個橫平豎直的多層貨架，能擺上許多淺口的育苗木框，外頭鋪上城郊弄來的沃土，翻整好，再蓋上棚屋。

院子裡折騰好，祝圓還親自過來，指點下人們用溫水浸泡菜種，然後栽進特製的長條淺口木框發苗；再指點他們用綠豆、黃豆發豆芽，幾天就能吃一茬……府裡種種，自不必詳述。

第三十五章

寧王府這邊，寧王妃收到了一封……言辭懇懇、情真意切的訴苦信。

她有些懵，捏著信問自己的陪嫁嬤嬤。「這……給還是不給？」

嬤嬤思索片刻，小心翼翼建議道：「不如，去問問王爺吧？」

寧王妃苦笑。「王爺如今哪裡還記得我……」

嬤嬤忙安撫她。「王妃，您是入了玉牒的正室夫人，那些個狐媚子再怎麼得寵，也越不過妳，萬不可將這些玩意兒放在心上。只要妳行事穩當，連王爺也動不得妳。何苦……」

寧王妃自嘲般笑笑。「除了這般想，我還能如何呢？」

嬤嬤頓時心疼極了。「王妃……」眼角掃過那信箋，忙轉移話題。「王妃何不趁現在有事，去找王爺說說話？」

寧王妃咬了咬唇，看著這封信箋，遲疑半晌，點了點頭。

嬤嬤登時欣喜，急忙招呼侍女上前給她更衣打扮。

半個時辰後，捯飭得漂漂亮亮的寧王妃便來到了謝峸的書房外。

聽說有事，謝峸雖有些不樂意，依然讓她進來了。

寧王妃細聲細氣地將來意說明，並遞上信箋。

謝峸一目十行掃過，登時臉黑了。「暖房都蓋不起？肅王府那些鋪子賺的都夠他開百八十畝的暖房了，還來裝窮？都開府成親了，老三怎的還一副小家子氣的模樣？」

寧王妃柔聲應和。「我正是覺得不妥，才來找您問問。王爺若是不喜，回頭我便拒了吧。」

謝峸當即點頭。「拒，當然要拒，沒得讓老三占了爺的便宜——慢著。」他摸了摸下巴。「也不是不能給……」

寧王妃詫異。

謝峸陰惻惻笑了聲，道：「給，不就是幾個菜嗎？咱們給，還要大張旗鼓地送過去！」

寧王妃頓悟。「可是要讓旁人笑話一番？」

謝峸讚賞地看她一眼。「不錯，就是這個意思！」

寧王妃點頭。「好，就依王爺說的辦。」

乖順的模樣讓謝峸忍不住多看了眼，這一看，便發現自家王妃今兒打扮得清麗極了……他向來更愛妖媚豔麗的味兒。不過，偶爾換換口味，也是不錯。

於是，寧王妃還在絞盡腦汁想話題，試圖跟謝峸熱乎熱乎，身體便陡然騰空而起。

下一瞬，她便被放在書房寬大的書桌上。

「多日未見，王妃真是越發漂亮了……」謝峸笑著親過來，手下還孟浪地摸上她的……

寧王妃又尷尬又羞窘，還有幾分竊喜。

謝峸已經許久未到她的院子了……雖然地方欠妥，她也是，願意的。

兩人在書房裡一番顛鸞倒鳳，直鬧到近晚膳時，謝嘁才放了她。

衣衫凌亂、臉色酡紅的寧王妃腳步虛浮地回到自己院子，把嬤嬤嚇了一大跳。

聽說她被謝嘁好好疼愛了一下午，立馬又喜得她雙手合十，連連謝佛。

「趕緊讓人收拾些菜送過去，大張旗鼓地送！」嬤嬤喜笑顏開，小聲道：「送完了，王妃您還能再去稟報一番。」

言外之意，能乘機再去找謝嘁……那個一番。

寧王妃登時臊得滿臉通紅。「嬤嬤，如此……之事，怎可一而再再而三！」她連「荒淫無誕」都不好意思說了。

嬤嬤不以為意。「王妃您就是太過矜持了，才會讓那些狐媚子得了寵，別的不說，您得乘機生個一兒半女。」她語重心長。「多虧撫琴院、引蕭院生的都是女兒，若是兒子，您讓大少爺怎麼辦？如今引蕭院的那位又懷上了，您再不努力一把，將來大少爺可怎麼辦？」

謝嘁成親三年有餘，寧王妃所出的長子今年不過一歲有餘，而撫琴、引蕭兩院的女兒一個兩歲，一個一歲九個月……

女兒便罷了，若是出一個年紀與嫡長子相仿的庶子，母親還受寵……

寧王妃臉色唰地白了，她咬了咬牙，低聲道：「我知道了。」

寧王府種種，祝圓自然不知。

她跟謝崢商量著寫好的信箋送出去後，她便將此事扔到一邊。

結果，不過隔了一天，就收到寧王府送來的兩大車新鮮綠菜，喜得她差點衝去外書房給謝崢送上幾個吻！

當然，只是差點。

許久未用的紙上傳書功能，再次被拿了出來。

「哈！哈！哈！」正在幹活的祝圓當即大手一揮，給謝狗蛋發了個信息。

正在翻看資料的謝崢挑了挑眉，放下東西，鋪紙落墨，問道：「為何如此歡欣？」

祝圓嘿嘿笑。「你前兩日說的法子好啊，寧王府送來兩大車的菜！兩大車！哈哈哈哈～～」

謝崢。「……」

區區兩車菜而已，至於嗎？

他無奈極了。「妳既然喜歡吃菜，回頭讓人蓋個暖房便是了。」

「這個太費錢了，咱王府鋪設地熱就費勁巴拉的，還花了不少錢，沒得為了幾片菜葉子勞民傷財的。」

外頭還有多少人挨餓受凍的，她這種當慣了小老百姓的，做不來這種奢侈事。

「不差那點錢。」

「真不用，今年都過去了，還整這個幹麼？要說明年，明年我讓人弄幾個大棚，肯定也能吃上，回頭我還要把技術推廣出去，讓老百姓們也能多多種菜掙錢！」

謝崢挑眉。

「哎，不跟你說了，我得去看看我心愛的綠油油～～」蔬菜比謝狗蛋重要，她得先去看看那一車有什麼菜。

慘遭拋棄的謝崢。「……」

撂了筆的祝圓興高采烈奔向後廚，當看到那一筐筐的綠菜蔬葉後，吃了幾個月白菜、蘿蔔的她，口水都快下來了。

看看、看看！奢侈的暖房培育出來的菜苗子，蕹菜、也即是空心菜，菠菜、萵苣，豆芽……她那大院裡的豆芽還沒發起來呢！

竟然還有幾個冬瓜！祝圓口水嘩嘩的，大手一揮，直接將今天的晚膳菜單改掉了。冬瓜燉排骨、紅燒冬瓜、素炒豆芽、蒜蓉蕹菜、上湯菠菜，再配上一個硬菜，妥了！兩個肉菜呢！足夠謝狗蛋吃了！祝圓美滋滋的。

然而定好菜單，再看那一筐筐的菜苗子，她開始犯愁了，菜苗子可不禁放啊……都是暖房種出來的金貴玩意，祝圓可不捨得給下人吃——再說，也不夠分啊，還是送一些出去吧。

沒有暖房的祝家肯定得送一些；低調的、也沒有暖房的秦家也得送一些。

承嘉帝是天下第一金貴人，這暖房的蔬菜怕是吃不過來，就不送給他了，那就給淑妃娘娘送一些吧。

三家人一分，一大車的綠菜瞬間便沒了，剩下的大概就夠她跟謝崢吃上兩三頓吧……

祝圓心在滴血，拖著腳步走回書房，苦兮兮地給幾家人寫信箋——送菜上門，總得打聲招呼、說說來路吧！尤其是送進宮裡，不遞個帖子，別想送進去了。

謝崢剛忙了一會兒，就看到這丫頭開始寫信送青菜，無奈極了。

這丫頭是不是忘了這些菜是謝峸送過來吧？轉手就送出去，怕不是要得罪小心眼的謝峸。

雖然他跟謝峸本就不對盤，做得太過顯眼，總歸不美。

他看看手裡的信，沈吟片刻，放了下來。

罷了，反正都不是什麼急事，回頭再忙吧……

如是，謝崢扔下一桌子的信，慢條斯理往慎思堂踱去。

安福不明就裡，還笑呵呵地道：「王爺今日難得空閒啊～～」

「嗯。」謝崢心情頗好，隨口應道。

「時辰還早呢，聽說清溪院裡桃花開了，主子要不要去看看？」

謝崢腳步一頓，面無表情地掃了他一眼。

安福依然笑咪咪的。

謝崢再次抬腳，視線已經轉回前方。「安福，你還記得幾年前那一頓杖責嗎？」

安福苦下臉。「主子……」

「你是我的奴才。」謝崢語氣淡淡。「倘若是個人都能把你收買了，我留你何用？」

安福登時打了個激靈，低聲道：「奴才知錯。」

「沒有下次。」

「是。」

說話間，慎思堂到了。

謝崢腳步不疾不徐，直接走到充作書房的東廂首間，推門而入——

陰冷氣息鋪面而來。

春寒料峭，畏寒的祝圓在正房裡的時候還得燒地龍，沒道理這待一天的書房連個炭盆都不放。

謝崢微微皺眉，掃視一圈，未見到人，正疑惑，便看到牆上字畫浮現熟悉的秀麗墨字。

他神情柔和下來，正想說話，某個記憶陡然湧上來——

慢著，祝圓此刻不在慎思堂？

若是他兩人都在慎思堂，他應該看不見墨字才對……

「主子？」安福小心翼翼湊過來。「您是想要找什麼嗎？奴才去正院喊個小丫頭過來找吧？東西都收著，沒有鑰匙，咱也開不了。」

東西都收著？

謝崢目光一凝，立刻再次掃視室內。

原本該做為書房的屋子，書架上沒有書冊，桌上沒有筆墨，牆角、桌上卻擺著許多箱子，還是上了鎖的箱子。

……一副隨時可以離開的模樣。

謝崢垂在身側的手指顫了顫。

「王妃呢？」

輕飄飄的聲音，聽得安福背後發涼。

他老實答道：「稟主子，王妃娘娘日常在眠雲居理事。」

眠雲居是王妃正院，祝圓在那兒理事，確實不出錯。

問題是，新婚第二日，他便讓人將眠雲居裡的東西全部挪過來了。

謝崢走過去，在堆疊的箱子上輕撫而過，翻手一看，指腹上已沾了些許灰。

祝圓嫁進來也不過剛滿一月……這屋子，分明是從未使用過，謝崢怔怔然看著指上那抹灰。

安福忐忑不安地站在邊上，看見他的一舉一動，也看見箱子上多了抹痕跡，連忙翻出乾淨帕子，湊上來欲要給他擦拭。

謝崢卻放下手，背到身後，道：「安福。」

「誒。」安福猶自盯著他的手指，欲言又止。

「當初，我是怎麼吩咐你的？」謝崢的語調平緩得彷彿正在與人閒話家常。

安福卻心裡一咯噔，再顧不得那些許灰塵，當即跪了下來。「回主子，您說，將王妃的東西搬到慎思堂。」

他伺候謝崢多年，深知謝崢性子。謝崢此人，素來是越生氣越冷靜，唯一一次大動肝火，似乎還是與王妃相干——

腦中靈光一閃，安福小心翼翼道：「那個，除了大件的東西，王妃的行李確實都已經搬過來了……」

但那是王妃啊，管著王府還管著鋪子，要什麼東西沒有？把一眠雲居倒騰出來，不是輕而易舉的事嗎？

謝崢呵了聲。「是嗎？」

「不敢欺瞞主子，那些東西都是王妃慢慢添置上——」

謝崢一腳將他的話踹回了肚子裡，安福狼狽地翻倒在地，他卻顧不得疼，手忙腳亂爬起來，腦袋抵地，驚慌道：「主子息怒。」

謝崢背著手，冷冷地看著他。「看來，六年前那一頓杖責，你已經忘了。」

安福緊張不已。「奴才不敢忘。」

「不敢？我看你膽子大得很。」謝崢語調平靜，半點不像剛剛踹了人的樣子。「我讓你把王妃的東西搬過來是什麼意思？」

安福頭也不敢抬，囁嚅道：「讓王妃住進慎思堂。」

而現在，祝圓雖然宿在慎思堂，可她在慎思堂的東西不光沒開箱，白日時還都是回眠雲居……這不管怎麼說，都不算是住進來了。

謝崢點頭。「看來你還有點腦子。」

安福更緊張了。

「你什麼時候知道的？」謝崢又問。

安福這下不敢吭聲了。

謝崢了然，淡淡道：「你打開始便知了。」完了他彷彿又想起什麼。「方才，你還讓我去賞園子賞桃花？」

安福跟著他這麼多年，何曾見過他賞景賞花？又豈會不知他對這些詩情畫意的東西半點興趣沒有？

這是覷著他每日書房、慎思堂來回，沒機會下手，拐著彎要讓他去別處溜達唄？

他笑了。「看來，你對我挑選的王妃頗有不滿啊。」

春寒料峭，多日未開窗透氣的屋子陰冷透骨，跪在地上的安福卻生生冒出一腦門的汗。「奴才不敢。」連聲兒都抖了。

謝崢卻背過手去，道：「來人。」

跟著安福當值的安平小心翼翼靠前兩步。「奴才在。」

「交給安瑞，二十板子。」謝崢語氣淡淡。「沒想清楚之前，不要回來伺候。」

安平縮了縮脖子。「是。」

安福渾身發抖，試圖掙扎。「主子……」

「還有，」謝崢卻不再搭理他，只朝安平吩咐。「查查這幾日誰去了清溪院，誰給安福送了東西。」

這是要徹查他的意思了。

安福大驚，連連磕頭，喊道：「主子饒命，奴才萬不敢有背主想法，奴才只是擔心主子——」

謝崢恍若未聞。「拉出去。」

「是！」安平苦著臉，朝安福口語了句求饒之話，便伸手去扶他。

謝崢冷冷道：「我說得不夠明白嗎？」

安平心下一凜。「奴才知錯。」雙手用力，拽住跪在地上的安福便往外拉。

謝崢身邊的太監，依照他要求，都是得習武的，武藝不說多高深，起碼都要能跑馬、能拉弓，遇到事情能抵抗幾下子。

他用上力道呢，安福當即被拖出屋子，經過門檻時還撞出一聲砰響，後者終於不敢吱聲，老老實實被拖了出去。

屋裡便只剩下安和一人守著謝崢。

謝崢盯著牆上慢慢浮現的墨字，直至墨字消失。

沒多會兒，外頭傳來說話聲，安和朝外頭瞅了眼，小聲道：「主子，王妃回來了。」

謝崢回神，道：「走吧。」

甫踏出屋門，便看見祝圓一行人進了正房。

他隨後跟進去，走在前頭的小丫鬟眼角一掃，嚇了一跳，忙不迭回身行禮。

祝圓聽見動靜轉回來，看見他，詫異一閃而過。「今兒這麼早？」看了眼他後面，笑著迎上來。「是不是餓了？」轉頭吩咐道：「趕緊讓人傳膳。」

「是。」

謝崢盯著她，試圖從她面上看出什麼，卻半分也不得。他暗嘆了口氣，牽著她往屋裡走。「提前回來找妳說說話，誰知妳竟不在。」

他提前回來、還杖責了安福，鐵定瞞不過她，索性實話實說了。

祝圓愣了愣，半點不提自己為何不在慎思堂之事，只笑了笑，順著他的話往下接。「天天見面，還要找我說什麼？」

謝崢深沈的目光落在她如花笑靨上。

祝圓半點不緊張，還歪頭衝他笑。「我是不是太好看了？」

謝崢。「……」

「好啦開個玩笑。」祝圓挽住他胳膊，帶著他繼續往屋裡走。「是不是外頭發生什麼事了？」

謝崢壓下思緒，轉道正事。「妳把菜送出去，不擔心日後不好與寧王妃見面嗎？」

祝圓眨眨眼。「就這？」她大手一揮。「我又不是到處送，就那麼幾家人，還都是自家長輩，怕什麼？我這是借花獻佛呢。」

「……妳不擔心就好。」不是什麼大事，她既然覺得沒問題，那便沒問題。

「放心啦，有什麼問題，也是寧王妃找我，寧王總不至於為了點菜找你麻煩的。」祝圓笑嘻嘻，轉移話題道：「來，看看我給農科院做的規劃，我自己看不出不妥，你看看有什麼地方要改改的……」

謝崢最後還是沒問祝圓為何不在慎思堂理事。

轉頭，祝圓也知道了安福被杖責的事，同時還有兩名宮女被遣回宮裡。她八卦地問徐嬤嬤。「是不是安福公公，跟這兩宮女……」她輕咳一聲。「私下有聯繫？」比如對食什麼的？

徐嬤嬤搖頭。「奴婢瞧著不像，怕是有別的事情……照奴婢看，這頓罰，還是挨晚了。」

祝圓詫異。「妳不喜歡他？」

徐嬤嬤登時皺眉，開始給她分析。「別看這老太監整日笑咪咪的，他對咱們意見大著呢，每回找他，都各種推拖……哼，就是心高了，還想給主子做主呢。」

祝圓眨眨眼。「我怎麼不知道？」她皺眉。「妳們遇到問題，也要跟我說，我既然當妳們的主子，自當護著妳們。」

徐嬤嬤笑了。「這點小事哪至於讓您出面，他心裡明清得很，斷不敢做得太過讓主子發現。」

祝圓猶自不滿。「以後遇到這種刁奴告訴我，弄不走他，我們也不跟他對事。」

徐嬤嬤驚了，忙勸她。「萬不得已，可千萬別跟王爺的心腹起矛盾，若是被穿小鞋了，這真是哭都沒地方哭。」

祝圓不以為然。「若是我跟王爺的感情還禁不起一個下人的挑撥，那這情分也到頭了。」

這話說來平淡稀疏，竟無半分難過。徐嬤嬤心下大驚，忙不迭掃視四周，確定屋裡只有她跟縠雨，才鬆了口氣，然後立馬呸呸兩聲。「王妃誒，您這才剛入門呢，怎麼能說這種不吉利的話？」

祝圓無奈。「嬤嬤，就是隨口一說。」

徐嬤嬤卻不這麼想。「您跟王爺是少年情誼，若是經營得當，將來誰都越不過您，您何苦跟下人鬥氣，壞了您倆的情分呢？」

「好好好，我這不是沒做嗎？」祝圓可不想跟她在這種問題上爭執。

徐嬤嬤這才作罷，只是沒想到，她家王妃看著年紀小，在這情愛上，竟似半點不留戀的樣態⋯⋯

想到那些堆在慎思堂各處、完全未開封、只在需要的時候去翻找出來的箱籠，她便憂心忡忡，王妃這樣子，分明是⋯⋯

她總覺得這兆頭不太好，回頭還是得勸勸，東西該擺出來的擺出來，大大方方地住在慎思堂。

再看那挨完杖責的安福，正哭爹喊娘地上著藥呢。

「行了啊。」安瑞沒好氣，將手裡膏藥放下。「只受點皮外傷，還不偷著樂，在這嚎什麼呢？」

安福抹了把眼淚。「皮外傷也疼啊！」

「我還以為你銅皮鐵骨呢，跟你說過好幾回，回回應了，轉頭還是老樣子。」安瑞越想越氣，索性一巴掌拍下去。

安福慘叫一聲。「你這老王八，是想疼死爹嗎?!」

「該！」安瑞呸他一口。「得虧主子念舊情，否則，你今天就該被扔去亂葬崗了。」

安福哭喪著臉。「我這不是為主子嗎？咱伺候主子多年，除了幫著主子往……不就是指著伺候伺候小主子嗎？你再看那位，不說多年寒症，那瘦不拉幾的模樣，像是能生的嗎？」

他拽過方帕子擤了把鼻涕。「主子都二十一了，連和王的長子都出生了，咱府裡還……這讓我怎麼忍得住？」

和王是排名第四的皇子謝嶦，時年十九，去歲成親開府，比謝崢還早上半年。

這才多久……安瑞又想拍他了。「你還想繼續折騰？」

「不敢了不敢了！」安福垂頭喪氣。

安瑞看了眼外頭，確定小太監守著，才低聲跟他嘀咕起來。「咱們當下人的，伺候好主子，主子順遂，我們也跟著享福，主子開心，我們不是跟著開心嗎？連主子都不擔心呢，你擔心個什麼勁？」

安福不服。「主子還小——嗷，你這老王八！」

安瑞淡定收回手。「主子七、八年前就有了這般心性，何須你來教？」不等安福說話，他接著道：「打主子會走路，咱們就跟著伺候，我就問你一句，這麼多年了，主子什麼時候笑得最多？」

安福不解。「你問這個——」

安瑞沈下臉。「你仔細回想一下。」

兩人是多年的老夥計了，自然了解得很。見他這般，安福沈下心開始回憶。

半晌，他遲疑道：「……這兩個月？」

安瑞點頭，又道：「還有，往日主子都只顧著忙事情，平日吃喝，不都得我們幾個從旁提醒嗎？但這段日子，你不覺輕鬆許多嗎？」

打大婚以來，謝崢是一日三頓不落下。

每天早起習武，梳洗過後跟著祝圓用早膳，午膳、晚膳也是準點回慎思堂，偶有事情，也定會讓他們傳話回去，讓王妃等等他。

還有心情。謝崢這段日子也少了往日的冰冷，整個人溫和了不少，不會整日悶在書房裡習字看書，偶爾他們去稟事，他甚至還會與他們閒聊兩句……

安瑞又加了把火。「前兩日王妃還笑話主子，說他胖了些。你想想，咱主子從十幾歲起便殫精竭慮，何曾胖過？」

謝崢向來習武，即便吃得不少，不胖，看起來也挺正常的……他們竟也從未想過這點。

安福怔怔然。

安瑞見他終於回過味來，鬆了口氣，最後警告道：「日後會有何變動，我也管不著，不過，在我這兒，主子是第一位的，他想做什麼，我便跟著做什麼。倘若你再跟主子對著幹，別怪我不顧十幾年情分，親自了結了你。」

昭純宮。

淑妃收到肅王府送來的菜，心情好得不得了，還頗有興致地跑到前殿，跟著宮女們一塊兒翻看初稿。

聽說承嘉帝過來用飯，她還有些反應不過來。「過來用午膳？不是晚膳？」

玉容笑道：「是午膳，奴婢再三確認了呢。」

淑妃點頭。「那讓廚房弄幾樣新鮮的，圓丫頭不是讓人送了些菜過來嗎——」她腦中閃過些什麼，停了下來。

圓丫頭前腳才讓人送了菜進來，後腳承嘉帝就要過來用膳……承嘉帝這是看上她這些菜？

應當不至於……淑妃搖了搖頭，晃掉腦子裡的瞎想。

「娘娘？」玉容見她停下搖頭，疑惑地喚了聲。

淑妃回神。「無事。」接著道：「讓廚房挑些菜做幾道新鮮的，別整得太油膩了。」

「是。」

淑妃想了想，又道：「使人去問問崢兒，看他待會要不要過來用膳，若是不得空，就讓人做了送過去。」

「是。」

淑妃擺手。「去吧。」

玉容當即領命下去，淑妃估算了下時辰，也放下手裡的稿子，領著玉霞回正殿梳洗更衣去。

待她這邊捯飭好，承嘉帝正好過來了。

淑妃將人迎進暖閣，先讓人去傳膳，然後親自給承嘉帝端了茶，笑著閒聊起來。「怪不得一上午我左眼皮直跳，原來是知道陛下要過來呢。」

承嘉帝端起茶水抿了口，道：「這段時間忙著官員考核之事，一直不得空過來，今天事少一些，朕便過來看看。」

淑妃抿嘴笑。「臣妾曉得，跟了您這麼些年，哪會不知道這些呢？」

承嘉帝神色柔和下來。

兩人閒聊了兩句，午膳便送上來了。

淑妃身為一宮之主，還管著後宮事務，昭純宮裡自然有自己的廚房，故而膳食上得非常快，也熱呼。

淑妃先給承嘉帝挾了一筷子的上湯菜苗。「剛好今兒圓丫頭使人送來些葉菜，陛下嚐嚐。」

承嘉帝掃了眼桌上菜色，輕哼了聲。「這丫頭是不是不太懂事？怎的只往妳這兒送，朕連根菜葉子也沒見著？」

淑妃愣了愣，笑了。「陛下，您也不缺這點菜葉子，怎地還跟她一小丫頭計較呢？」完了又給他舀上一塊冬瓜。「圓丫頭送到臣妾這兒，可不就是想著臣妾會找您一塊兒用嘛……臣妾早前還想讓人找您過來用晚膳呢。」趕巧他就來了。

承嘉帝撇了撇嘴，沒再說什麼，只嘴裡依然嫌棄。「兩口子都掙了不少了，怎麼也不蓋個暖房？」

「回頭臣妾讓人問問去。」

淑妃又柔聲勸了兩句膳，承嘉帝這才扶起筷子開動。

用了幾口，他想起什麼，道：「老三想去工部，妳知道這事嗎？」

「工部？臣妾不知道呢。」淑妃詫異，繼而皺眉。「他前幾年不是去工部待過嗎？怎麼還去？」

承嘉帝看了她兩眼，點頭。「前幾年算不上，不過是去小打小鬧了一場。」他沈吟片刻，道：「他年歲也大了，還去鑽研這些奇技淫巧，不太好看。這事朕還壓著，回頭妳去說說他。」

淑妃愣了愣，點頭。「臣妾曉得了。」雖然謝崢不一定會聽她的……

承嘉帝又道：「還有，祝修齊不錯，朕壓了他三年，他也不負朕所望，章口打理得很好。」

淑妃頓了片刻，才想起祝修齊是何許人。

「老三不是念著要去工部倒騰各種實驗嗎？他提出的想法不錯，朕已擢升祝修齊為六品主事，放到工部去，以後這事就交給他。」承嘉帝看著淑妃。

淑妃聽得愣愣然，仔細將方才的話琢磨一遍，慢慢點了點頭。

承嘉帝這才收回視線，反過來給她挾了一筷子菜。「趕緊吃，待會菜涼了。」然後揀了謝峍的學業問題跟她閒聊起來。

待承嘉帝走了後，淑妃靠在臥榻上想事兒，眉心緊蹙，一副困擾不已的模樣。

承嘉帝從不曾與她談這些，怎麼突然……

謝崢如今也二十有一了，難道……

玉霞端了盞新茶過來，放在她手邊，輕聲問：「娘娘是不是有什麼煩心事？」她家娘娘最近幾年都在寫稿審稿，已經很久沒有這般愁眉不展的了。

淑妃回神，看了她一眼，道：「去肅王府傳個話，讓圓丫頭——算了，讓謝崢和圓丫頭兩人明兒過來吃飯。」

「是。」

肅王府，謝崢也在與幕僚們商量此事。

不，準確的說，謝崢正看著紙上墨字發呆，幕僚們在一邊吵得不可開交。

「……工部不行，那自然是首選戶部，天下錢糧盡出此部，田稅改革還是咱們主子一手弄起來的，主子若是去戶部，輕易便能上手。」

「老朽深覺不然，自古以來，六部皆以吏部為貴，文選、考功、驗封、稽勛，皆是鍛鍊擇人用人之道，能讓王爺更好地鍛鍊。」

「寧王已在吏部，其岳丈也在，王爺再去，豈不是要被壓制？不行不行！按我說，得去兵部！」

「不行，兵部……」

紙上浮現的墨字停了下來，謝崢這才抬起頭，敲了敲桌子，道：「你們商議出結果，再來報我。」

眾人應喏。「是。」

謝崢便起身離開了。

安瑞跟著他走了幾步便察覺他想去哪兒，登時咋舌，心裡再次告誡自己，要對眠雲居那位敬著些，可不能跟安福似的，傻乎乎堵上去。

謝崢自然不知道他在想什麼，只慢條斯理的直奔眠雲居。

祝圓剛忙完一段，正在院子裡溜達走動，陡然聽見行禮聲，忙轉過來，看到他，登時詫異了。「你怎麼過來——咳咳，王爺萬福。」然後迎上來，小心問道：「這個點，你不是在忙嗎？」

謝崢看著她。「嗯，他們在書房吵得厲害，我過來避避。」

他是王爺，怎麼會被吵呢？而且，要避，也不至於特地來她這眠雲居。

心裡雖然這般想，祝圓面上卻分毫不顯，只笑道：「那正好，嬤嬤今天煲了茅根竹蔗薏米水，你待會喝一碗潤潤。」

「好。」謝崢從善如流，順勢牽住她欲往室內走。

祝圓站住不動。「我剛從屋裡出來呢，先陪我走走。」

謝崢頓了頓，轉回來。「好。」

祝圓眉眼彎彎，帶著他往邊上走。「前兩日我剛讓人弄了個葡萄架，帶你去看看。等春天長起葉子了，我們可以在下邊歇晌看書，想想就愜意。」

絲毫不提為何會在此處，更不提為何要裝飾這處院子。

謝崢眸色黑沈，默不作聲地跟著她逛起這處陌生的院子。

兩人安靜地走了一段路，祝圓偷覷了他幾回，見他始終眉峰緊蹙，她想了想，索性開始介紹眠雲居的佈置。

「我準備讓人在西屋那邊加種一棵大樹，等天氣熱了，屋裡也能涼快些……院子修建時我讓人在牆根留了溝渠，通了活水，兩邊攔了網，等天氣暖和些，我再養幾尾小魚，閒了還能餵餵魚……回頭我讓莊子給我燒幾根鐵杠桿，立在後院，日後我鍛鍊身體就不愁沒地方了～～」

殊不知，她介紹得越生動，謝崢的心情便越不好。

在祝圓說到某個角落後，他停下來了。

「進屋裡吧，不是說煲了甜湯嗎？」他語氣淡淡，聽不出喜怒。

祝圓自然沒意見，立馬歡快地跟他回屋——反正也逛得差不多了。

兩人剛進屋，徐嬤嬤便端著甜湯過來，祝圓索性拉著謝崢在廳裡坐下。

也不需要人伺候，小鍋直接擱在桌上，她拿了碗勺便開始盛。

「竹蔗甜，湯裡頭沒放糖的，喝起來都是甘蔗的清甜味，可好喝了！」祝圓先給謝崢盛了碗，推薦道：「春天濕氣重，偶爾喝點這個可以清熱祛濕，對身體好。」

「嗯。」謝崢接過來，略抿了抿試試溫度，仰頭，一口乾了。

「你喝這麼急作甚？得虧嬤嬤已經放涼了，要是燙著了怎麼辦？」

「無事，我試過了。」謝崢放下碗。

祝圓接過來。「我再給盛點，你慢著喝啊。」

「嗯。」

祝圓又給他添了大半碗，看他用小瓷羹慢慢喝起來，才給自己盛了碗。

謝崢看她開始喝了，反倒停了下來。

「圓圓。」

祝圓扔給他一個疑惑眼神。

「妳為何……」謝崢對著她眉眼彎彎的笑靨，終歸是換了個話題，神色溫和地看著她。

「慎思堂也弄一套吧。」

祝圓眨眨眼，裝作沒聽到他方才嚥下去的話，只順著往下接。「你說，葡萄架、榕樹那些？」

「嗯。」

「好呀～～」不過是些佈置的小事兒，祝圓欣然應允。「不過可不能一樣的，你那院子比較嚴肅，回頭我想想辦法，看怎麼弄好看。」

「嗯。」謝崢微微皺眉，反問她。「嚴肅？」

祝圓登時捂嘴笑。「可不是嚴肅，連院子名，聽起來都彷彿刑堂、懲戒堂似的。」

……怪不得當初她站在院子門口笑呢。謝崢無奈。「禮記有云，博學之，審問之，慎思之，明辨之，篤行之。我不過是取了其中之一。」

祝圓當然知道。「那也是太嚴肅了。」

謝崢想了想，道：「那妳想一個。」

「啊？」祝圓傻眼。「你要換掉？」

謝崢「嗯」了聲。「區區名字，想換便換了。」

「……哦。」

「妳想叫什麼？」謝崢又問她。

祝圓撓腮。「這個，看你喜歡什麼樣的啊。」

謝崢看著她。「叫，皦日居，如何？」

「穀則異室，死則同穴。謂予不信，有如皦日。」是詩經的經典名句，祝圓習字多年，《詩經》、《禮記》這些幾乎倒背如流，自然不會不知道這個。

對上謝崢深潭般的黑眸，她怔住了。

半晌，她掩飾般笑笑。「如皦然之白日？不錯啊，聽起來明亮又積極的。」

謝崢定定地看了她半晌，道：「那就改這個。」

祝圓笑呵呵。「好啊。」

趕緊喝完糖水，把人帶到東暖閣。

「我前些日子去聊齋買了本書，寫得可好玩了，前兩天我剛看完呢，給你看看。」還是看書吧，看書安全。

是本怪志。謝崢順手接過來，掃視一圈。

祝圓意會，忙不迭將他拉到臥榻處，拍拍那橘色靠枕。「坐這，靠上去保管你舒服得不想起來。」

謝崢依言落坐，慢慢靠上去，軟綿綿的，確實舒服。

祝圓已經抱著別本書坐到另一側，背後塞的是嫩芽綠的大靠枕，腰側手邊還有天青色、鵝黃色兩個枕頭。

這東暖閣裡放置的臥榻，是那種長長方方、寬寬敞敞，中間帶著個小几的臥榻。想看書可以懶懶地靠著；想寫寫字，也能鋪紙放筆墨；想瞇一會兒，也能將小几挪開。

小几上沒有紙筆，想必祝圓平日只在此處看書。

徐嬤嬤輕手輕腳給他們上了茶水便退了出去。

祝圓已經脫了鞋履，整個人窩進軟枕裡，慢慢翻閱起書冊，神情閒適又悠然。

謝崢定定地看著她。

半晌，他終於收回視線，看向手裡書冊。

探究的目光終於從自己身上挪開，裝模作樣看書的祝圓暗鬆了口氣。

兩人安靜看書，直到守在外頭的安瑞來報——宮裡傳話過來，讓兩人明兒進宮，昭純宮有請。

謝崢皺眉。「有說為了何事嗎？」

安瑞搖頭。「來人沒說。」

謝崢想了想，放下書冊，轉頭朝望過來的祝圓道：「我去前院問問情況，晚膳等我。」

「好。」

謝崢接著指著几上書冊，補了句。「這書不錯，給我夾上書籤，下回過來我接著看。」

意思是，以後還要過來？祝圓眨眨眼，點頭，謝崢這才離開。

等他走了，祝圓大大鬆了口氣，安心接著看書，還沒看幾頁呢，安和帶著一大堆人，扛著十幾個箱籠過來，問怎麼安置。

祝圓詫異極了。「怎麼了？」

安和恭敬道：「這些都是王爺慣用的東西，王爺讓奴才在這兒備上一份，以後過來，也方便些。」

祝圓。「……」

安和偷覷了她一眼，恭敬地問道：「敢問王妃，這些物件該如何安置？」他不傻，他的老上司安福還在那旮旯角屋子裡躺著呢，恭敬些肯定不出錯。

徐嬤嬤看了愣怔的祝圓一眼，眉開眼笑道：「交給奴婢吧。」立馬拽著安和到一邊去清點東西。

祝圓。「……」

行吧，總不能扔出去。

這邊東西還沒收拾好呢，謝崢又派人過來，說宮裡無甚大事，就是吃吃飯說說話，然後補了句，今天晚膳在眠雲居用。

祝圓。「……」

她有不祥預感。

不出所料，當天，謝崢不光晚膳在眠雲居用，吃完晚飯，牽著她在眠雲居四處晃悠了一圈後，還讓人備水、拿衣衫，要梳洗安寢。

祝圓。「……」

這是要住下的意思嗎？

何止住下，謝崢也不知憋著什麼勁兒，當晚死活不出來，把她翻來覆去地折騰，直到她哭著求饒，才鬆了精關，放她入睡。

最近半個月，兩人的運動生活已經磨合得很不錯，每天一場，既解壓又爽快，既不會太累也能助眠，和諧又美滿。

陡然來這麼一場，祝圓是又疲爽又鬱悶，想發飆，心裡又虛……只得打落牙齒和血吞了。

第二天又得進宮，雖然謝崢說了沒啥大事，也不著急，祝圓還是趕早爬起來，扶著痠痛的腰準備去沐浴，正好與回來的謝崢打了個對臉。

扶著腰的祝圓震驚。「你怎麼還在這裡？」

鬢邊、頸側全是汗珠子的謝崢挑眉，視線慢慢下滑。

僅套著一身寬鬆寢衣的祝圓低呼一聲，衝進浴間。

低沈的笑聲在後頭響起，祝圓忿忿然，扭頭問穀雨。「王爺怎麼還在這裡？」

穀雨無辜極了。「王爺練武後都要沐浴更衣的呀！」何況待會還要進宮呢。

祝圓登時緊張了，忙不迭往外看去。

外頭已經沒了動靜，謝峥應當是去別處沐浴了吧？

她舒了口氣，問：「王爺昨夜裡宿在這兒？」

穀雨點頭。「早上還是安瑞公公過來伺候的呢。」

「……是嗎？」

果然如謝峥所說，淑妃找他們確實沒啥事，見面還笑咪咪地謝祝圓前兩日給她送的綠葉蔬菜。

冬日裡蔬菜少，都是先緊著承嘉帝供應，還得分給諸位皇子公主，剩下的才會給妃嬪分，她雖為一宮之主，能分到的也不多，隔一、兩天吃一頓差不多了。

剛油乎了一整個冬天，看到祝圓送來的一大筐綠葉蔬菜，她心情自然好——這些菜，藏冰窖裡能好好吃上幾天呢。

故而一見面，她立馬讓人拿來一匣子玉釵，全塞給祝圓。「這些都是我年輕時候戴的，都還新亮得很，拿去戴著玩吧。」

年輕時候……淑妃這會兒也才四十歲上下而已。不過，淑妃能拿出手的，自然都是好東西。

祝圓受寵若驚。「太貴重了，兒媳受不起。」

淑妃擺手。「讓妳拿去便拿去，別囉囉嗦嗦的。」完了也不管她，轉頭跟謝崢提了承嘉帝的話。

聽到裡頭還有自己爹的事，祝圓也顧不得推了，收拾了豎起耳朵仔細聽。

她爹終於升職了？

啊，謝崢要去工部，被承嘉帝否了？

什麼，承嘉帝似乎有意謝崢——哦，這個不是理所當然的嗎？淑妃現在才發現嗎？

祝圓看看認真的淑妃，再看看面色沈靜聽著她說話的謝崢，頓覺索然無味，甚至開始打呵欠。

淑妃看了她一眼，祝圓忙不迭捂住嘴，尷尬地道歉。「昨夜裡沒休息好……」

淑妃挑了挑眉，意味深長地看了眼謝崢，道：「看你們感情好我也安心，現在啊，我就等著抱孫子了，我估摸著，陛下也是在等這個。」

祝圓心一沈，該來的還是來了。

時年二十一的謝崢，備受承嘉帝看重的謝崢，會如何抉擇呢？

祝圓垂眸，指腹輕輕摩挲面前的茶盞，卻聽身邊的謝崢隨口答了句。「不著急。」

祝圓。「……」這麼敷衍。

淑妃竟也不生氣，只嘆了口氣，道：「也是，你們才剛成親呢。」

謝崢微微詫異。他的母妃，有這麼好說話嗎？

他下意識看了眼祝圓，後者猶自低頭不語。

淑妃沒在意他的小動作，接著往下問：「昨天你們送來的菜，怎麼是老二家的？你們缺銀錢嗎？」

謝崢這回直接看向祝圓了。

淑妃有些詫異，跟著看向祝圓。

祝圓正走神呢，發現突然安靜下來，抬頭一看，對上兩雙相似的黑眸。

她嚇了一跳，弱弱道：「什麼？」

謝崢&淑妃。「……」

淑妃沒好氣。「昨晚幹麼去了呢？今天光看妳走神。」

祝圓沒敢吭聲。

謝崢皺了皺眉，替她解圍。「我的錯。一時忘了今兒要進宮，不怪她。」

祝圓「轟」地一下臉紅了。這人，不說話沒人當他啞巴！

淑妃本沒有多想，剛要問呢，就見祝圓臉紅了，當下也明白了過來，登時無語。「都成親一個多月了，還沒黏夠啊？」

祝圓徹底不敢抬頭了，謝崢見狀，索性轉移話題，將方才問的問題朝祝圓複述了遍。

淑妃挑眉。「你不知道家裡銀錢狀況？」

「幾年前就交給圓圓了，都是她管著。」

淑妃想了想，點頭。「也挺好，這些瑣事交出去，你也能專心忙正事。」然後看向祝圓。

祝圓忙不迭道：「有是有，不過這暖房頗費銀錢，兒媳正想法子弄大棚菜，沒意外的話，今冬也能吃上綠葉蔬菜了。」

淑妃有些好奇，問了幾句，聽得有些不明白，又丟開了。「算了，我還是等年底看看妳種出了什麼。」

「誒。」祝圓笑咪咪，只要不聊她跟謝崢的房事，啥都好。

「既然你們都心裡有數了，我就不多說了。」淑妃看了眼沈靜寡言的謝崢，索性找祝圓聊起了《灼灼》。

第三十六章

出了宮門，謝崢將祝圓拉上自己馬車，與她解釋道：「妳原打算在莊子辦農學研究，是為民生相關，理應是工部的職務。我本想著等我去了工部後再接手研究，不想父皇竟不允我去工部……如今怕是不行。」

祝圓「嗯」了聲。「那我繼續在莊子裡做？」

「這研究還涉及到後續推廣，還是讓工部接手比較穩妥。」謝崢捏了捏她手指。「父皇看好這件事，他把妳爹提上來，應當就是為了這事。」

那更好。想到她爹終於能留在京城，祝圓開心極了。「那更好，回頭我有什麼點子，還能直接找他聊聊。」

謝崢看著她。「很高興？」

「嗯嗯。」祝圓瞅他一眼，湊過去，親了親他唇角。「謝謝狗蛋～～」

不光是謝祝修齊的升遷，還謝謝他這幾日的包容。

王爺、王妃分院而居，是當下的規矩和大體，偏偏謝崢要把她弄進慎思堂……

但是，她絕對不會把信任放在一個覬覦大位的王爺身上。

比起一個不屬於自己的院子，那眠雲居，才是她名正言順的居所，她當然要趁著當下得寵，將所有東西都弄得齊齊整整。

即便將來她與謝崢恩愛不再，她也能體體面面地回去眠雲居，關起門來過自己的小日子。

她只是將常用的東西備了兩份，分別在兩處院子擺著，因謝崢發了話，她那些不常用的東西便鎖在慎思堂幾處屋子裡。

除此之外，她日常該怎麼生活便怎麼生活，三餐小點一頓不落，溫柔小意半分不少，操持家務、生意勤勤懇懇，還夜夜春宵……該做到的她自認都做到了。

這些可都不是裝的——她不是聖人，幾年下來，她對謝崢，也是實在的情真意切。

可她也不是真正能做到三從四德的小女子，做不到忘我投入。

是，她喜歡謝崢。

但她依然是祝圓，是受過九年義務教育三年高中四年大學、在男女平等的現代社會打滾過許多年的祝圓。

她的心裡，始終保留著三分餘地，倘若謝崢連這點餘地都不給她留……

好在，謝崢給了。

謝崢這幾日的反常，她自然看得出來幾分。

他沒有明說，只是轉而將代表他身分的東西搬進眠雲居，給了她足夠的體面。

她既欣喜又心虛，繼而又有幾分空茫——多可悲，即便她貴為王妃，體面，還是得靠一個男人給與……

罷了，不管如何，對於謝崢給與的縱容，她確實是歡喜和感謝。

情難自禁，她索性趁著車裡只有他倆，湊過去親了他一口。

謝崢眸色轉深，扶住她後腦，沈聲問：「就這樣？」

祝圓眨巴眨巴眼睛，笑了。

她湊過去，伸出手指，曖昧地在他胸膛上畫圈圈，低聲道：「那，晚上……」

曖昧調笑之語含糊在唇齒之間……

祝修齊高升，還是在京留任，不管是祝圓還是張靜姝等人，都大大鬆了口氣。

待祝修齊回來，祝圓還乘機回了趟娘家，跟爹聊了許多章口的情況——因祝修齊還沒上任，祝圓也不好提農科試驗的事。

再跟張靜姝等人說了會兒話、逗逗兩個小娃娃，再跟今年終於要下場科舉的祝庭舟聊了許久，時間便到了申時。

眼看她還沒有想走的打算，徐嬤嬤只能站出來催了。

祝圓看著天色還早，又拖了一會兒，才依依不捨地離開。

回到王府已近申時末，若是在冬日，差不多就該吃晚飯了，所幸現在天兒越發長，天黑得晚，晚一會兒也不怕。

祝圓如是想著，掀簾走出馬車。

溫熱大掌扶住她的胳膊，同時，熟悉的低沈嗓音帶著不悅在耳邊響起。

「怎的拖了如此之久？」

祝圓愣了愣，下意識問了句。「你怎麼在這兒？」

來人正是謝崢。

他扶著祝圓，神情淡淡道：「剛好經過。」

祝圓眨眨眼，看看四周，確認是二門沒錯，登時無語，他沒事經過這兒做什麼？

不過，她也不問原因，下了馬車，隨著他往後院走去，邊走邊聊道：「那敢情好，正好一塊兒用晚膳了。」

「嗯。」謝崢神情柔和。

祝圓隨口又問：「午膳吃了嗎？」

謝崢頓了頓，皺眉道：「往常做飯的大廚是不是輪休了？今兒的菜又鹹又油，毫無水準。」

「啊？」祝圓停下腳步，詫異道：「怎麼會，我出門前還跟劉大廚說話來著。」眼角看到安瑞無奈的神情，更奇怪了。

謝崢輕哼。「那就是偷懶打混，回頭妳好好整治整治。」

祝圓狐疑地看了眼安瑞，半信半疑道：「是嗎？回頭我查一查。」

「嗯。」謝崢反過來問她。「今兒回去，跟岳母他們聊了什麼？」

提起祝家，祝圓立馬便精神起來，開始跟他講祝家的情況。祝庭舟今年打算下場準備得如何，祝修齊過幾天就要去工部上任，六歲大的小弟弟小妹妹現在有多調皮，幾個月大的小姪子有多可愛……

謝崢牽著她，看她小嘴叭叭叭的，心裡卻不甚舒服，索性打斷她，道：「妳若是喜歡孩子，咱們多生幾個。」

祝圓。「……」

不提生孩子，咱們還是好朋友。

恰好眠雲居到了，祝圓當即轉移話題。「啊到了，午膳沒做好，你中午肯定沒吃多少，咱們趕緊讓人傳膳吧？」

「好。」

祝圓忙不迭讓人傳膳。

她是朝後頭的白露吩咐的，安瑞那老傢伙卻立馬竄上來。「這種小事怎能麻煩白露姑娘呢，奴才腳步快，奴才去，奴才這就去！」說完，行了個禮就屁顛屁顛地跑了。

祝圓。「……」

她扭頭看向謝崢，問：「你這太監怎這麼積極？」

謝崢不以為意。「大概是怕小姑娘累著吧。」

「喲，那還挺紳士的啊！」

謝崢拉著她走進屋裡，問：「紳士何解？」

祝圓一愣，撓了撓腮，勉強解釋道：「通常是指一些尊重女性、敬老愛幼、談吐謙和之類的人吧。」

「倒是沒聽說過。」

祝圓乾笑一聲。「各地風俗不同，沒聽過的詞兒多了去。」

恰好留守的夏至帶著人送來溫水，她忙把人帶到洗手盆前，替他挽袖。

謝崢看著她低頭忙活，神情柔和。「那，我可還算得上紳士？」

祝圓當即噴笑出聲。「算了吧，你啊，在那個地方，只能算是……」瞅了眼退到一邊的丫鬟們，她壓低聲音，打趣道：「惡霸！」

話剛落下，她自己便樂不可支地笑了起來。

謝崢無奈，食指朝她腦門輕彈了下。「調皮。」

祝圓嘿嘿笑，看了眼外頭，拽下他的手。「安瑞公公回來了，趕緊洗手，該吃飯了。」

「嗯。」

兩人說笑著洗了手，來到桌邊。

安瑞已經在幫著擺菜湯，看見他倆回來，殷勤地湊過來扶祝圓。

祝圓受寵若驚。「安瑞公公客氣了，我自己來就行。」

安瑞笑呵呵。「應當的應當的，若不是主子那兒不得空，奴才恨不得天天來給您斟茶遞水呢。」

祝圓忍不住朝謝崢打趣道：「你苛待安瑞了？他怎麼一副想跳槽過來的樣子？」

謝崢斜了眼安瑞，道：「妳若是用得上，我讓他過來伺候妳。」

安瑞的笑容登時僵住。

祝圓噗哧一聲笑了，忙安撫他。「公公放心，他開玩笑呢。」

她是開玩笑，謝峥那邊……可真是不一定。安瑞緊張兮兮地看向謝峥，生怕這位主兒為博紅顏一笑，把他給扔了。

謝峥卻不搭理他，慢條斯理端起碗，挾了塊肉，還催祝圓。「別理他了，吃吧。」

這就是不繼續的意思。安瑞當即大大鬆了口氣，趕緊縮著脖子退下去，還不敢走遠，挨著門邊，偷偷摸摸地看著兩位主子用膳。

祝圓被逗得不行，還真是來了好奇心，壓低聲音問：「你這是怎麼他了？」

謝峥順手給她挾了塊排骨，避重就輕道：「罵了他兩句罷了。」

只是罵兩句？祝圓自然不信，不過這人既然不願說，她也不問便是了。

謝過他挾的菜，祝圓也扶筷端碗跟著吃起來。

這段時日嘴巴估計是被肅王府的廚子養刁了，她回去祝家，吃得不太合口，加上情緒亢奮，回去光顧著說話，也沒吃多少，這會兒也確實是餓了。

埋頭吃了小半碗，祝圓便聽見旁邊的謝峥開口。「添飯。」

她抬頭望去，正好看到不知何時湊過來的安瑞，屁顛屁顛地給他呈上一碗米飯。

再看他手邊摞起的兩個空碗，她咋舌。「你這是中午沒吃好嗎？我看你是壓根沒吃吧？」

他平日吃再快也沒這麼快啊！

謝峥卻淡定如初，「嗯」了聲便繼續吃飯，不過，這回速度終於慢了下來。

祝圓有些狐疑，視線一掃，看見退到邊上的安瑞拚命點頭，登時挑眉。中午謝峥幹麼去了？難不成廚房真的敢怠慢這王府主子？

一頓飯吃完，謝崢比平日多吃了近兩碗，放下碗後還打了個輕嗝。

祝圓忍不住笑。「倒是少見你這般吃法。」她看了眼桌面，道：「這還是咱家大廚的味道啊，可見人還在……你中午吃的真有問題？」

安瑞又在那兒殺雞抹脖子的了，背對著他的謝崢卻面不改色。「當然。」

祝圓半信半疑。「好吧，回頭我查查。」

最後也沒查出個所以然，劉大廚那邊信誓旦旦說沒有任何問題，還舉證說，連安瑞公公都沒找他們問罪——畢竟，安瑞作為王府裡的一把手管家，若是主子不滿，他肯定不會為了幾個奴才硬撐著。

這事也就不了了之。

四月芳菲，天氣漸暖。

脫了大衣裳，祝圓在王府的日子越發如魚得水，除了這幾年做慣做熟的鋪子雜事，便是井井有條無須耗費太多心神的家事，剩下的時間，她還能抽空看看書、逛逛園子，每天悠哉又自在，比在祝府的時候還悠哉。

若不是剛成親，又遇到自家爹爹升遷，她不好太過張揚，她肯定還要出門溜達逛鋪子。

沒錯，謝崢終於開始出門上班了——他被承嘉帝安排到禮部實習了。

禮部，掌五禮之儀制及學校貢舉之法。換言之，就是掌管大衍典章制度、祭祀、學校、科舉等事。

這是個清貴衙門，沒什麼油水，也沒什麼太大實權。

謝崢去地方歷練三年，回來還跟吏部合作擬了份〈縣府各類災害救治指南〉，然後又封王開府、成親……轟轟烈烈一大串，加上他前幾年倒騰出來的業績，所有人都等著承嘉帝的安排。

早先有傳聞說謝崢想去工部，還有人暗自嘲笑，覺得此子耽於奇淫巧技，不堪大任。結果，謝崢竟然被承嘉帝扔去禮部。

眾人譁然，有嘲笑的、有暗諷的，自然就有那支持的極力反對，理由不外乎那幾個，諸如「肅王眼光獨到，不可埋沒於禮部」、「肅王於稅法頗有建樹，可到戶部」、「肅王對兵法頗有見解，可到兵部」……

承嘉帝煩不勝煩，索性直接曝光出來。「那臭小子自己選的地方，你們找他說去！」完了甩袖離開。

階下眾人面面相覷。

於是，上班第一天，謝崢剛跟著激動不已的禮部尚書轉悠完，還沒開始熟悉事務，就被藉故過來串門子的幾部大人們堵住了。

剛回自己辦公室的禮部尚書咻地一下又冒出來，將他們攔在外頭。「諸位大人，這會兒禮部正在辦公，請勿打擾！倘若有事，回頭我們約個時間再詳談。」

「哎，你禮部閒得很，說幾句話工夫不礙事。」

「誰說的?!我這兒忙得很呢！」

「老黃啊，肅王在你這兒真的是暴殄天物啊，你也幫著勸幾句啊！」

「去去去，我這兒怎麼暴殄天物了？禮部掌五禮儀制、貢舉之法，哪兒比不上你們了？」

「老黃啊……」

「諸位大人。」謝崢走出來，朝吵吵嚷嚷的幾位大人行了一禮。

「王爺大安。」眾人忙不迭回禮。

「下官此刻站在禮部，上任禮部員外郎一職，在公言公，諸位大人可喚我一聲『謝大人』是也。」

眾大人。「……」

這是鐵了心要在禮部任職？

禮部尚書洋洋得意。「謝大人說得對，在公言公啊，你們有什麼事要跟我們禮部商量的嗎？」

謝崢也面色沈肅地點頭。「若是有事，可找本部的許大人、江大人，甚或是黃大人洽談。」

眾大人。「……」

得，當事人都不上心呢，他們折騰個什麼勁，散了散了。

眾人打了幾聲哈哈，鳥獸四散。

禮部尚書黃大人轉回來，拍了拍謝崢胳膊。「好好幹，有什麼不懂的，儘管來找我！」

謝崢點頭。

黃大人煞有介事地點點頭，背過手，樂呵呵地走了。

謝崢微哂，今天這狀況，恰恰好說明，他選對了。

他如今才二十一，距離上輩子他如日中天之時，還差好些年。如今這烈火烹油的架勢，若是他接了下來，必定要招承嘉帝忌憚。

他至今還記得，承嘉帝問他要去何部歷練之時，那探究的視線……

在他選了工部之後，淑妃才找他，言談之間也透露了幾分訊息——他從栴寧回來後，承嘉帝便一直沒到過昭純宮。

承嘉帝如今不過四十有六……還早，他需要低調些、再低調些。

另一頭的祝圓卻開始浪起來了。

謝崢天天出門上班早出晚歸的，還不好跟她紙上聊天，府裡就剩下她一個主子，連個說話的人都沒——跟穀雨、徐嬤嬤她們聊天，也聊不到一個點上。

祝圓頓覺無聊了，也不知怎的，平日裡也是這般，忙完事情看看書，如今只是謝崢不在，她竟覺得無聊。

大概是因為謝崢在前院時，她提筆就能聯繫上，或者走幾步也能見到人吧。

面上做得再體面，也不過是面上，在府裡消沈了幾天，祝圓決定出去走走，視察一下自家鋪子。

唔，在此之前，她得先去聊齋，結一下金庸先生的稿費——雖然不是她寫的故事，但她絞盡腦汁將故事重現出來，也是頗費工夫，辛苦錢還是要拿的。

於是，在謝崢勤勤懇懇到禮部翻閱儀制之時，祝圓歡歡快快地出門，直奔聊齋。

已然成熟了不少的江成看到她，當即撲通一聲跪下來。「王妃啊！」

祝圓嚇了一大跳。「江管事，你、你先起來……有話好好說啊！」

江成抬頭，目光灼灼，甚至帶著淚花地看著她。「王妃，您可終於出門了啊！若不是王爺不允，小的恨不得守在王府門口，只為了能見您一面啊！」

祝圓。「……」

等下，江管事，咱倆都各自成親了，沒將來的！

不光她，連她身後的穀雨、徐嬤嬤等人全都齊齊變了臉色。

好在，江成話剛出口，便反應過來自己說的話引人遐想，立馬給了自己兩個大耳光。

「呸呸，瞧小的這嘴！」完了立即磕了兩個頭。「王妃恕罪，小的……小的這嘴巴真不會說話！小的只是想說——王妃娘娘，《笑傲江湖》已經完結了，您該開文了啊！」

祝圓。「……」

嚇死個人了，有這樣催稿的嗎？

「你說金庸先生的？我知道的就這一本了。」她沒好氣。她又不是天才，哪裡記得住這麼多金庸小說？這《笑傲江湖》還是因為她喜歡裡頭的幾個角色，反覆看了許多遍才對情節記憶深刻呢。

再來一本？不可能！

「再說，我還在隔壁《灼灼》連載呢。」

江成登時哭嚎。「王妃娘娘啊，您不能這樣對我啊！」

祝圓。「……」

前些日子從淑妃那邊聽出些許不同後，謝崢便存了幾絲疑慮，暗暗猜測是自己這幾年風頭過盛導致……但他從不會靠猜測判定事實，還是讓人去細查了。

這一查，便查出這兩年宮裡多了許多顏色，位分都不高，不過是昭儀、婕妤之流。然，經謝崢的人仔細查驗，這些新人，都與靖王、寧王兩邊有著千絲萬縷的關係。

這得說到大衍的情況了，大衍北接蠻羌，南連荒夷，西邊還有時不時騷擾一波的韃子。好在，這些蠻夷小國都在明昭年被狠狠收拾過——也就是謝崢的皇祖父那一代，算起來，戰事休止也不過是二十年上下。

戰後需要休養，明昭帝不說，承嘉帝上位後，更是大力減免賦稅、嚴懲貪贓舞弊，十來年下來，大衍已初見四海昇平之態。

這種情況下，承嘉帝便有些鬆懈了。

他前些年勤勤懇懇，宮裡妃嬪也多是老人，恰好前兩年宮裡換了批宮女，又有嫻妃、安嬪等人在後頭推波助瀾，他索性由著性子，收了幾名。

當然，也就僅此而已，承嘉帝畢竟沒有老到變糊塗，除了少去幾名老人那兒，別的都沒有出格。

只是……

這些美人，有幾個可都是安置在昭寧宮、昭順宮、昭康宮的，此三宮，分別是嫻妃、安嬪、榮妃；對應的，正好是，寧王謝峸、靖王謝峿、和王謝嶦。

謝崢瞇了瞇眼，看來這幾家是聯手了？尤其是老四，才多大點，就敢跟這兩人湊一塊合謀？

呵！看來，他讓這些人緊張了。

緊張就好，緊張，就容易出亂子。

他將紙張收起，遞給邊上燃了燭台的安瑞。

後者接過來，小心翼翼就著燭火燒掉信件，燒完還不算，還將灰燼碾碎了放進一只空碗裡，用茶水沖散。

他們這會兒還在禮部，人員走動駁雜，傳遞消息還算方便，就是得注意著點。

謝崢輕叩桌面沈思。

燒完信件的安瑞取水淨了手，打開擱在小几上的食匣，取出其中小碗小碟，笑呵呵道：「主子先歇會兒吧，用了午點再接著忙活。」

謝崢回神，嘆氣。「今天又送了什麼過來？」

安瑞掃了眼桌上碗碟，說道：「今兒是生煎包和豆腐腦。」

謝崢無奈極了。「這一天天的吃下去，我怕是要把墨雲給壓趴下了。」

墨雲是他的寶馬。

安瑞嘿嘿笑。「主子您天天練武，這點兒吃的，哪會胖得起來。」他腆著臉。「這是王妃的心意呢，可不能浪費了。」

沒錯，這是祝圓給準備的下午茶。

雖然謝崢看著沈穩冷肅，算起來，也只是二十一歲的年輕人，正是飯量大的時候。

而且，他每日卯時起，然後便一刻不停歇地忙到酉時，除去三餐時候，只有晚上才能稍事休息。

這還是剛新婚時的日子，等到謝崢正式去禮部上班後，回來吃了晚飯，還得再去前院書房忙活兩個時辰。

這一整天打轉下來，年紀大些的真的會扛不住，若不是他每天練武一個時辰，估計也是夠嗆。

祝圓原本覺得他只是性子深沈些、謀略深些，他的勢力發展得好，大部分還是歸功於他的皇子身分——身為皇子，不管是賺錢還是拉攏忠心的下屬，都比別人容易得多。

成親後的這段日子，卻讓她看到了謝崢一路走來的艱辛。

他現在都需要這般勞心勞力，在他們成親之前，在她接手鋪子、莊子之前，他會忙成什麼德行？

這傢伙才二十一呢，想到謝崢十幾歲便肩負重擔，踽踽前行，祝圓就心疼得不行。

別的忙幫不上，只能天天想方設法給他進補了，一天三餐，外帶下午茶跟宵夜，一頓不落。

早晚飯、宵夜皆在王府裡用，午飯跟著禮部用膳沒法子，下午茶卻是定時定點讓人送過來。

這麼一天天吃下來，謝崢覺得自己的衣服都有些緊了。

其實他並不餓，況且，哪有男人這般天天吃點心的？

不過，安瑞這麼一說，他還是站了起來。「算了，吃點吧，省得你這傢伙回去跟王妃告狀。」

安瑞笑容更盛了。「奴才可不敢。」

謝崢輕哼一聲，問道：「別處有嗎？」

「都有，都有。」安瑞笑咪咪。「禮部諸位大人的分都送過去了，今兒是豆腐腦。」

既然要送點心過來，以祝圓這種周全性子，自然不會漏了謝崢的同僚。

當然，送的跟謝崢這邊就不太一樣。

比如謝崢今天吃的是生煎包加一碗特意調製的上湯豆腐腦，禮部眾人吃的就只有豆腐腦。

湯湯水水嘛，一次送一大鍋過來，每人都能喝上一小碗，盡夠了。費不了幾個錢，還能賺一大筆好感。

祝圓不過是擔心謝崢單獨吃不好看，謝崢卻以為祝圓是在為他鋪路。

如此美好的誤會下，謝崢自然不忍拂了祝圓的美意，只說了兩句，便走過來，揮袍落坐，挽袖開吃。

吃了幾口，想起什麼，他又問：「王妃今日是不是出門了？」

「是。聽說去了聊齋。」

謝崢點了點頭——點到一半，眉峰驟聚。「聊齋？不是說去看看鋪子嗎？」

安瑞打個突，小心翼翼道：「這個，奴才不甚清楚。」

謝崢擰眉想了想，道：「讓人去看看。」

「……是。」

安瑞心裡嘀咕，不就是出個門去了趟鋪子嗎？這也要找人去查探？太過緊張了吧……

嘀咕歸嘀咕，他還是乖乖去把人安排上。

於是，一個時辰後，聊齋會議室那邊發生的場景，便一字不漏地傳到謝崢耳朵裡。

安瑞說得小心翼翼，他聽得臉色黑沈。

半晌，他站起來。

「主、主子？」

「去跟黃大人打聲招呼，我今天先走一步。」

「……是。」

正在聊齋裡與諸位管事開會，研討合集出版物的祝圓，看到熟悉的身影帶著幾名太監快步走來時，還以為自己眼花。

彼時他們正在門窗敞開的花廳裡開會，戴著淺露的祝圓坐在上座，手裡還拿著炭筆在紙上寫寫畫畫，待徐嬤嬤緊張兮兮地過來戳她，她才看到那一行身影。

同在開會，坐在下首的萬掌櫃順著方向看去，登時嚇了一大跳，忙不迭起身，招呼大家去行禮。

祝圓心下有些嘀咕，卻也乖乖起身迎上去。

謝崢掃視一圈，精準地在行禮的人堆中找到江成，頓了頓，才將視線移回走到近前的祝圓身上。

祝圓還未福下去，他便抬手攙住她。「免禮了。」

「怎麼突然過來了？」祝圓就著姿勢湊過來，小聲詢問。「是不是出了什麼事？」

謝崢神色有些不豫，當著這許多人的面卻沒有多說，只道：「今天沒什麼事，聽說妳在這，索性出來接妳。」

真的嗎？祝圓狐疑地瞅他一眼。

隔著淺露，謝崢自然看不清她的神情，不過，他了解她，拉過她的柔荑，轉而朝眾人道：「無須多禮，我只是過來看看，你們接著忙。」

眾人皆有些遲疑。這，怎麼接著忙？不說別的，王妃、萬掌櫃之流，總得招呼他吧……

卻聽祝圓問他。「既然您沒事，一起開個會，看看有沒有什麼想法？」

「嗯。」都到這兒，謝崢自然不會離她左右。

眾人鬆了口氣，一行人再次回到花廳，分主次落坐。

離京數年的謝崢不光長大、長高了，渾身氣息也越發冷肅沈靜，比起數年前那名少年郎，氣勢更加駭人，在座的人都有些拘謹。

坐在主位的謝崢卻端了穀雨送上來的茶盞細品，不吭聲。

祝圓也不搭理他，朝眾人道：「會議繼續。陳管事，請。」

「是。」被點名的陳管事看了眼謝崢，清了清喉嚨，接著說下去。「方才咱們討論到這稿酬問題，按照合同所寫，我們原來給的稿費僅限制了《大衍月刊》上的連載，如今若要把稿子集結成冊，出新書售賣，恐會招來麻煩，所以我們得將這個稿費計算在內。」

祝圓讚道：「陳管事對合同的條例當真是瞭若指掌，這確實是很重要的一點，回頭你們擬一份出版稿費的章程和合同。」

「是。」

「另外，以往聊齋只做刊印和報刊，鋪子裡的書籍全是外部採購，往後若是自己出版書籍，那相關的配套也得弄起來……」

不知何時，謝崢已然放下茶盞，眼簾半合，諸事不理，宛如打盹，只是眾人之拘謹半點不曾減輕。

好在會議本就開了些時候，謝崢到來沒多久，事情便敲定得差不多。

祝圓放下筆，最後道：「把今天討論的事情理一理，過兩天我再來——」某人的爪子竟然捏她大腿！

她狠狠一巴掌拍飛，繼續道：「跟你們開會。」

「是。」

「散了吧。」

眾人看向依然端坐在主位的謝崢，謝崢抬眸，擺擺手。「去吧。」頓了頓，又道：「江成留下。」

江成愕然，有些無措地站起來。

眾人不著痕跡地掃了他一眼，紛紛行禮，腳底抹油了。

很快屋裡除了下人，就剩下他們仨。

謝崢也不說話，只拿眼睛冷冷地看著江成，祝圓看江成那大氣不敢喘的模樣，順嘴說了句。「您找江成幹麼呢？」

謝崢不輕不重地掃她一眼，視線再次落在江成身上。

三年過去，當年那名俊秀的小夥子已然變成帶著書卷氣的斯文青年，看上去也是文質彬彬、儒雅俊氣，正正兒是那些才子佳人話本裡的風流書生模樣。

謝崢越看越不喜。

「江成。」他語氣淡淡。「你也是讀書人，管的還是文字之事，什麼話該說、什麼話不該說，你應當清楚得很。」

不久前才發生的事情，江成及祝圓自然都還記得，兩人臉色齊齊大變。

前者是驚懼，後者則是，驚怒。

江成撲通跪下。「小的出言不敬，實該萬死，但小的絕無冒犯之意，請王爺恕罪！」

謝崢冷哼，正欲開口——

身側的祝圓卻站了起來，隔著淺露憤怒地看著他。

「謝崢，你監視我?!」

祝圓也不知道自己為何這般生氣，只下意識站起來便怒斥出聲，話音剛落，便有些懊惱了——怎能當著外人的面吵架呢？

不等謝崢說話，她深吸了口氣，看向縮著腦袋不敢吱聲的江成，道：「沒什麼事了，你下去吧。」

江成戰戰兢兢地看向謝崢，後者卻只皺眉看著祝圓，壓根沒理他。

他暗鬆了口氣，忙不迭爬起來退出去，臨出花廳前忍不住擔憂地看了眼祝圓——王妃這也太大膽了吧？竟敢當面直呼王爺名諱，還如此大不敬……她會不會被責罰？

視線剛要收回，便對上一雙冷鷙雙眸，江成臉都嚇白了，屁滾尿流跑離花廳範圍。

謝崢看著那小白臉滾遠了，才轉回來，沈聲道：「那不過是湊巧，況且，我並無怪妳之意，妳為何如此生氣？」

若不是她來聊齋，他也沒想到讓人過來查看，也就不知道江成這小子竟然還往祝圓面前湊。

祝圓不相信，哼了聲，道：「那可真是湊巧。」哪天不湊巧，趕著她成親後第一回出門瞎逛就湊巧了？「還不怪我，不知道的還以為我是出來會情郎呢。」

謝崢皺眉。「不要胡說八道，我何曾說過妳——」

「要不你說說為何這個時辰出現？別跟我說閒著沒事，你閒不閒，我還不知道嗎？」

謝崢眉峰擰緊。「圓圓——」

「怪不得一副抓姦在床的模樣……」祝圓越說越生氣。「是，我怎麼忘了，你娶我，不就是擔心我投了別人嗎？區區監視，自然不在話下。」

接二連三的，謝崢怒意也上來了。「妳就是這般想我？」

「不然呢？」祝圓隔著淺露怒瞪他。「我身邊徐嬤嬤、穀雨都是你的人，你還有什麼不放心的？我天天跟你住一起，你還有什麼不放心的？我以後不出門才合了你心意是不是？」

徐嬤嬤、穀雨登時白了臉，卻不敢吱聲。

謝崢陰沈著臉。「不要無理取鬧。」

「我就是這麼無理取鬧的人，你第一天認識我嗎？」

謝崢。「……」

出門時的好心情已全然消散，祝圓重哼了聲。「嬤嬤、穀雨，我們走！」

扭頭便要出門，謝崢一把握住她的柔荑。「去哪？」

祝圓冷笑。「不都在你的掌握之中嗎？還能去哪？撒手！」

謝崢自然不放，沈聲道：「一起。」

祝圓正氣憤呢，用力掙扎。

謝崢怕傷了她，只能鬆開。「我跟——」

祝圓已經甩袖出門，帶著神色忐忑的徐嬤嬤幾人揚長而去了。

謝崢。「……」

跟在其馬車後頭回到王府，謝崢想了片刻，還是去了前院書房，冷著臉投入忙碌之中——祝圓正生氣，他還是讓她先冷靜冷靜吧。

安瑞一直小心翼翼地伺候著，想到主子跟眠雲居那位吵了一架，晚膳也不知道會是什麼光景……

還沒等他琢磨明白，就有一眼熟丫鬟湊過來，在外面探頭探腦的。

安瑞記得這小丫頭是眠雲居的，忙讓一太監過去問問咋回事。跑腿的太監很快回來了，帶回來的消息，卻不那麼美妙。

安瑞垮下臉，心裡暗罵了句娘。

不管如何，該來的總會來。

慣常回後院用膳的酉時到了，屋裡埋頭看信件的謝崢卻半分沒有停下的打算。

安瑞在書房外頭徘徊許久，眼看酉時都快過去，天色都開始暗下來了，他沒法，只能硬著頭皮進去，小心翼翼道：「主子，該用膳了。」

謝崢頓了頓，抬頭問道：「王妃來問了？」

安瑞張了張口，更緊張了。「沒、沒有。」

謝崢登時皺眉，看了下日晷，瞇了瞇眼，放下筆。「走吧。」起身欲走。

安瑞苦著臉湊上來。「主、主子……」

「說。」謝崢往外走。

「那個，王妃……」

謝崢動作一頓，瞇眼看他。

安瑞打了個哆嗦，索性閉上眼睛，心一橫，一口氣往下說：「王妃吩咐了，晚膳送到慎思堂。」

謝崢心裡微鬆。「圓圓在慎思堂？」他還以為這丫頭生氣要躲回眠雲居呢——

安瑞壓低腦袋。「王妃，在眠雲居。」

王妃之意，不言而喻。

謝崢。「……」

「回慎思堂。」他冷聲道。

不能慣著。

眠雲居裡的祝圓也很煩躁。

一開始她確實憤怒，稍微冷靜下來後，她也知道是自己有些過了——說不定這次真的是意外呢？

可她心裡就是憋得慌，算了下時間，估計是月事快來了，暴躁得很。

為防跟謝崢吵起來，她索性讓人將晚膳分開，讓謝崢別過來了。

這話一放出去，登時把夏至等人嚇得不輕，紛紛苦口婆心地勸她。

「王爺不過是緊張您，怎的就跟他鬧起來呢？」

「王妃，哪有把王爺往外推的道理？」

「王妃，雖然府裡只有您一人，可那想攀高枝的人多得是，您這不是送羊入虎口嗎？」

祝圓沒好氣。「妳們王爺還能是羊？」看了眼天色，她鬱鬱道：「都這個點了，人指不定不當回事，早就用過膳歇息了，妳們在這勸我有何用？」

夏至跟了她多年，對她了解得很，聽她這話，便知道她有鬆動之意，忙道：「沒呢，王爺近戌時才回了慎思堂，這會兒估計還沒歇息呢，您過去剛剛好。」

祝圓。「……」

「妳這管事娘子當得還挺稱職的，連王爺的行蹤都打聽得清清楚楚的。」

夏至微笑。「這不是非常時期嘛。」

非常時期……她不過跟自家男人吵個架，就能惹得丫鬟、嬤嬤們如臨大敵，彷彿天塌地陷般，她心裡是又好氣又好笑。

「王妃，」夏至催她。「王爺一個人，指不定晚膳都沒用好呢……您去看看吧。」

「王妃。」徐嬤嬤等人也擔憂地看著她。

祝圓有些動搖了。

徐嬤嬤想起什麼，忙不迭補了句。「恰好您昨兒個剛繡了個荷包，這會兒送過去正合適呢。」

「對對！」穀雨立即去將荷包翻出來。

有理由有藉口，還心虛理虧……祝圓猶豫許久，終是妥協。「行了，我去看看吧。」

吵架歸吵架，總得有人低頭。

於是，祝圓便拿著荷包，踏著夜色，就著幾個燈籠的微弱光線慢慢往慎思堂走去。

這個點，慎思堂的院門已經關了，不過，王妃過來，自然沒人敢攔。

即便王爺王妃吵架了，王妃還是這府裡的當家主母呢——如膠似漆數月的肅王夫婦吵架，連晚膳都沒在一塊兒吃，自然瞞不過王府眾多下人。

如是，她過來，自然沒人敢攔。

收到消息匆匆趕來的安瑞面色如常，笑咪咪行禮道：「王妃大安。」

祝圓瞅他一眼，掃視一圈，問：「王爺呢？」

「王爺正在沐浴，王妃可在屋裡歇息片刻。」安瑞站那兒不動。

「哦。」祝圓頓了頓，將握在手裡的荷包擺在几上。「算了，我去看看吧。」

道歉嘛，當然得有點誠意，夫妻之間，什麼事最增進感情、消磨誤會呢？床事。

祝圓不是這時代傳統的女人，除了新婚那幾日謝崢折騰得過火，平日裡，她跟謝崢在這方面還是挺和諧的。

故而，她放下東西，揮退有些臉紅的夏至等人，便往浴間走去。

安瑞欲言又止，看了眼浴間方向，終是垂下眼瞼，默不作聲。

祝圓毫無所覺。

在這兒住了兩個月，她對各處熟悉得很，自然無須旁人領路。熟門熟路走到浴間，卻沒聽見水聲。

這是在泡湯？祝圓輕哼，還挺悠哉的嘛。

外間伺候的小太監看到她，瞬間煞白了臉，惶恐地跪了下來。

祝圓視線一掃，心裡一突，還沒想明白，她已經越過太監，走進了水霧縈繞的浴間。

熟悉的身影慵懶地靠在浴池邊，眼簾輕合，彷彿享受至極，一名薄紗美人裙襬半濕，正跪在他身側，纖細十指在他太陽穴上輕柔按摩。

薄紗清透，曼妙身材展露無遺，這哪裡是按摩，這分明是……

祝圓心裡一刺。

她早料到會有這麼一天，卻沒想到……來得這麼快。

道歉的心思登時消散，祝圓轉身便走。

第三十七章

謝崢絲毫不知。

泡澡太舒服，他甚至小睇了會兒，等醒過來時，按摩的手已經到了他肩背處。

他皺眉，眼也不抬道：「行了，出去吧。」他以為是安瑞找來的小太監。

他平日諸事繁雜，安瑞經常會這般安排，他也習慣了。

「王爺。」嬌柔的嗓音傳來，方才按摩的指腹力道一變，慢慢沿著他的胸膛往下撫。「讓奴婢伺候您吧……」

謝崢倏地睜眼，下一瞬，那名美人便被拽進湯池裡。

「啊——」美人嬌呼。

謝崢將其摁在身下，冰冷的目光宛如看著死人。「妳怎麼進來的？」

美人纖細雙臂蛇一般繞上他脖頸。「王爺……奴婢是清溪院的管事——啊！」

謝崢將人甩進湯池。

「來人！」他直接走出湯池。「將這名奸細拉出去，杖斃。」

外頭的太監急忙進來，謝崢隨手套了件袍子，不顧後頭的哭叫，沈著臉走出浴間。「安瑞！」

安瑞苦著臉飛快出現。「主子。」

謝崢盯著他看了半晌，問：「人是你放進來的？」
「主子……」安瑞緊張不已。「奴才只是見您頭疼，找個人給你按按。」
謝崢神色冰冷。「看來我說得不夠清楚。」
安瑞撲通一聲跪下來。「主子，奴才只是——」
「這裡不需要你伺候了，去跟安福作伴吧。」謝崢冷冷道。
安瑞哭喪著臉。得，連順水推舟都不行……也不知道主子什麼時候才能氣消。
謝崢卻不再理他，正欲回房，視線一掃，小几上一個突兀的荷包進入眼簾。
他皺了皺眉，問：「這是哪來的？」
安瑞心裡咯噔一下，更慌了。「稟主子，這是王妃娘娘帶過來的荷包——」
「她過來了？」謝崢掃視四處。「在哪？」
「……回去了。」安瑞垂頭喪氣，老實稟報。「方才王妃往浴間走了一遭，出來就走了。」
謝崢。「……」
祝圓本就對這些在意得很，當年還為了這個死活不願意嫁給他……
思及此，謝崢當即換了身衣服，踏著夜色直奔眠雲居。
眠雲居裡黑乎乎的，甚至連院門都關了，得，怕是真氣著了。
謝崢又無奈又好笑，揮退下人，直接走進正房。
值夜的白露看到他，先是嚇一跳，繼而驚喜，張嘴便要喊人。「王——」

謝崢已經風一般地颳進內室。
屋裡傳來一聲驚呼，立馬消於沈靜。
白露跟外頭張望的安和對視一眼，遲疑了下，慢慢退了出去。

屋裡——
祝圓蹬開某人，藉著窗戶透進來的昏暗月色怒瞪過去。「滾開！」
謝崢自然不，轉身坐到床沿，脫鞋上床。
祝圓拿腳踹他後腰。「滾滾滾，不想看見你！」
謝崢翻身壓過去，問：「還沒消氣？還是酸了？」
祝圓呵呵。「我忙著呢，沒那工夫！」
謝崢靜默半晌，道：「妳擔心的事情不會發生。」
祝圓頓了頓，冷笑。「每個人發誓的時候，都是真心的。」掙扎著要起來。「滾開，我現在不想看到你。」
謝崢壓住她。「圓圓，以我的身分，這些事情避免不了。」
「你不需要跟我解釋——」
「這得怪妳。」
祝圓。「？？？」
謝崢沈聲道：「妳既然在乎這些，為何要與我分得如此清楚？」他說的是祝圓長待眠雲居之事。

「不然呢？」親眼看著丫鬟一個接一個的爬床嗎？

謝崢嘆了口氣，接著道：「我認識的祝圓，行事有方，馭下有道，博學多才——」

祝圓咬牙。「說再多好話我也——」

「我認識的佩奇先生，是當世奇人，」謝崢打斷她。「不是逃避的膽小鬼。」

祝圓愣住。

「妳是佩奇先生，妳寫《農女修仙傳》，告誡旁人要自強自立、勇於嘗試和爭取，為何自己做不到？」逐漸清晰的床帳裡，謝崢盯著祝圓。「妳既然想要獨佔我，為何不自己動手？」

祝圓呆住了，半晌，她幽幽道：「你是王爺，將來指不定就是九五之尊……我管得著嗎？」

「妳可以試試。」

「……即便我能管住後院女子，將來你得登大位，我如何堵住朝廷百官的嘴？」

謝崢拉下她推拒的柔荑。「佩奇先生所做之事，少有不是開創先河之舉，還怕區區朝臣之嘴？」

祝圓瞪他。「你知道我說的什麼意思。」當皇帝也有無可奈何的事，再者，焉知他將來會不會順水推舟？

謝崢低笑。「那便請王妃好好督促，萬勿讓本王被旁人玷污了去。」

祝圓。「……」

謝崢俯下身，銜住她唇角輕吻，聲音有些含糊。「安瑞安福最近越發出格，妳要是不管管，回頭妳男人就要被別人玷污了。」

祝圓。「……」

踢他兩腳。「走開，一身臭味熏著我了。」

其實謝崢身上只有衣服薰香的味兒，她就是記著剛才那一幕，心裡不舒坦。

這是不惱了？謝崢莞爾，堵住她的唇。半晌，他道：「有勞王妃將本王身上的味兒洗去。」

祝圓氣息有些亂，嫌棄道：「要不是每月還能歇幾天，你這是要精盡人亡的節奏。」

謝崢。「……」

狠狠吮了她的唇一口，他語氣危險。「若不是答應了妳，本王何至於憋這麼多年？」哪個皇子皇孫不是十幾歲便開葷？他直憋到成親才開葷……

祝圓聽出了他的言外之意——狗蛋這些年都沒碰過別人？

她遲疑片刻，伸手攬住他脖頸，低聲問了句。「真的沒有嗎？」真的沒碰過別人嗎？

謝崢沒好氣。「我像是那等貪色之人嗎？」他每日殫精竭慮的。

祝圓小聲。「還挺像的。」尤其是剛成親那幾天。

謝崢。「……」

於是，當晚謝崢給她展現了一番實力，什麼叫貪色之人，直至夜深才叫睡。

再再於是，前一天傍晚才聽說王爺王妃吵架的肅王府眾人，轉天，就聽說王爺王妃和好了。

另外還有肅王府的大管事安瑞公公被罰，清溪院尚服局的麗秀姑娘被杖斃……

安瑞被罰便罷了，連打都沒打，只是趕去歇著，祝圓半點不擔心，倒是那名姑娘。

「杖斃？」剛沐浴更衣，靠著抱枕緩緩腰背的祝圓皺眉。「是她？」如沒料錯，應當是昨晚她在慎思堂浴間看到的丫鬟。

「嗯。」夏至既高興又愁。「這下怎麼跟宮裡交代？」

祝圓卻兀自愣怔。

這條人命，算得上是因她而去。以她接受的教育而言，她心裡是極度的不舒服。

可若是她為此去跟謝崢爭論吧，就顯得她特別女婊——在這個皇權至尊的年代，她既然想要獨佔謝崢，將來，勢必躲不開這些……

想到昨夜裡跟謝崢的談話，祝圓咬了咬牙，決定將某事提上日程——

「王妃？」

「嗯？」祝圓回神。

夏至只得將問題再說了一遍。

祝圓當即問徐嬤嬤。「嬤嬤有何建議？」

「按個背主求榮的罪名即可，宮裡的都是人精，不會追著這塊不放。」

「那就這麼辦了吧。」

夏至領命下去了。

不管宮裡會如何看待麗秀此事，此時祝圓還有許多事情要忙。

首要之事，便是整理整理，再度搬回慎思堂——順便讓人迅速趕製儆日居的匾額，她要將慎思堂的換下來。

她那些歸置在慎思堂裡的箱籠也全部打開，一一在各處安放。

還在亂糟糟的佈置呢，謝崢回來了。

看到各個屋子都在開箱籠、擦拭塵灰，謝崢的心情登時大好，大步走向站在書房外指揮的祝圓，他長臂一伸，直接將人拽進懷裡，低頭就是一口。

嚇了一大跳的祝圓。「……」

不等她發作，謝崢鬆開她，淺笑道：「我餓了。」

祝圓當即忘了他的舉措，看了眼書房裡剛擺上的日晷，驚呼道：「哎呀，都這個點了！穀雨，趕緊讓廚房上膳。」

「是！」穀雨將方才一幕看在眼裡，雖有些臉紅，卻興高采烈得很，扭頭就往外奔。

祝圓無奈，轉回來，拉起謝崢。「走，進屋等著去。」

兩人並肩回到正房。

徐嬤嬤笑呵呵地給他們上了茶水，便退到一邊，留他們兩人說說話。

謝崢抿了口茶，看了眼外頭，先提起話茬。「回頭妳找個機會，把安福、安瑞兩人拉出來。」

祝圓斜他一眼。「怎麼？不捨得了？」

謝崢寵溺地看著她，解釋道：「這兩人忠心是有的，只是手太長了，等我壓他們一陣子，妳再把他們拉出來，他們便要承妳的情，以後就好了。」

祝圓恍然，看著他。「論陰險，還是你厲害啊！」

謝崢。「……」

抬手給她一記爆栗。「調皮。」

「嘿嘿。」祝圓笑完，眨巴眼睛看他。「狗蛋，我想開學堂。」

謝崢不以為意。「妳不是已經開了嗎？」不說那啟蒙幼兒的萌芽幼學，連莊子裡都被她搗鼓出一個培訓班，屋子正在搭建，教材還是她親自擬定的。

祝圓搖頭。「不是那個，是我以前跟你提過的學堂——不，我是想開，書院。」

謝崢回憶了下。「女子書院？」

祝圓連連點頭。「上回你說時機未到，不過我覺得，這種事趕早不趕晚，還是做了吧。」

謝崢沈吟，指節在冰花雲石酸枝木圓桌上輕叩。

祝圓巴巴地看著他。

半晌，謝崢回神，微微皺眉道：「妳若是執意要開，也不是不行。」

祝圓雀躍。「真的？」

「只有一條，妳畢竟是肅王妃，若是正經的開書院，必定會招致一番非議，甚至，可能會有言官攻訐……妳不怕嗎？」

祝圓眨巴眼睛，歪頭。「這不是有你嗎？」

她想明白了，既然嫁給了王爺，以後的路注定有許多波折……在那之前，當然是要藉著他的名聲地位，狠狠撈一筆！

謝崢。「……」

這不要臉的勁頭，是佩奇先生沒錯，看來，他的圓圓想通了。

謝崢繼續忙碌，祝圓也跟著分身乏術。

所有鋪子都是做慣做熟的，祝圓只需月度、季度檢查一下，並制定下一季度的計劃，口常都能撒手。

這幾個月，莊子那邊已經將紙方、筆方陸續賣了出去，造紙廠以後只供應聊齋跟灼灼的用紙需求。

印刷廠這幾年已經擴大了規模，不光印製《大衍月刊》、《灼灼》，承印聊齋的各種書籍，還會接外單，誰家要出詩集，誰家要做文稿，只要給錢，全都印，愛印幾冊印幾冊——只要錢到位。

兩份月刊自不必說，因為刊印成本低，許多南北行貨商都會批發帶往其他地方售賣。不說《灼灼》，帶科舉內容的《大衍月刊》如今月印刷量已經突破了十萬——鑒於量大，祝圓還做主，將一刊價格降到了十五文。

還有廣告收入呢，加起來，每月扣除成本都能掙幾百上千兩的，可別小看幾百兩，在京城都能買套小宅子了，而且祝圓手裡也不止這一樁生意。

再說聊齋，謝崢折騰了這麼大的攤子，從書僮到管事，大幾十號人，每個月光薪水獎金就要幾百兩，靠賣書真賺不了幾個錢，若不是月刊有利潤，怕是連給承嘉帝的分紅都掏不出來。

祝圓接手後，讓他們從文創產品入手，還在聊齋原本收稿的庭院、門廳等地方擺上了幾排明亮透淨玻璃展櫃，小扇、小毛筆、小算盤、小書冊……從禁步到掛墜，從擺件到書籤，從木製品到玉雕，各種各樣，甚至還把承嘉帝書寫的幾題字畫嵌進去，做得又漂亮又精美。

原本承嘉帝真看不上聊齋那幾十兩的分紅，文創產品出來後，遠銷四方，月度收益直接翻了幾倍。祝圓接手後第一次給他送季度分紅，足有上千兩，嚇得他以為這丫頭打劫了，讓人去查了，才知道這事。

也因此，後面再有人在他面前嘀咕祝圓管鋪子不合適，他都沒搭理——這丫頭管得好好的，不能埋沒了。

然後是琉璃廠、首飾廠，這兩個不必說，三年來，祝圓靠這兩間鋪子賺得盆滿缽滿。

這兩家工廠的管事和匠人們在高額獎金鼓勵下，各種花樣層出不窮，產出的商品遠銷大江南北。

玻璃廠這兩年更是蓬勃發展，三年多的時間，玻璃廠產的玻璃展櫃遍佈京城各大鋪子，還有各種帶玻璃的書櫃、置物櫃進入各大戶人家。

每隔一段時間，祝圓還會將玻璃廠、琉璃廠的新品打包幾份送往宮裡，承嘉帝、淑妃肯定都有，連謝峍也得了便宜，皇子院落裡頭擺了好些，年節更是會讓匠人整幾份獨一無二的往宮裡塞。

除了這些，祝圓還會多備幾樣，留給淑妃去做人情。

別的不說，這讓淑妃在宮裡十分長臉，對祝圓也分外和善。

還有自行車，雖然騎著顛簸，可輪子找個匠人就能更換，這些年也賣了不少。

再還有，祝圓幫著制定營銷策略的酒樓、南北雜貨鋪、糧鋪……林林總總下來，每月收入幾千兩。

婚前謝崢從枂寧回來時，收到安清報來的銀錢帳冊，都呆了好一會兒——他離開之前，可沒有這般數目，因他對祝圓放心，三年來都沒問過經營狀況，誰知……

好在祝圓知道他的錢大多要花在暗處，收回來的銀錢便沒有公然存入錢莊換成銀票，而是集中堆在灼灼書屋後院，只等謝崢回來後，悄悄運走。

可是，再低調，也掩不住掙錢的事實，不說別的，光是給承嘉帝的分紅就瞞不過別人。

這還只是聊齋的，謝崢手裡銀錢之多，是個人都能猜出來。不說承嘉帝如何看，謝峸、謝峸幾個，眼睛都紅得滴血了。

在祝圓折騰生意，搞得風生水起的三年裡，謝峸幾個也沒閒著。

挖人、買機密、趁著招人混進各家廠房和辦公室……無所不用其極，負責人事這塊的安清每每頭疼得要死，向祝圓稟報，卻只得到一個「隨便他們」的敷衍之語。

安清只能擴大盤查力道，儘量將錄取人員的家底查清楚……可事有疏漏，千防萬防，總會有那麼幾個漏網之魚。

三年下來，除了祝圓手裡頭的幾家鋪子，京城及至周邊幾個府城，都如雨後春筍般冒出許多的琉璃鋪子、玻璃鋪子，京城裡甚至還多了幾個刊物，諸如《大衍雜談》、《放眼天下》等等。

底下各鋪子管事忿忿不平，紛紛卯足了勁研發新品、改進技術，滿不在乎的祝圓樂見其成。

謝崢從栩寧回來之後自然發現了這種狀況，帶著怒意問她。「為何沒聽妳提起此事？安清怎麼辦事的？」

他分明給安清留了足夠的人手，再不濟，還有幾條暗線，足夠搗毀這些人的廠房鋪子，為何竟無半分應對，還讓其越發壯大？

安清怎麼辦事的？祝圓這幾年是不是受了許多委屈？

祝圓卻不解。「有競爭才有進步，我們賺了不少，以後也不會少賺，沒必要盯著一些不勞而獲、不思進取的傢伙。等我們的技術上去了，他們想分一杯羹，也真只能分我們吃剩下的，沒必要死盯著他們。兄弟，眼光放長遠點～～」

謝崢盯著文字怔了片刻，半晌，嘆了口氣，由衷道：「佩奇先生好胸襟。」總是這般與眾不同。

祝圓嘿嘿笑。「那當然，年輕人，學著點啊～～」

謝崢。「……」

這些說來，都已是去歲冬日之事。

祝圓將學院之事提上日程後，便有無數雙眼睛盯著她。

畢竟是要開女子書院，設址在郊外，恐傷了這些孩子的名聲，祝圓思來想去，便選了灼灼書屋後頭的小院。

若是住上十幾號人，這處院子是足夠的，但若是做書院，地方就有些小了。

現在水泥日臻成熟，莊子裡的鋼鐵技術也起來了，如是，祝圓決定蓋二層小樓——再高她也不放心，現在的鋼鐵技術能否支撐高樓不好說，匠人們也都沒用水泥蓋過房子呢。

所幸她手裡有錢，她便毫不客氣地從秦家購入許多水泥，再採買了許多磚石——青磚太貴了，回頭她要讓人研究一下紅磚！

先讓匠人在莊子裡摸索著蓋一棟小的，為了不出差錯，她還磨著謝崢一起去了幾趟莊子。

好在不負有心人，除了有些邊角不太平整、洗浴間排水不太好、窗戶有點歪……之外，其他挺好的。

就這樣，已經讓莊子裡的所有人轟動了——房子若是這麼蓋，豈不是不怕火燒了？倒是遭了謝崢嫌棄。

「毫無美感。」

祝圓沒好氣。「設計感以後再說好嗎？現在不是要求穩固結實又能增加空間嗎？靠原來的房子哪裡能塞得下這麼多課室？」她斜他一眼。「要不然，咱家捐出一半院子？那肯定夠了，還不用多裝修。」

謝崢。「……」

見他摸摸鼻子不吭聲了，祝圓才作罷。

有了這一次經驗，接下來便順溜許多。

祝圓直接讓人在小院裡蓋三棟小樓，三棟分立三面，形成一個凹字形，與前院的倒座房、門房，不大的中庭一起，圍起了一個私密的空間。

三棟小樓都不大，一棟宿舍樓、一棟課室、圖書館及飯堂；最後一棟則是綜合樓，舞蹈室、琴室、繪畫室等。小樓後邊還有一座操場，日常鍛鍊活動可在此處。

如此費盡心思，才將一個書院滿滿當當地塞進了一個三進院子裡。

這般折騰下來，承嘉十六年便過得飛快，踏入臘月，書院的小樓已經初見規模。

與眾不同的詭異房屋，自然引來諸多好奇探視和詢問，聽說是肅王妃打算開女子書院，眾人譁然。

消息很快傳進有心人耳中，還沒進年關，京裡便開始流言四起。

「聽說了嗎？肅王妃打算開女子書院。」

「女子無才便是德，還開女子書院，簡直是冒天下之大不韙！」

「這位肅王妃不是只喜歡掙錢嗎？怎麼又去倒騰書院？」

「這麼多王妃，就這位肅王妃最市儈了。她辦書院，是要教出一堆精於算計的銅臭女子

「年紀輕輕的，好好開個啟蒙學堂便罷了，還去折騰書院，她配嗎？」

嗎？」

不光外頭流言四起，朝堂上的承嘉帝也開始收到各種告狀——狀告肅王不管後宅，懼內；狀告肅王妃銅臭滿身，德不配位，竟妄圖開女子書院，禍害旁人；狀告肅王妃妖媚惑主，讓雄才大略、潔身自好的肅王至今無後；甚至還有狀告肅王妃入府一年無所出，還善妒成風，獨佔王爺……

承嘉帝不堪其擾，在又一次被言官進言後，煩不勝煩的他，乾脆讓人把謝崢夫婦叫進宮，打算好好責罵一番。

這幾年祝圓進宮的次數多了，但承嘉帝召見卻是第一回。故而她聽說後，肯定要問問謝崢怎麼回事。

聽說可能跟最近言官上躥下跳有關係，她氣笑了，扭頭朝邊上伺候的安和道：「去，讓人去外頭補幾條流言，就說肅王妃是狐狸精轉世——」

謝崢皺眉按住她。「不可胡說八道。」他家祝圓有太多的不尋常，外人只道是她聰慧，可若是她把風向往某個地方一吹，誰知旁人如何利用？自古以來，魘鎮之術便屢禁不止，為防萬一，他絕不會讓這些流言出現。

祝圓斜他一眼，拉下他的爪子，忿忿道：「不然呢？就由著這幫傢伙胡亂詆毀我？」

「倒也不算是詆毀。」

祝圓瞪他。

謝崢輕咳一聲。「不都是事實嗎？」

祝圓磨牙，陰惻惻問他。「哪一條？」

「除了第一條。」謝崢眼底帶著笑意。「本王只是被魅惑了，何來懼內之說？」

言外之意，什麼妖媚惑主、什麼銅臭滿身、什麼善妒成風……都是事實？

祝圓。「……」

狗男人！這廝笑話她，祝圓當然不依，撲過去就是一頓撓。

謝崢眼底帶笑，由得她又抓又撓地鬧了一會兒，才握住她爪子，轉移話題道：「好了，我們該進宮挨罵了。」

祝圓被抓住手，忿忿地拿腦袋朝他胸膛咚咚咚地敲了兩下。「憑什麼讓我進去挨罵？她又沒做錯什麼。

謝崢無奈，鬆開她的手，轉為托住她腦門。「要磕傻了。」

「呸，你傻了我都不會傻！」

謝崢摸了摸她額頭。「現在氣消了？」

祝圓朝他做了個鬼臉，滋溜一下跑進裡屋。

謝崢搖了搖頭，慢步跟上去——今日他休沐，本來兩人打算去莊子晃悠一圈，穿的都是日常服裝，要進宮面聖，可不得換一身得體的。

半個時辰後，兩人齊齊跪在御書房裡，等著御桌後的承嘉帝開訓。

承嘉帝慢條斯理地批著奏摺，頭也不抬道：「知道朕叫你們過來是所為何事嗎？」低著頭的祝圓拿眼角去看謝峥，後者朝她安撫般點點頭，才回答承嘉帝。「回父皇，兒臣不知。」

「不知？」承嘉帝當即扔了朱筆。「你這小子！言官成天在朝堂上彈劾你們兩口子，你倒好，躲在禮部裝傻?!我看你這王爺是當得太逍遙了。」

謝峥微訝。「兒臣豈敢裝傻，只是兒臣位卑言輕，無須上朝，自然不知道言官如何彈劾。」扣掉王爺身分，他不過是禮部一名小官吏，還不夠資格上朝呢。

承嘉帝被噎得不輕，站在階上就開始怒斥。「無須上朝，就能可勁的折騰了？你好歹是個王爺，天天被言官彈劾，像話嗎？」

謝峥不以為意。「說幾句不痛不癢的，理他們作甚。」

承嘉帝。「……」

旁聽的祝圓心裡暗樂。原來謝狗蛋懟起他爹，也是毫不手軟的啊。

階上的承嘉帝還在訓斥謝峥。「看來朕教訓你，也是不痛不癢了？」

「兒臣不敢。」謝峥乖乖認錯。

承嘉帝重哼一聲，這才作罷，放緩語氣道：「你們倆搗鼓的東西夠多了，沒事就好好看看帳冊、收收銀子不好嗎？瞎折騰什麼女子書院？」要不是祝圓要辦書院，哪裡會招來如此多的彈劾告狀。

祝圓心裡一驚。這是要制止她開書院嗎？

此前謝崢說開書院為時過早……難道就是預料了這種狀況？

還未等她想清楚，就聽謝崢開口了。

「父皇此言差矣。開辦書院功在千秋，利在當代，為何要因那些風言風語停辦？若是兒臣淪落到要看別人眼色行事，那兒臣這王爺，不當也罷了。」

承嘉帝微怒。「那些是風言風語嗎？外頭怎麼說，朕管不了，言官那邊說什麼，你可別跟朕說不知道！」

謝崢挑眉。「願聞其詳。」

承嘉帝瞪他一眼。「你就裝吧。」伸手指住他。「書院之事，立即給朕停了，你媳婦不懂事，你也不懂事嗎？」

祝圓著急了，想說話，旁邊的謝崢隔著袖子按住了她。

「父皇，敢問我家開書院，有何不妥之處？」

「大大的不妥。」承嘉帝沒好氣。「你看看外頭書院，哪個不是知名大儒坐鎮？圓丫頭幾斤幾兩，敢學人家開書院？還開女子書院，怕不是等著別人笑話你們家開的是那、那——」

他沒說下去，但底下跪著的兩人都明白他的未竟之語——全是女子的書院，跟那青樓酒肆，有甚兩樣的？

祝圓當下就沒忍住，小聲懟了句。「智者見智，淫者見淫。」

承嘉帝。「……」

謝崢。「……」

後者輕咳一聲，補了句。「父皇息怒，圓圓只是心直口快。」

言外之意，除了說話太直接，沒有毛病。

承嘉帝。「……」

他不說話沒人當他是啞巴！

承嘉帝怒瞪了裝鵪鶉的祝圓的後腦勺，繼續道：「什麼亂七八糟的，總之不許——」

「父皇，書院已經接近竣工，斷沒有現在停下的道理。」

承嘉帝怒了。「誰不知道你倆手裡有錢得很？你們不差這一個院子！」

謝崢面不改色。「克勤於邦，克儉於家。」

承嘉帝瞪他。「別歪——」

「父皇，」謝崢卻打斷他。「倘若書院是由知名大儒擔任山長，這書院就能開起來嗎？」

承嘉帝愣了愣，皺眉。「你想請誰當山長？你能請誰？」

有名望的夫人屈指可數，有名望又有才華的，更是如鳳毛麟角，還得人家願意出來當山長。

謝崢卻斬釘截鐵道：「圓圓當得。」

「……朕看外頭的人還真沒說錯。」承嘉帝沒好氣地瞪他一眼。「你果真懼內。」

「噗——」鵪鶉狀的祝圓急忙捂住嘴。

謝崢。「……」

他無奈道：「讓父皇見笑了。」不等承嘉帝再說，他接著將話題拽回來。「兒臣覺得，讓圓圓當書院山長，有幾個理由。」

承嘉帝輕哼。「說來聽聽。」看他能說出什麼花來。

「圓圓飽讀詩書、滿腹經綸、才華橫溢，如何當不得？」謝崢神態自然，彷彿不是在讚揚自家媳婦兒。

祝圓在旁邊聽得都要臉紅了。

承嘉帝也驚了。「朕竟從不知你臉皮如此之厚？」

謝崢輕咳一聲，不接話，繼續道：「圓圓是佩奇先生，師承金庸先生，不知道這個名聲，夠不夠響亮？」

祝圓。「……」

承嘉帝。「……」

這幾年金庸先生、佩奇先生都積累了不少書迷，年初的時候，聊齋還將《笑傲江湖》的稿子集結成冊，專門刊印成書，售往大江南北。

還有佩奇先生正在連載的《農女修仙傳》，每期《灼灼》出刊，那滿城送報的「叮鈴鈴」聲響，便足以見識到京中婦孺們對其追捧之最，甚至連宮裡妃嬪都整日掛在嘴邊的。

若祝圓是佩奇先生，還師承金庸先生……再有當年那個標點之功……那這山長之位，她還真是坐得！

承嘉帝震驚了，忍不住看向祝圓——的後腦勺。

謝崢接著又道：「父皇還記得，當年問過兒臣，究竟是何人提出創辦《大衍月刊》嗎？是圓圓。」

承嘉帝瞪大眼睛，脫口而出道：「不可能，當年這丫頭才幾歲？」

祝圓登時繃緊神經。

「十一。」謝崢淡定道：「若不是兒臣有幸去了潞州，或許世上便無《大衍月刊》。」

祝圓暗鬆了口氣。謝狗蛋好樣的，反正誰也不會去查當年他跟自己見面說了幾句話，即便查了，唯一的目擊證人祝庭舟，也是站在她這邊。

只是……她掃了眼殿內伺候的太監宮女，看來以後她的才華要掩蓋不住了！

旁邊的謝崢又道：「父皇，這樣，圓圓可當得這區區書院的山長？」

愣怔許久的承嘉帝抹了把臉，嘆道：「行吧行吧，你們自己折騰去吧！」

謝崢兩人齊齊鬆了口氣。

「謝父皇。」兩人齊聲道。

承嘉帝擺擺手，道：「這事算了，還有別的呢？你倆成親都快一年了，怎麼半點動靜都沒聽說？」

祝圓愣住了，待想明白其話裡含義後，心，立馬提了起來。

謝崢也頓了頓，道：「兒臣自有兒臣的打算。」

「打算打算！朕看你現在還沒個成數！」承嘉帝皺眉，背過手轉了一圈，瞪向祝圓。「朕記得，前幾年淑妃彷彿還賜了幾名美人給老三，哪兒去了？」

謝崢輕咳一聲。

「你閉嘴，讓她說！」承嘉帝怒指祝圓。

「……不敢欺瞞父皇。」祝圓伏低身體。「執畫四人，如今擔任灼灼書屋的管事。」

承嘉帝不敢置信。「長輩所賜之人，妳扔去鋪子當管事？」

祝圓有些心虛。「這，給王爺打理鋪子，也算是給王爺分憂……？」

「……」承嘉帝氣笑了，轉回來教訓謝崢。「你瞅瞅、你瞅瞅，怪不得外頭風言風語的，你這王妃，果真是善——」

「父皇，」謝崢連忙打斷他。「請看在兒臣分上，慎言。」

承嘉帝差點沒氣死。「朕看你是被這些情情愛愛沖昏了頭，翻過年你都二十二了，膝下空虛不說，即便將來得了一兒半女，也是單薄……你將來還如何成大事？」他怒道：「朕如今已近知天命，你還要讓朕等幾年?!」

謝崢是王爺，將來還要如何成大事？再大，就是往上一步，繼承帝位了。再退一步講，堂堂皇帝，為何要等一名皇子的子嗣？

承嘉帝此話，跟立晃晃太子沒什麼兩樣了。

隨侍在旁的德順、德慶嚇得臉都白了，可承嘉帝沒表態，他們也不敢將太監宮女們趕出去，只好哆嗦著手聽這幾位主兒繼續說話。

祝圓不傻，她也明白了。

謝崢此人，野心勃勃，從十幾歲起便汲汲營營，只為那至尊寶座。如今承嘉帝甩出這樣的話，謝崢，怕是要……

她盯著地毯上繁複的花紋，整個人卻宛如泡進了冰天雪水裡，又冷又難受。

反觀謝崢，也是被承嘉帝這意有所指的話嚇蒙了。

他對自己有信心，但沒想到會在這樣的場合聽到承嘉帝的意向。巨大的狂喜淹沒了他的心神，他捏緊拳頭，強壓下滿心的激動，磕頭，道：「兒臣以政績說話，兒女不過是錦上添花。」

「放屁！」承嘉帝當場爆出一句市井之罵。「朕現在就直說了，朕明年就要看到你的子嗣，一個最少，兩個三個也可，四個五個不嫌多！否則，朕不差你一個兒子！」

總而言之，謝崢必須納妾，必須有子嗣，否則——帝位易主。

謝崢會怎麼選呢？

野心勃勃的謝崢會怎麼選，還有什麼懸念嗎？

祝圓心下惻然——沒想到啊，她跟謝崢的甜蜜，竟然只維持了一年不到……

這落後的破地方，連個御書房的地龍都做不好，半點熱呼氣都沒有。她還跪在地上呢，都凍得她瑟瑟發抖的。

還是現代好啊。祝圓如是想著，眼前的地毯花紋慢慢變得模糊，無人所見之處，一抹晶瑩洇入厚實華麗的地毯，消失無蹤。

御書房裡死寂般靜了許久，承嘉帝冷著臉，質問謝崢。「啞巴了？」

祝圓聽見旁邊磕了個頭。

「父皇。」謝崢聲音一如既往的低沈穩重。「倘若兒臣需要靠子嗣妻妾才能得到您的肯定，那兒臣必定是做得還不夠好。」

果然，謝崢還是為了皇位——哈？祝圓傻眼了。

承嘉帝也傻了。「你、你說什麼？」

謝崢語速不疾不徐。「父皇身強力壯，還能繼續為大衍的繁榮昌盛添磚加瓦，何須著急子嗣之事？且圓圓還小，何須著急？倘若兒臣真無那子嗣福分，峠兒將來多生幾個，過兩個給兒臣就行。」

承嘉帝。「……」

祝圓。「……」

承嘉帝勃然大怒，蹬蹬蹬走下台階，一腳踹過去。「朕看你是得了失心瘋！」

謝崢被踢得晃了下，覷見承嘉帝滿臉暴怒，他頓了頓，側身倒落地面。

承嘉帝。「……」

祝圓。「……」

太假了！她都不忍看了。

承嘉帝氣得差點背過氣去，追上去又踹了兩腳。「臭小子，顯擺自己練過武身板好？朕習武的時候，你還在你母妃肚子裡鬧騰呢！」

謝崢這回識趣了，乖乖躺地上不動，任其踢打。

承嘉帝氣得七竅生煙，哆嗦著手指著他。「臭小子、臭小子——滾！給朕滾得遠遠的！」

謝崢一軲轆爬起來，磕頭。「是，兒臣告退。」不等承嘉帝說話，順手拽起跪在那兒不吭聲的祝圓。

祝圓遲疑了下，不敢抬頭，跟著他快速退出御書房。

剛踏出門，便聽得屋裡傳來一聲重物落地聲，祝圓縮了縮脖子。

謝崢卻淡定自如，一手拍身上的腳印子，一手拉著她，慢吞吞往外走。

祝圓心緒難平，有些呆愣地跟著，一路出了宮門，上了馬車，她依然沒回過神來。

謝崢彈了她一個腦瓜崩子。「傻了？」

祝圓終於回神，愣愣地看著他。「你……」

謝崢眉峰皺了皺，似有些疑惑地撫過她眼角。「怎麼彷彿有點紅？」

祝圓拉下他的手，定定地看著他。「你方才說的話，是真的嗎？」

謝崢想了想，問：「妳說子嗣？」

祝圓點頭。

謝崢皺眉，問她。「妳就為這個哭？」

祝圓遲疑了下，再次點頭。

謝崢滿臉無奈，道：「我不是早早就答應了妳嗎？」

祝圓這回真詫異了。「原來，你竟是說真的？」她還以為那不過是謝崢當時為了娶她而隨口忽悠。

畢竟，以他不擇手段的做事方式，這種事，他肯定做得出來。

謝崢。「……」他沒好氣。「言必出，行必果，倘若這點承諾我都做不到，日後我該如何治理江山？」

祝圓下意識懟了句。「你爹不是說你沒子嗣不傳位給你嗎？說不定你以後要被新皇發配邊疆呢。」

以他現今如日中天的氣勢和勢力，別的皇子絕對忍不了，發配邊疆都算好的了。

謝崢捏了捏她鼻子，戲謔道：「那王妃可願與本王同甘共苦，去那苦寒邊疆過清苦日子？」

言外之意，即便搶不到皇位，他也無所謂？

祝圓張了張口。「你……你不是對那位置勢在必得嗎？」

謝崢頓了頓，道：「原本確實執念頗深……」幽深黑眸倒映著面前嬌俏的人兒。「不過這些年走南闖北的，經歷了許多，生死、貧富、愛恨情仇皆看多了，竟覺得那皇位……也無甚重要。」

他捏了捏祝圓的柔荑，輕聲道：「若是有幸登基，那我便兢兢業業效力大衍。若是不幸，總能庇佑一方水土。再不濟，我與妳關起門來過自己的小日子，也是不錯。」

祝圓怔怔地看著他。

「我這十來年過得殫精竭慮的，若是得以閒下來，我想學學畫，帶妳去儕川參加詩賽，妳的琴彈得這般好，我還想學點笛子或簫，屆時妳彈琴來我吹笛，豈不是一樁美——」馨香嬌軀撲了他滿懷，謝崢詫異。「怎麼——」

話沒說完，便被懷裡陡然爆出的大哭聲驚住了。

祝圓哭得整個人一抽一抽的，彷彿要將這幾年來的委屈、不安、恐懼、嫉妒、懷疑……全部哭出來。

謝崢有些嚇著了，無措了一會兒才冷靜下來。

他似有所悟，又不明所以，只能一手擁著她，一手在她後背輕撫，同時輕聲安撫。「無事，有我在……」

祝圓壓根聽不見，只放聲大哭，直哭到打嗝，哭到累極睡了過去。

謝崢定定地看著她汗濕的額髮、紅腫的眼皮，暗嘆了口氣，揮退下人，拉過披風掩住她的眉眼，將其橫抱而起，慢慢走下馬車……

第三十八章

承嘉帝在御書房所說的話，不到半天便傳遍京城各處。

後宮、朝臣是如何驚駭不說，謝嶸、謝峸當先慌了。

謝嶸一脈，雖因鹽引之事沈寂了幾年，如今也慢慢恢復過來。他如今在刑部上任，也是做了不少功績，沈穩持重不輸謝崢。

中宮嫡子從缺，他身為皇長子，行事端方，母妃身分又不低——若不是謝崢這幾年風頭太盛，他又恰逢鹽引出事，他便是當仁不讓的第一繼承人。這兩年緩過來後，他依然吸引了許多追隨者，朝中呼聲甚大。

而排第二的謝峸，其身分則更為貴重。其母嫻妃是為襄理宮務的四妃之一，其外祖是駐守北邊的驃騎大將軍，其王妃是吏部左侍郎之女。

要實權有實權，要地位有地位，連身為長子的謝嶸都不敢觸其鋒芒。

四皇子謝嶦，比之謝嶸少了長，比之謝峸少了貴，又是剛開府，勢力還未鋪展開，壓根沒在幾位哥哥眼裡。

只是，御書房的消息傳出來後，宛如一滴水珠落入滾油，炸出京中暗潮——

承嘉帝這話，究竟是真是假？

若是謝崢生了，這皇位會何去何從？若是不能生，又如何？

還有謝崢的王妃，究竟能不能生？

謝崢是假意否決轉頭納妾，還是真只癡情於王妃？

朝廷百官、皇子皇妃諱莫如深，半點不敢討論。

回到家裡，關起門來，便是燈火通明直至半夜。

各路人馬紛紛奔走，出京人馬、進京人事彷彿突然多了起來，又彷彿無甚變化。

祝圓還沈浸在欣喜之中，轉頭就被謝崢禁了足，不許出門。

她朝休沐在家的謝崢抗議。「為什麼？我不出門怎麼看看鋪子狀況？」

後者面色嚴肅。「幾處鋪子最近都發現了許多探子……那些地方魚龍混雜，聽話，不要去。」

「嗯。」

祝圓歪頭想了想，問：「是不是因為父皇說的那番話？」

祝圓嘆了口氣，妥協道：「那我坐馬車在前頭溜達一圈，看看狀況就走，還有，就在灼灼辦公可以嗎？」

「不行。」謝崢直接否決。「等安清將灼灼裡頭的人全部查清楚了，妳再過去。」

「啊……」祝圓嘟囔。「灼灼的人都是過了安清的手的，讓他再查，能查出什麼東西。」

謝崢輕叩桌面，沈思片刻，問她。「妳氣消了嗎？」

「啊？」祝圓茫然。

「挖人底細、探查情報這些事，還是安瑞、安福兩人比較擅長。」謝崢看著她。「妳若是氣消了，我就把這兩人喊回來。」繼續用。

祝圓瞪大眼睛。「……你還將他們撂在一邊?!我記得好幾個月前我就問你了。」

「嗯，妳當時說，隨我。」謝崢一副體貼的模樣，道：「我便知道妳心裡還有疙瘩呢。」

祝圓「呸」他一聲。「你把人撂了一整年還怪我身上，回頭這兩位主兒可不得恨死我？你這分明是給我招仇！」

謝崢不以為意。「若是一年時間不足以讓他們看清楚狀況，即便能力再高，於我也是無用。」

祝圓斜睨他。「你不是說這兩人牛得很，要拉出來用嗎？」

「能力是其次，忠心才是首要。不聽話的狗，留著總有咬人的一天。」

「說不過你，你自己看著辦吧。」祝圓嘟囔。「反正，就算近侍都是木頭，也擋不住男人想偷香的心。」

謝崢彈了她一個腦瓜崩子。「胡思亂想。」

祝圓捂額，另一手揮蒼蠅似的趕他。「趕緊走趕緊走，我這兒事多著呢。」不能出去，事情也不會少啊！

謝崢。「……」他的王爺地位彷彿有些低微？

當天下午，謝崢果然將扔在後院裡的安瑞、安福喚了出來。

這兩人，一個更白了，一個更瘦了。出來第一件事，便是來慎思堂——哦不，現在改名叫皦日居，給祝圓磕頭謝恩。

「……往日是奴才吃了熊心豹子膽，竟敢胡亂插手主子之事，罪該萬死。王妃不計較奴才往日的不敬，還願意保奴才出來，奴才、奴才……」安福一把鼻涕、一把眼淚的。「日後定為王妃鞠躬盡瘁，死而後已！」

安瑞也是不停的抹眼淚。「若不是王妃不計前嫌，奴才兩人怕是要老死在那旮旯角落……」

兩人都怕了。一年啊，殿下冷落了他們足足一年了。

他們這把年紀，還有多少年可以揮霍？這一年來，他們身邊沒了那伺候的小太監，沒了隨取隨用的物資飲食，連吃飽穿暖都要看旁人眼色……這讓受慣旁人吹捧的他們怎麼受得了？

再不濟，他們身為那無根之人，若是不得主子寵信關愛，老了之後無人伺候，若是不小心生個病，怕是就要被一張草席裹了扔亂葬崗……

這般下來，他們對祝圓自然不敢再有不敬。

而他們身為謝崢身邊的左右手，都被捋了下來，祝圓這一年在王府裡確實就差橫著走了……

再看祝圓。

彼時徐嬤嬤剛給她端了碗牛肉豆腐羹上來，她剛準備吃呢，安福兩人便進來了，然後便發生了上面一幕。

祝圓愣愣然坐了片刻，才反應過來——合著謝崢這是把功勞推到她身上？

底下兩人還在抹眼淚鼻涕訴衷情，她眼神一瞟，某些黏糊糊的不雅液體闖入眼簾。

她登時有些反胃，想喝點什麼壓下去，低頭一看，黏糊糊的牛肉豆腐羹映入眼簾——

「嘔——」

嘩啦一下，午飯全吐了出來。

安福&安瑞。「……」

他們特地打理乾淨了才過來的，有這麼骯髒嗎？

屋裡登時驚住了，好在徐嬤嬤穩得住，當即讓人去請府裡大夫，同時指揮白露、秋分等人迅速收拾屋子。

祝圓更是被夏至、穀雨攙扶到臥榻上，清口淨面後，倚著軟枕歇息。

看穀雨等人擔憂不已，祝圓擺擺手。「估計是方才出去溜達吹了風，一下有些反胃，吐了就好了。」

穀雨忙輕聲安撫她，勸她安心歇著，等大夫來了再說。

徐嬤嬤卻彷彿有些驚喜，仔細打量祝圓神色。

那不知道什麼時候跟過來的安福抬手撞了撞她。「您老看看，這像不像？」

徐嬤嬤沒聽清，只被他的動作嚇一跳。她暗啐了口，面上則賠笑道：「公公您說什麼？」

安福搓著手，低聲道：「嬤嬤妳也別跟我裝傻了，這樣子……以前在宮裡可沒少見啊。」

徐嬤嬤心裡嘀咕，也不敢接下這話。「誰知道呢，等大夫來了便知。」

袖著手站邊上的安瑞豎起耳朵聽著。

安福朝他擠眉弄眼，然後道：「嘿，我估計八九不離十了！」他一拍大腿。「還不趕緊讓人去前邊通知王爺？」

安瑞一拍額頭，道：「瞧我這腦子！」忙不迭跑出去吩咐。

兩人的嘀咕，正在跟穀雨說話的祝圓沒注意。

不過轉眼，就聽到外頭傳來行禮聲，她有些詫異，皺眉看向徐嬤嬤。「這麼點小事怎麼去打擾——」

「圓圓。」高大身影一陣風般颳進來，掃視一圈，立馬快步走到臥榻之側。「妳感覺如何？」

來者正是謝崢，不等祝圓說話，他立馬抬頭冷視一圈。「怎麼照顧主子的？好好兒的怎麼——」

「我沒事。」祝圓忙拉了拉他袖子，再次將剛才的猜測說出來。

謝崢眉峰緊皺。「妳平日身體康健，定是這幫奴才沒有伺候好！」

祝圓無奈。「這些頭疼腦熱的，誰管得著啊？」

謝崢還待說話，恰好府裡大夫到了，他便話鋒一轉，立馬催促大夫。「快給你王妃把把脈，彷彿著涼了，方才吐得又急又凶。」彷彿他自己親眼所見一般。

大夫自然不敢怠慢，行禮，放置藥箱，翻出脈枕遞給夏至。

穀雨快手在臥榻邊上擺了張圈凳，大夫點頭致謝，然後朝謝崢夫婦道了聲歉，掀袍落坐。

脈枕已放在臥榻邊沿，祝圓的手被小心安置在脈枕上，上頭還蓋了塊薄紗。

大夫伸指搭脈，同時問：「王妃可否說說症狀？」

祝圓乖乖答道：「就覺得反胃、有些胸悶。」想了想，又道：「還有點累。」

大夫點點頭，道了聲歉，抬頭仔細打量她。

徐嬤嬤及夏至對視一眼，底下的安福、安瑞也緊張兮兮。

謝崢沒注意，聽了祝圓的話，眉峰皺得更緊了，盯著大夫。「什麼情況？可是著涼了？是的話趕緊開藥下方！」

大夫凝神把了會兒脈，沒理會謝崢，又問：「敢問王妃，上一回月事何時結束？」

祝圓心裡一咯噔。

「上月四號結束。」徐嬤嬤快速答道。

如今已經是十六號了，她跟夏至都念叨了好幾天了，只是不敢在祝圓面前提及。

不過，祝圓那天打宮裡出來哭得狠了，傷了情志也說不定……

祝圓卻微微詫異，竟然推遲了嗎？

她在這裡天天有人伺候著，月事也有人幫她記著，她早就被養懶了，這麼多天竟是絲毫沒想起來月事推遲之事。

大夫如今這麼問，難道……

只聽大夫慢慢道：「若是沒猜錯，王妃許是有了一個多月的身孕，只是月分太小，摸著不仔細，再過半月看看，才能確診。」

她，有了？祝圓忍不住抬手，輕輕落在腹部上，神情有些愣怔。

翻過年她該十九歲了，也成親一年了……有孩子，似乎也挺正常的？

不止她，連徐嬤嬤等人都難掩喜色，連聲跟她道喜，趴在屏風外的安瑞、安福更是喜得開始抹眼淚。

祝圓回神，搖頭。「先別聲張，還未確診呢，回頭要是搞錯了就惹人笑話了。」然後轉回來，問謝崢。「對吧？」

謝崢愣愣然瞪著虛空。

「王爺？」祝圓碰了碰他。

謝崢倏地回神，握住她的手，急急忙忙問大夫。「王妃有了？王妃真的有了？」

大夫遲疑道：「還不確定，得下月再看看。」

「好！好！好！」謝崢連說三聲好。「來人，賞劉大夫！重重的賞！」

祝圓連忙提醒。「低調些，別聲張！」她還未確診呢。

「誒！」徐嬤嬤響亮地應了聲，歡喜地領著大夫出去了。

祝圓提醒完了轉回來，對上謝崢的黑眸——她彷彿看到些許晶亮？

還未等她看清楚，便被男人小心翼翼擁入懷中。

「……我還以為這輩子都不會有子嗣呢。」他喟嘆道。

祝圓輕呸了聲，伏在他懷裡悶聲道：「大夫不都說了我身體很好，懷孕只是時間問題嗎？」她打趣。「說不定這回是誤診呢。」

她如今已經不會再胡思亂想，與他聊起子嗣問題，也是信手拈來。

「肯定是。」謝崢跟著輕哼。「老劉此人，若無七八分把握，從不妄言。」

祝圓。「……」怪不得這廝這麼高興。

「哈哈，這孩子，來得好，來得太好了啊！」只要有孩子，原本觀望狀態的許多朝廷命官和皇親貴冑，肯定會有一大片倒向他這邊！

祝圓翻了個白眼，推他。「起來，我要悶死了。」

嚇得謝崢當即鬆開她，還手忙腳亂地扶著她肩膀。「可有哪兒不舒服？等等，老劉方才還沒開藥——」

「不用，是藥三分毒，若是真懷孕了，接下來可不能胡亂吃藥。」

「還有這說法？回頭我翻翻醫典。」

祝圓無語，轉移話題。「若頭一胎是女兒，怎麼辦？」

謝崢大手一揮。「接著生！」既然能生，當然要接著生！

祝圓。「……」

說什麼沒有子嗣也不會納妾……這狗男人，果然還是更看重他的權勢地位吧！

然後謝崢就被踢出屋子。

謝崢。「？？？」

進入臘月，祝圓果真確診有孕。

因月分較小，祝圓和謝崢兩人都沒多聲張，可進入臘月，祝圓就要開始籌備過年事宜，甚至過年期間她還得進宮參加宮裡的家宴、族宴等各種宴會。

不說如今全京城之人都盯著祝圓及其肚皮，她如今也禁不起這般折騰。

謝崢當機立斷，給祝圓報了病，將其摁在府裡歇息，連鋪子的事情都不讓管了。

看他每天緊張極了，祝圓又好氣又好笑。

若是在外書房工作，他便每隔半個時辰，遣一個太監過來問：「王妃吐了嗎？」過一會兒又遣一個太監過來問：「王妃吃點心了嗎？」再過一會兒……

若是他在皦日居，不管吃飯睡覺散步，他都寸步不離，動不動就問她要不要水、要不要點心，要不要歇會兒、要不要再睡睡……

除此之外，還總喜歡摸她的肚子，隔一會兒摸一下，隔一會兒再摸一下，白天便罷了，連夜晚也不放過——彷彿他壓根不用睡覺似的。

太監還好說，有白露她們去應付，祝圓也不管，可後者真真是讓人煩不勝煩。

她本來跟謝崢就沒有尋常的卑躬屈膝，這會兒地位更高，索性把人臭罵了一頓，將其轟出正房，好歹是安安穩穩睡了一覺——哦，這廝後半夜還是自己摸回來、爬上床了。

如此種種，祝圓在府裡雞飛狗跳地養胎，外頭卻風起雲湧。

肅王府這邊的安保情況，在安福、安瑞重出江湖後，很快便被清掃了一遍。

原來的安和、安平及護衛隊幾個頭領皆是能力不差，早就查過幾回，加上安瑞、安福這兩老油條的出馬，肅王府那是滴水不漏，祝圓懷孕的消息，竟生生瞞到進年關。

可惜，世上無不透風的牆。

因孕事突然，祝圓毫無防備，加上即將過年，過年期間很多鋪子、商販都不營業，她便趕緊讓人去採購黃豆、雞蛋、核桃等物。

本來她買這些東西，旁人也無從察覺，架不住徐嬤嬤覺得她身體虛，順手跟著採買了許多補品，更可惡的是，連謝崢也撐著她，這一採買，就露了底了。

謝峸陰沈地看著手中單子。「找大夫看過了嗎？」

「看過了，當真是婦人養胎之物。」下屬恭敬道。

謝峸一拍桌子。「好，好得很啊！」他咬牙切齒。「怪不得敢跟父皇叫板呢，合著在這等著呢！」

祝圓從確診有孕之後，每天都會吐，大多集中在上午，飯食若是不合胃口，也會吐。倒是精神尚可，不會昏昏欲睡，也不會虛弱無力。

若不是每天都要吐幾回，半點看不出來懷孕了。

可謝崢依舊緊張兮兮，不讓祝圓進宮參加除夕宮宴、開年宴等，於是，祝圓婚後第一年的宮宴便省了，既不用大妝，也不用起早摸黑進宮吃冷食，每天在家閒閒吃飯、看書。

再者，雖然她不能出門，張靜姝卻帶著弟弟妹妹過來肅王府好幾趟，日子過得不要太瀟灑。

故而，雖然她每天都要吐幾回，年剛過，她卻胖了幾斤。

她這邊悠哉悠哉，外頭的傳言卻甚囂塵上。

謝崢對外聲稱她身體抱恙，可看淑妃、祝家卻無半分擔憂之色，這就怪了。

不說祝家，這幾年，淑妃跟祝圓的關係，是人盡皆知的和諧，若是後者當真身體抱恙，她怎會笑吟吟的？

結合年前謝崢在御書房說的那番話……大夥心裡頓時有譜了。

於是寧王府，又換了許多器皿。

年初二，本該是回娘家的時候，謝崢卻依舊不許祝圓出門——胎兒還未穩當，還要坐馬車出去，萬一路上驚馬撞人，或者來點什麼別的意外，那可怎麼是好？

好在，他雖不給祝圓出門，轉身卻將張靜姝等人接了過來，故而祝圓就沒跟這狗男人計較了。

歡歡喜喜與張靜姝等人好好地聚了半天，這個年便算過去了。

過了年，在禮部當差、跟著禮部之人籌備各種祭祀禮節的謝崢才閒下來，休沐的時候能好好待在家裡。

結果他在上書房忙完一通回來，一看，祝圓竟然在忙鋪子、莊子之事？這丫頭還沒過三個月呢！

他勃然大怒，逮住徐嬤嬤等人便開始訓斥。

祝圓當即攬住他胳膊，將他帶到一邊。「我身體好得很，看這些東西既不費神也能解悶，多好啊～～再說，我想做什麼，她們攔得住嗎？你怪她們做什麼。」

謝崢登時啞火，他皺眉。「我們不缺錢，何須如此緊張？妳放幾個月，那些鋪子也倒不了。」

不說他手上的路子，祝圓這幾年已經掙了很多，足夠他們無所顧忌地使用好幾年。

「跟錢沒關係呢，」祝圓安撫他。「我是閒不住，閒著沒事幹多鬧心啊。」

謝崢眉峰依舊不鬆。「若是閒著可以去園子裡逛逛，妳未出嫁之前每日還會習字練琴，如今怎麼就閒不住了？」

祝圓嗔道：「以前不能做這些事情嘛……我喜歡做這些事，你就讓我做嘛！又不費什麼神～～」

她的女子書院已經進入裝修階段，再過幾個月應該就能入駐，她該準備招生章程了，這些自不必與謝崢詳述。

還有工部的農桑之事，祝修齊領著一群人在京郊開了處試驗田，按照祝圓給的建議，專門研究雜交水稻，同時折騰一些果實、蔬菜的品種改良。

因謝崢在禮部，偶爾會接待別國過來的使臣、商人，祝圓早早就跟他打了招呼，讓他留意這些人帶來的糧種、盆栽什麼的。

她念叨了好幾次，謝崢自然記得，每回看到別國使臣、商人，他便讓人去明示暗示，一年下來，還真攢下不少作物品種。

祝修齊也大膽，只要聽說無毒，全都讓人試吃、試種。

有耗費鉅資打造的大暖房，秋冬也能持續栽種試驗，過年的時候，還給他們王府送來了試驗田裡種出來的馬鈴薯和番茄。

尤其是馬鈴薯，祝修齊還讓人提醒她，說馬鈴薯得趕緊吃，不能久放。

馬鈴薯產量大，不挑地方，就是莖葉帶毒，尤其是發芽的馬鈴薯。

祝圓年前收到的時候，還興致勃勃地親自下廚，醋溜馬鈴薯絲、紅燒馬鈴薯塊、排骨燉馬鈴薯，吃得謝崢連連點頭。

然後她還恍若不經意般補了句。「這馬鈴薯粉粉糯糯的，說不定曬乾磨成粉，做成米粉那樣，是不是便能儲存起來，不怕變質？」

謝崢若有所思。他與祝修齊聯繫頗多，自然知道這馬鈴薯產量大、不挑地方，如今親自嚐過後，又知這馬鈴薯可入菜可主食，若是又能儲存……

祝圓見他開始沈思，心中暗樂——她不過幹點文書工作，這傢伙就黑了臉，還眼睛不是眼睛、鼻子不是鼻子的，她懶得跟他爭吵，才隨口扔個問題出來罷了。

當然，若是能促進馬鈴薯的推廣，也是件好事。

謝崢回神便看到她捂嘴偷笑，一轉念便明白過來，無奈地捏捏她鼻子，道：「轉移話題嗎？放心，妳爹在農事普及這塊比我在行，有我、有父皇在後頭撐腰，明年應該就能推行了。」

去年已經研究過馬鈴薯的食用和種植要求，今年主要以育種為主，推廣普及不過是時間問題。

有他打包票，祝圓更放心了。

「對了。」謝崢想到什麼，看了她一眼，道：「年前有番國送來幾盆火紅果，聽說無毒可食用，但是妳爹讓人試過了，嗆人得很，壓根沒法吃，但擺著確實好看，要不要給妳弄兩盆放屋裡？」

火紅果？嗆人？

祝圓登時雙眼放光。「要要要！要是我沒猜錯的話，這可是好東西啊！」

謝崢挑眉。「妳猜到是什麼了？」

「嘿嘿嘿，先不告訴你！」祝圓當即開始推他。「你今天不是沒事了嗎？趕緊去弄回來！」

謝崢。「……」

連推帶攘把人趕走，祝圓心裡暗爽——活該，誰讓他不給自己出門！若是那個火紅果真如她所想，那，回頭她定要整一整謝狗蛋，嘿嘿嘿～～

當天下午，兩盆紅燦燦的火紅果便被送到肅王府。

祝圓如何興奮自不必詳述，兩個時辰後，趕著飯點回來的謝峥剛踏入皦日居，祝圓便急匆匆迎上來。

謝峥有些詫異。「怎麼出來了？」

祝圓熱情不已。「就等你回來開飯了！」

「餓了？」謝峥微微皺眉。「下午沒用些點心嗎？」

「用了用了。」祝圓敷衍道，拉著他往屋裡走。「飯點到了還是會餓嘛。」

謝峥挑眉。「這是，有事？」

「……能有什麼事啊？」祝圓心虛地打了個哈哈。「走走走，趕緊的。」

那就是有事了。謝峥若有所思地跟她進屋。

祝圓沒進門就朝白露吩咐。「快快，傳膳！」

白露似乎有些緊張，看了眼謝峥才應喏出去。

謝峥更好奇了。

祝圓卻半句不透露，興沖沖地讓人送來茶水，溫聲細語地給他噓寒問暖，還親自給他倒茶。

謝峥斜睨她一眼。「無事獻殷勤，非奸即盜。」

祝圓動作頓了頓，笑罵道：「對你溫柔體貼些，你還不習慣了？」

謝峥端起茶盞抿了口，勾唇看她。「我家王妃，還真不是溫柔體貼的性子。」

祝圓啐他一口。「我看你是有受虐癖。」

聞詞生義，謝崢好整以暇地看著她。「若我真有，便與妳相配了？」言外之意，他是受虐癖，那她是什麼？施虐癖嗎？

「呸呸呸！」祝圓當即呸了他幾聲。

好在晚膳已經送過來，祝圓當即兩眼放光，忙不迭帶著謝崢去洗手淨面，然後到飯桌那邊落坐。

白露、穀雨等人已將菜品一一擺好，連米飯都已經盛好了。

謝崢剛坐穩呢，祝圓已經扶起筷子給他挾了一筷肉片，笑咪咪道：「這個是我做的回鍋肉，你嚐嚐。」

謝崢奇怪了，仔細打量那片肉。

薄薄一片肉片，肥瘦相間且肥肉較多，邊沿微微焦黃，還泛著油光，看起來味道應當不錯。

再看她挾的那道菜，裡頭除了相差無幾的薄肉片，只有幾根蔥段和蒜瓣，別的便沒有了。

祝圓見他不吃，催促道：「嚐嚐嘛，我的手藝你還不相信嗎？」

太殷勤了。謝崢更狐疑了。「往日也沒見這般餵過來——妳親自下廚？沒有吐嗎？」

祝圓笑咪咪。「這道菜香得很，我聞了食慾大開，怎會吐呢？」完了佯裝沮喪。「你不愛我了，連我做的菜都不肯吃了嗎？」

愛……謝崢微窘，又擔心她是真傷心，忙抓起她的手。「好了，我吃。」將筷子上的肉片送入嘴裡。

下一瞬，臉便黑了，飛快將肉片吐出來。

「啊！你怎麼吐了?!」祝圓抗議。

謝崢臉色凝重，按住她的手，掃視一圈，冷聲道：「來人，立馬將經手晚膳之人全部鎖了！」

祝圓驚了，忙按住他。「你幹麼？好端端怎麼鎖人呢？」

謝崢摸摸她腦袋。「餓了？先忍忍，待會讓人弄點吃的。」他掃了眼桌上碗盤。「這些恐被人下毒了。」

祝圓。「？？？」

謝崢解釋。「我雖將肉片及時吐出，這會兒舌頭還是麻的，恐藥性強烈。」他萬幸道：「幸好是我先吃……」

「……噗哈哈哈哈哈！」祝圓噴笑出聲。

謝崢。「？？？」

他很快回味過來，無奈道：「妳又折騰什麼東西？」

祝圓捂嘴直樂。「你帶回來的火紅果啊。」就是辣椒。

「……」謝崢仔細打量那盤肉。「怎的裡頭沒有？」

祝圓笑嘻嘻。

謝崢懂了，這是要讓他防不勝防？

「調皮。」他捏了捏祝圓鼻子，然後問：「這真的能吃？」

「你不是說無毒嗎？」祝圓裝傻。「雖然味道嗆人，但你不覺得跟茱萸很像嗎？」

謝崢皺眉。「如此嗆人，怕是無人敢食，倘若只是擺著無毒，食用有毒呢？」

祝圓大手一揮。「沒有沒有，就是味道嗆了點，毒是不會有的，你就放一百個心吧！」順手給自己挾了塊，要往嘴裡塞——

「王妃！」徐嬤嬤等人驚呼。

謝崢也立即抓住她胳膊，擰眉道：「不可任性，妳若實在想吃，可讓人先試試。」

祝圓無語。「總共就這麼點，我還得留種，讓人試了，哪還有我的分？」試圖揮開他的手。「沒事，這就是調味料而已，死不了人！」

「圓圓！」謝崢警告，扭頭讓人將菜撤下去。

徐嬤嬤如獲聖旨，忙不迭跑過來端菜——

「不許動！」祝圓「啪」地一下拍下筷子，怒斥道：「合著我想吃點東西都不行了？我今天就要吃辣椒，誰都不准說話！」

在廚房的時候徐嬤嬤她們不給碰，這會兒還不能碰……她要炸了。

謝崢第一次見她這般耍性子，有些愣然。

祝圓這段日子脾氣見長了啊……難不成這就是老劉說的，孕婦脾氣大？

心念急轉，他便放軟下來。「畢竟是外來的東西，妳現在不是一個人，總得找人試過再說。」

祝圓瞪他。「你自己說沒毒的！」

謝崢忙道：「我只說果香無毒，擺屋裡沒關係。」

祝圓暴躁。「反正就是沒毒，我比你還惜命呢，我難道還會害自己嗎？」

「……那找人試一口，我們等一等看看？」謝崢忙哄她。

祝圓不肯。「菜涼了怎麼辦？」

「熱一熱就是了。」謝崢無所謂道，然後吩咐緊張兮兮的安福。「讓人去請老劉過來，再找個膽子大的過來試菜。」

「是！」安福禮都顧不得行，撒腿就跑。

祝圓氣呼呼地坐在一邊，謝崢無奈，掃了眼桌上食物，低聲勸她先用點別的，祝圓性子上來，死活不肯動筷。

如此這般，終於等來劉大夫和安福，後者還帶了名老太監過來。

祝圓立馬撇下謝崢，急吼吼地看著他們。

試菜的老太監捧著碗躬身上前，安福給他挾了肉片後，他立刻退到門邊，也不用筷子，拿手拈了肉片扔嘴裡。

剛嚥下去，他的臉色便變得有些古怪。

所有人都緊張地看著他，劉大夫更是直接把住他的脈，凝神細聽。

祝圓半點不擔心，還吩咐白露。「趕緊給老人家倒杯涼茶，要涼的。」

「……是。」

老太監的臉色已經開始發紅，額上甚至冒出細汗，倒是行動無礙。

他誠惶誠恐接過茶，喃喃道了聲謝，摸摸杯子，仰頭咕咚咕咚灌下去。

眾人都盯著他呢。

祝圓卻笑咪咪，問：「老人家，這肉帶勁嗎？」

老太監有些拘謹，想說話又不敢說。

徐嬤嬤忙輕聲道：「劉大夫也在這兒，你安心便是，如今王妃問你話呢，可不能怠慢。」

老太監抹了抹額頭，緊張道：「回王妃，味道還不錯，有些嗆人，但是比花椒、茱萸要香。」

祝圓當即得意地看向謝崢。「聽見沒有，比花椒、茱萸要香呢！」

祝圓氣憤，索性扭頭去跟老太監說話。「老人家，您今年貴庚了？」

謝崢。「……再等等。」

老太監當即回話。「回王妃，老奴今年六十有一。」

也就是說，五十九的時候，就跟著謝崢出宮？

祝圓有些好奇，問：「您在哪兒當差呢？」是不是有什麼特殊長處？

以此時殘酷的奴隸制度，這把年紀，大多都被扔到一邊了吧？可面前這位老太監，雖是被叫過來試毒，卻衣著乾淨體面，連指甲都修剪得乾乾淨淨的，故而她有此一問。

聽了這話，一直緊張的老太監臉上帶出幾分笑意。「回娘娘，老奴年紀大了，當不了差了，現在只負責教導新進府的孩子們呢。」

祝圓笑了。「這也是當差。您老經驗足，教教孩子們，挺好的。」

老太監小心地瞅了眼謝崢，道：「多得王爺憐憫，老奴才能一把年紀了，還能在王府裡教導新人。」

祝圓安撫他。「你憑本事教導新人，怎麼能算王爺憐憫呢？這是你自己掙來的。你說對吧？」最後一句，她問的是謝崢。

後者點頭。「當然。」再朝老太監頷首。「今天辛苦你了，若是……本王定會給你安排好後事。」

「不辛苦不辛苦，老奴都這把年紀了，能得王爺惦記，開府還不忘將老奴從宮裡帶出來，老奴才是三生有幸。」老太監紅了眼眶。「這一年多在王府裡，老奴這日子過得呀，比那富貴老爺都不差幾分了，若不是王爺、若不是王爺……」

「好了好了。」安福忙小聲打斷他。「可別在主子面前失儀了。」

「誒。」老太監忙不迭抬手擦眼。

祝圓笑道：「不礙事，老人家這是讚咱家王爺仁善呢，我們怎麼會怪罪呢。」

謝崢神情柔和地看著她。

老太監更是笑得褶子都出來了。「正是正是。所以啊，聽說王爺要找個試菜的，老奴就當先過來了。老奴都這把年紀了，若是能為您和王爺身先士卒，就算走也走得——」

「呸呸呸，」祝圓打斷他。「別說這種晦氣話，你看，劉大夫都覺得沒事呢。」

眾人聞聲望去，劉大夫絲毫不慌，甚至捋了捋長鬚，問了句。「王妃，這火紅果的味兒，可否讓老夫也嚐嚐？」

祝圓。「……」又吃？

她的肉！

謝崢卻巴不得，立馬讓人給劉大夫挾了塊肉。

劉大夫退後幾步，細細品嘗。

眾人，連帶方才試菜的老太監都盯著他。

劉大夫將食物嚥下去，嘶了聲，半掩著嘴問穀雨。「姑娘可否給老夫一杯涼茶？」他記得方才祝圓給了老太監一杯呢。

穀雨忙不迭送上。

劉大夫喝了茶，緩了會兒，道：「這火紅果，應當如王妃所言，只是調味品，應當無毒。不過，從味兒來看，火紅果應當性偏熱，也是不可多食。」

「你看你看，我就說沒事嘛！」祝圓興奮極了，當即吩咐徐嬤嬤。「趕緊的，讓人把這盤肉回鍋翻一翻，我餓了。」別的菜都已經被收回去熱了。

謝崢無奈，又問：「王妃如今有身孕，也能吃嗎？」

劉大夫笑笑。「小嚐幾口，還是可以的。」

祝圓。「……」

好傢伙，老劉這一句，直接讓謝崢翻譯成——只能吃兩口。

任祝圓撒潑打滾，都吃不到第三口，可憐祝圓才剛嚐到點辣味……

她不高興了，謝崢自然又受到好一番磋磨。兩人打打鬧鬧自不必說。轉頭，祝圓就讓人將取出來的辣椒籽送到後邊院子，讓人小心伺候著，好好栽種到溫室大棚裡——今年秋她要看到一大片的辣椒！

當然，祝圓對這火紅果這般上心，謝崢只得跑回禮部，找那幾名進貢的異國人問了詳細的栽種條件，巴巴送回來給她，才哄得她開心起來。

元宵過去，祝圓也懷滿三個月了，謝崢當即進宮給承嘉帝報喜。

「你媳婦兒懷孕跟朕有何關係?!」承嘉帝瞪他。「朕膝下已經有好幾名孫兒孫女了，不差你這個！」

謝崢頂著一張嚴肅的臉，淡然道：「父皇年前還頗為關心兒臣的子嗣，兒臣這是特意過來安您的心。」

上回承嘉帝可是直接明示了——他若是有子嗣，便會將皇位傳予他。

承嘉帝不屑。「孩子的影兒都沒見呢，你倒好意思過來討？萬一是女兒呢？」

謝崢無辜極了。「再生就是了。父皇您身體好得很，再等幾年也使得。」

承嘉帝差點被氣死，他蹬蹬蹬走下龍階，抬腳踹過去。「滾，別在朕這兒裝什麼情有獨鍾、癡心一片的，朕不吃你這套，給朕滾！」

……老人家火氣大，他得順著。

謝崢灰溜溜離了御書房，轉道昭純宮。

「……這不是早就知道的事嗎？」淑妃不耐極了。「這才隔了多久，怎的又跑來說一聲？」

謝崢啞口。似乎是這樣沒錯，可過了三個月，不是得宣佈宣佈嗎？他除了爹娘、秦府，也沒幾處能去了。

淑妃不耐煩看他在這兒發呆。「行了行了，這事我知道了，回頭我給圓圓送點補品過去……」完了擺擺手。「我這兒忙著整理集結成冊的文稿，沒空搭理你，去找峍兒玩去啊～～」

爹不疼娘不愛的謝崢。「……」

跑去皇子院落，把謝峍抓到演武場好好折騰了一番，謝崢才舒坦些。

當晚，他彷彿告狀般將這些告訴祝圓，逗得祝圓哈哈大笑。

「活該！」她笑得眼淚都快出來了。「你爹娘也沒說錯你啊～～你這不是進宮去討嫌的嗎？」

謝崢神色有些沈鬱，帶著幾分自嘲道：「只是沒想到，戰戰兢兢這麼多年，仍然沒得幾分好臉……」

祝圓笑容一頓。「啊？」

謝崢看她，輕撫她背後長髮，道：「只是累妳和孩兒不受待見……」

祝圓眨眨眼，抬手貼到他額頭。「沒發燒啊，怎麼傻乎乎的？」

謝崢。「……」

抓住她柔荑，他有些無奈。「妳在說什麼？」

祝圓歪頭看他。「你覺得今兒父皇、母妃對你不重視？」

謝崢搖頭。「我無所謂。只是擔心妳和孩兒——」

祝圓雙手捏住他臉頰往外扯。「你這傻瓜，父皇、母妃是喜歡你，才會待你親暱自然，難不成你想他們對你客客氣氣的，見面除了聊些朝廷大事、親友走禮，別的都不說？」

謝崢由得她扯臉，只含糊不清道：「從未聽說父子、母子這般相處。」

「誰跟你說的？尋常百姓都這樣。」祝圓鬆開他的臉皮，托住他的臉，認真道：「尋常百姓的父子、母子，甚至兄弟姊妹，都是吵吵鬧鬧的。吵鬧，代表放鬆，代表親近，代表感情好。謝崢，你放心，你爹你娘都愛著你呢。」

「……是嗎？」謝崢有些怔然。

「當然。」祝圓笑咪咪，湊過來，在他薄唇上啃了口。「還有我。」

她也愛他。

謝崢摟住她的腰，眸光轉深。

祝圓攬住他脖子，笑嘻嘻道：「不要亂來哦，我肚子裡還有謝狗狗呢！」

謝狗狗是什麼東西——哦不，不是東西——也不對，是東西——呸呸呸！

謝崢扶額。「為何我兒不能是個人？」

「狗蛋的娃娃，叫狗狗多合適。」祝圓嘿嘿笑。「賤名好養活呢！你看，你叫狗蛋，身體多好！」

謝崢。「……」不，他身體好，跟這個沒關係！

肅王府的歡欣喜悅，外人是皆可窺見一二。相比之下，靖王府、和王府反倒有些沈寂了。

靖王府暫且不提，和王府跟謝崢前後腳開府，看起來似乎實力相當。

但謝崢可是十四、五歲就開始出來歷練，雖說是前年底才開府，其實在宮外已活動了四、五年。

和王則是實打實的去年才出來活動，如何比得過謝崢經營多年的勢力？

更何況，承嘉帝已經放出那樣的話。

和王謝嶦一不居長、二不居嫡，母族、妻族勢力皆不顯……如今承嘉帝已年近五旬，即便他還能再做幾年皇帝，他能在這短短幾年時間裡勝過如日中天的謝崢嗎？

不能。

在與自家外公、舅舅、幕僚心腹等人聊過後，和王頹然不已。

再看靖王府。

靖王謝峸這兩年慢慢過了鹽案陰霾，開始在朝堂活躍。

安嬪去歲也終於得了承嘉帝好臉，日漸多了些賞賜，雖妃位未復，明眼人卻能看出——大皇子一脈這是要起復了。

可不管如何，母憑子貴，子憑母貴。成年開府的四名皇子裡，只有靖王的母妃是嬪位。

但靖王居長，承嘉帝無嫡子，他就是名正言順的第一繼承人，他自然不甘心。

謝崢不就是靠著《大衍月刊》在文人那兒賺名聲的嗎？他有錢有人，依樣畫葫蘆重製出一個《大衍風雲》。

謝崢開琉璃、玻璃鋪子納錢，他砸了筆銀子下去，挖來幾名匠人，很快鋪子也開起來，跟著吃起這些鋪子的巨額利潤。

謝崢下到縣城地方去做實務，他也跟著沈下心在刑部學習，踏踏實實地學了許多東西……

如是，這兩年他雖然保持低調，錢著實是沒少賺，名聲也好了不少。

前幾年因為鹽案拖累導致的囊中羞澀，如今已大為改善，也因此多養了不少使喚之人，做事也增加許多從容和底氣。

與此同時，他協理的案件也得了刑部尚書嘉獎——他作為皇子，是恭維還是嘉獎，還是能看得出來。如此，也賺了些功績名聲。

正因為此，他才能用短短兩、三年的時間，走出鹽案的陰霾……

可是，一想到這些都是跟著謝崢的腳步一步步走下來的，他心裡便百般不是滋味。

幕僚安慰他。「子曰：寬則得眾，信則民任焉，敏則有功，公則說。您身為上位者，知人善用，寬仁大度，便是明君。肅王確有大才，卻也只是名人才，日後加以善用便是了，您大可無須執著於此。」

謝峮嘆息。「……也是。」

話雖如此，心裡總是存了疙瘩。

結果就聽說承嘉帝在御書房，當著許多宮人的面暗示謝崢，讓其趕緊生下子嗣，好繼承皇位……

謝峮一聽，整個人都懵了。

怔怔然半天後，他頹然落坐，喃喃道：「父皇果真是屬意老三啊……」

靖王、和王如何表態不說，寧王府裡，卻是截然不同的氣氛。

一眾心腹幕僚大氣也不敢喘，眼睜睜看著謝峸將桌上架上擺著的名貴器具全砸了粉碎，用力之大，甚至濺起碎片，將其身後心腹大太監的臉刮出一道血痕，卻無人敢勸。

好不容易，謝峸終於砸累了。

他站在一地碎片中喘著粗氣，再問一次。「老三那不下蛋的王妃當真有了？」

「……不敢欺瞞王爺。」

謝峸冷笑。「好！很好！好得很吶！前腳父皇才說了那樣的話，後腳他府裡就有好消息……怎麼這麼巧？哪來的這麼巧？這是耍著我們這些當哥哥的呢！合著我跟老大都是給老三當陪襯呢！」

眾人低頭，絲毫不敢吭聲。

謝峸環視一周，問：「說說，接下來要走什麼棋？」

眾人縮著腦袋。

謝峨氣笑了。「怎麼不說話了？一個個都啞巴了？」

「……王爺，」一名瘦高老頭走前一步，小心翼翼道：「雖說肅王府傳出了消息，可能否平安出生、能否長大成人，都尚言之過早，我們還有許多時間。依老朽之見，此時才是需要忍耐之際——」

「砰——」

謝峨踹飛了一張梨花木扶手椅，老頭登時噤聲。

「忍忍忍！」謝峨暴跳如雷。「除了忍，你們就不會說別的嗎？父皇說要傳位給老三，你們都說忍著。老三子嗣都快要出生了，你們還說忍著……爺養著你們，是為了聽你們跟我說忍著嗎？連個主意都沒有，爺養你們何用！」

又有一人站出來，苦口婆心勸道：「王爺，皇上前不久才說了那番話，若此時我們輕舉妄動，定然招來皇上的不滿，這種時候，很是該蟄伏忍耐。」

「黃先生所言甚是，王爺務必三思啊……」

「那肅王即便有了子嗣，誰知是男是女……」

「說不定養不活呢……」

站在碎片堆裡的謝峨陰沈著臉聽他們議論。

半响，他抬手，議論聲很快停歇。

謝峨環視一周，冷聲道：「你們說的都對。」

眾人詫異，追隨寧王多年，他們早就熟知寧王性子，他怎麼會突然表揚——

「但我不想聽。」謝峸如是道。

眾人。「……」

對嘛，這才像寧王的性子。

「來人。」

那名被劃傷臉的大太監忙不迭湊到他身前。「奴才在。」

「讓人給外公送封信，就說……」

大太監忙凝神。

「該變天了。」謝峸嘴角揚起嗜血冷笑。

第三十九章

「夫人，留芳苑的呂掌櫃來給您送新貨了。」

「請進來吧。」臥榻上一名豐乳細腰的美豔女子懶洋洋睜眼，將白如凝脂的胳膊從軟枕下抽出，慵懶地坐起來。「扶我一把。」

丫鬟連忙上前攙扶。

「哎喲，我這身體啊，當真是一日不如一日了……」美豔女子笑著自嘲了句。

丫鬟抿嘴笑。「這說明夫人得寵呢～～若不是得寵，哪能大天勞累伺候主子？其他院子的夫人哪個不是眼巴巴等著呢。」

美豔女子點了點她額頭。「小浪蹄子，妳也知道勞累呢～～」

丫鬟嘿嘿笑著。

這位美豔夫人，是寧王妃進府不到三月之時，被謝峸在書房寵幸，繼而收為夫人的美豔丫鬟。

幾年下來，她雖未得到一兒半女，卻極受謝峸寵愛，寧王妃也不敢掠其鋒芒。

而留芳苑是謝峸名下的鋪子，專做香粉、香水、香薰等物，是京中貴女貴婦們最愛的鋪子之一。

作為寧王寵妃，美豔夫人要新香，自然無須往外跑，留芳苑的呂掌櫃每隔一段時間都會給她送上當下最好的香品，因此也就有了上面一幕。

主僕兩人來到了待客的前廳，留芳苑的呂掌櫃已經候在那兒了。

看到她，呂掌櫃笑著福了福身。「多日未見夫人，夫人風韻更盛了～～小的今日拿來的香，彷彿都配不上您的姿容氣韻了。」

「我就喜歡你這嘴甜的……」美豔夫人捂嘴樂了會兒，視線一轉，朝丫鬟點了點下巴。「給我弄杯菊花枸杞茶，我這兩日有些燥了。」

「是。」丫鬟福了福身，退了出去。

美豔夫人這才扭著水蛇腰走到桌邊，慢騰騰落坐。「今兒帶了什麼香過來，拿來我看看。」

「是。」呂掌櫃見怪不怪，快手將桌上擺著的木匣打開，取出一琉璃小粉瓶。「夫人，這瓶叫迷迭，香氣馥郁，芬芳迭連，令人迷醉，故稱迷迭。」

美豔夫人一手支著下巴，一手懶洋洋伸出。「給我看看。」

掌心朝內，四指微微下垂，華麗寬袖攏住半掌，顯得玉指纖纖。

呂掌櫃半分不敢怠慢，忙將小瓶子遞過去。

兩手交錯，彷彿只是略交接了下，那粉瓶便到了美豔夫人手裡。

美豔夫人細細觀賞瓶子，再拔開瓶塞輕輕聞了聞，點頭。「不錯，確實好聞得緊。」

袖著手等她聞香的呂掌櫃登時鬆了口氣。「夫人喜歡便好。」

「行了，我要了。」美豔夫人美滋滋地欣賞著小粉瓶。「今晚我便試試，看看王爺喜不喜歡——咳咳，死丫頭，妳的茶水倒哪兒去了？怎麼這麼久？」

方才出去的丫鬟端著茶水快步進來，賠笑道：「夫人，奴婢就在外頭沏茶呢……」

「行了行了，去取銀子過來，人家呂掌櫃特意過來，可不能讓他白跑了！」

「是。」

收了賞銀的呂掌櫃喜笑顏開地出了寧王府，坐上鋪子裡的馬車，馬蹄嘚嘚輕響，很快便駛離寧王府。

馬車裡的呂掌櫃深吸了口氣，收斂笑容。

他將車簾掀開一絲縫隙，確認已駛離寧王府範圍，周圍都是來來去去的行人後，微微鬆了口氣，放下簾子，小心翼翼打開塞在袖口處的小紙條——

要變天了。

肅王府，前院書房。

幕僚吳先生捏著紙條仔細研究，其他人也是交頭接耳、小聲議論。

謝崢指節輕叩桌面，皺眉沈思。

半晌，吳先生抬起頭，道：「王爺，老朽不才，有一個大膽的想法。」

謝崢回神，伸手做了個請的動作。「先生請說。」

「寧王外祖，嫻妃之父，乃駐守西寧邊境的裘都督。這幾年，秦家的水泥路遍佈大江南北，尤其是通往西寧、北疆的樞紐要道，朝廷更是耗費鉅資進行修建。不說北疆，從西寧到京城，快則十天，慢則十五天，就能……」

——兵臨城下。

眾人凜然，謝崢也坐直身體。

「他敢？」有幕僚站出來，不敢置信道：「寧王雖脾氣急些，也不至於犯這種抄家滅……咳、這種有違天倫之事吧？」畢竟是皇子，抄家滅族不至於……

吳先生笑笑。「這只是老朽的大膽猜測，我們做事，不是向來要先做好最壞的打算嗎？」

「不。」謝崢開口了。「本王以為，這個猜測……」他掃視一圈。「有非常大的可能。」

眾人。「……」

連提出此語的吳先生也語塞了。

謝崢問：「還記得幾年前的五城兵馬指揮使邱岳成邱大人嗎？」

自然記得，堂堂指揮使馬上風，還是死在小倌兒身上，這八卦，在諸事不怪的大京城也是一大醜聞，讓人津津樂道了許久，那邱家最後更是搬離了京城。

只是，肅王突然提起這人，意欲為何？

吳先生便問：「此人雖品行不良，算起來也是皇上親信——」

「不。」謝崢敲敲桌子。「這位邱大人，是老二的人。」

五城兵馬指揮使，明面上是皇帝親信，私底下是皇子黨派？

有幕僚震驚道：「若是這樣，那這條子……」

眾人面面相覷。

謝崢沈吟片刻，道：「這是最壞的可能，我們要以最壞的可能去做好萬全之策。」

「是！」眾人一致回道。

吳先生想了想，再次站出來。「這事可大可小，我們萬不可沾手。」

謝崢點頭。「本王知道，倘若有何風吹草動，本王必親自稟報父皇。」

吳先生這才放鬆了些。

謝崢接著往下吩咐。「找人摸一下現任五城兵馬指揮使的底細。」

「是。」

「為防萬一，再查查封坮大營的田指揮使。」

「是。」

「派人去西寧，盯緊那邊的動靜。」

「是。」

最後，謝崢敲了敲桌子，沈聲道：「幾處莊子都備上一些糧食布疋。」

眾人明白其中利害，當即點頭。「是。」

三月春光明媚，草長鶯飛，正是踏春賞花的好時節。

可惜，祝圓仍不得出府。

她是很想鬧，謝崢卻直接扔出一道巨雷，驚得她傻在當場——穿越一遭，她不光成為皇室一員，甚至可能會見證一場謀逆大事？

更有甚者，若是這場謀逆成功了，她跟謝崢，以及他們身後的所有人，是不是都會不得好下場？

祝圓緊張極了，問：「萬一他們真打過來，咱們不跑嗎？」

謝崢拍拍她腦袋。「放心，不會的。」說著，便匆匆離開。

他嘴上說著不會，可打那天起，他便開始早出晚歸。白天在禮部，回來後便跟幕僚們窩在書房裡商議事情。

正好祝圓開始了孕期的嗜睡狀態，每天天擦黑就睡覺，直到太陽老高了才爬起來。

若不是身側床褥枕頭都有明顯痕跡，加上謝崢的衣物掛飾都在這兒，她真的會懷疑這傢伙究竟有沒有回來歇息。

連向來淡定的謝崢都這般嚴陣以待，想必可能性真的很大。

再者，她管著家裡用度，府裡突然多耗了許多米糧菜肉，卻不見人丁，她嚇了一跳，急忙去問謝崢——當然，謝崢在禮部呢，她是用書寫的方式問的。

謝崢也不瞞著，只告訴她，原本分散四處的護衛，一部分拉回王府了，她在府裡，他不放心，得有人守著。

祝圓心裡熨帖，嗔怪道：「你怎麼也不跟我說說啊。」

謝崢無奈。「我回去妳已經睡了。」

……還真是。祝圓撓腮。「好吧，我的錯。」

「不，是謝狗狗的錯。」

祝圓噴笑。「你變了，你再也不是原來的謝狗蛋了。」

「嗯，是王妃調教得當。」

祝圓。「……」

暗啐了他一口，擱筆不聊。

有了祝圓這一打岔，謝崢的心情也鬆快了些，將紙張毀去又繼續忙碌起來。

謝狗蛋在外頭殫精竭慮，祝圓也不能袖手旁觀。她打起精神，開始認真做後勤工作。

先是給謝崢及一眾幕僚安排好吃喝，午、晚膳不說，葷素齊全、搭配豐富，下午和晚上還讓人備點心、宵夜送過去……

護衛們的伙食也半點不糊弄，頓頓有肉，米飯管夠。

所幸祝圓原先便有囤糧的習慣，倒也不必驚慌，加上肉菜本就每日新鮮送來，籃子蓋上蓋子，旁人也不知道每天多叫了許多肉菜。

就這樣，她還讓大廚房做了許多燻肉、鹹菜，隔三差五還讓人不著痕跡地去採買一些米麵鹽油。

她不知道寧王會如何謀事，但電視跟歷史告訴她，歷來謀反都是風聲鶴唳，倘若有幸存活，估計很長一段時間京城都得戒嚴，她得做好準備。

她不光自己準備，還讓張靜姝也在祝府裡備一些——那謀逆之事還只是猜測，她自然不敢明說，只旁敲側擊地提了幾句。

可張靜姝是什麼人啊，這麼幾句話，足夠她嚴陣以待，回去便關起門與祝修齊、祝老夫人等人商議，完了開始不著痕跡地囤積物品，甚至還反過來提點祝圓，要多囤點醬料、調料、布疋、棉花等等。

祝圓當即跟上，她這邊忙忙碌碌，自然瞞不過謝崢。

吳先生等人也捋著長鬚讚許祝圓有遠見、有魄力。

此間種種自不必說，忙碌的日子總是過得飛快。

很快，來到承嘉十七年的八月。

祝圓的肚子已經很大了，劉大夫估計產期會在中秋前後，也沒幾天了。

中秋還得進宮參宴的謝崢憂心忡忡，不說祝圓那幾天待產，就說老二，這傢伙最近彷彿突然安靜了下來。

可西邊那邊還沒消息過來，應當不會這麼快起事……

年初收到那張變天的條子後，至今已經過去半年有餘，老二從開始的動作頻頻，到現在的安靜如雞，彷彿被人勸住了似的——可他是能被勸住的人嗎？

不過謝峸不折騰不作妖，他倒是可以鬆快些，從忙碌緩過來後，他晚上也恢復了回正院吃飯的習慣。

得空時還會陪祝圓逛逛園子，完了回去開始翻醫書。

每天吃飯的時候，就會開始「ＸＸ醫術曰……」，然後巴拉巴拉一大通，攪得祝圓煩不勝煩。

這段時日，祝圓沒忘記早早將自己的產房佈置好。乾淨是第一要務，屋裡四壁全抹上石灰，地面鋪地磚，保證屋裡不帶一絲灰塵。所有用具寢具全部用開水煮過消毒，生孩子期間要伺候的丫鬟嬤嬤，連帶劉大夫，全都被她灌輸了一遍衛生理念和消毒習慣。

很快，便來到了中秋當天。

祝圓當然不可能進宮，謝崢卻不能不進，但他擔心啊。

祝圓勸他。「你就是去吃個飯，能耗多久時間啊，我這還穩穩的，估計還要過幾天才會生。」

謝崢皺眉。「若是妳突然要進產房，府裡誰主事？我不在妳身邊，萬一妳在裡頭出點——呸呸呸。」他捏了捏鼻子。「要不，我還是跟父皇告假吧。」

「告什麼告，我這連影兒都不見，你擔心個什麼勁。」

謝崢看向徐嬤嬤，後者微笑福身。「王爺儘管放心去吧，府裡有福公公，有奴婢，還有劉大夫也在前邊隨時候著呢，不會有事的。」

留守的安福也笑呵呵拍胸脯。「主子您放心，王妃若是掉一根頭髮，回來奴才把頭剁下來給您當凳子！」

「聽見了吧？這還有什麼不放心的，」祝圓推他。「趕緊走趕緊走。」

謝崢。「……」

他擔心謝峸會不會弄什麼么蛾子——以他跟幕僚推測，中秋夜宴，時機真的太好了，他也為此做好了萬全的準備。

他這趟勢必要進宮，不然，若是事發，他一家三口必定性命不保。

眼下的情況也絕對不可能帶祝圓一起，如今的祝圓，只有留在府裡才是最安穩的。

思緒飛轉不過瞬息，謝崢下定決心後，深深地看著祝圓。「我把安福留給妳，加上府裡護衛，應當安全無虞。」

祝圓頓了頓，瞪他。「……啥意思？」

謝崢卻避而不談，捏了捏她的柔荑，沈聲道：「等我回來。」說完，不等她接話，扭頭就走。

祝圓。「……」

大哥，你這是啥意思啊！她膽子小，禁不起嚇啊啊啊啊——

正主走了，還有安福跟趙統領呢。趙統領就是幾年前護送謝崢前往潞州的趙寬，如今在肅王府當護衛統領。

祝圓不知道安福這老貨會怎麼忽悠她，打算把趙統領也叫過來，兩人一起問，總能問出些情況。

安福卻搓著手，道：「何須煩勞趙統領，王妃有何想問的，問奴才便行了。」

祝圓挑眉，問：「那，先說說你家主子怎麼突然把你留下。」

安福只遲疑了下，抬頭，掃視一圈，確定這屋裡只有幾名王妃心腹，遂小聲將事情稟報了一遍。

祝圓聽得心臟怦怦直跳，徐嬤嬤、夏至等人更是直接白了臉。

安福說完話後，屋裡安靜了許久。

半晌，祝圓終於回神，她嚥了口口水，道：「寧王當真要——」

安福做了個噓的動作，笑道：「中秋夜呢，王爺們自然也要進宮的。」

祝圓詫異，正想說話，外頭傳來腳步聲，是去洗果子的白露回來了。

祝圓意會，強笑著轉移話題道：「也不知道王爺今晚要吃到什麼時辰，估計回來我都睡了吧……哎，今晚啊，你們幾個都來陪我賞月。」

「誒！」

知道謝崢那邊危機四伏，祝圓也沒了過節的心情，她也不敢早睡，只能打著賞月的名號，領著大夥在院子裡吃瓜果零嘴聊天。

正好今天祝圓讓大廚房給府裡上下都加菜加肉，倘若有事，也算是戰前犒賞了——祝圓苦中作樂地想道。

吃過晚飯，祝圓照舊扶著肚子四處散步，直到微微出汗了，才坐到院子裡，夏至已經將院子布置得很舒服了。

皦日居是肅王府裡最大的院落，光是院子面積，就可比擬後頭的花園，不光面積大，還好看，假山流水、花徑林蔭，西北角還有一小塊空地，是謝崢平日練武的地方。

夏至已經提前將那邊的東西撤走，換上十數張大桌，上置瓜果點心和月餅。

四周也不再是單調的空地，沿著牆根林木擺了許多盆栽，間或還有漂亮的大瓷缸，上面漂著浮萍。除此之外，就是高高低低的燈籠，照得這塊空地亮如白晝。

這裡主要是招待王府幕僚、管事的家眷，以及有頭臉的管事嬤嬤們，其中甚至還有數名護衛領隊的家眷。

除了此處，她還另外在前院佈置了一處院子，專門招待府裡的幕僚、管事等，那邊的人，自有安福及趙統領帶隊招呼，無須她去關照。

她畢竟即將臨盆，若不是謝崢臨走扔了個大雷，她也不會在大好中秋，擾了大家的團圓。

現在沒法子，她只能這般安排，別的不說，王府太大了，若是真亂起來，這麼多人分散開來，難保會有什麼變故……

她先把人集中起來，府裡護衛就可以縮小保護圈，儘量把所有人都護住——肯定還有許多當值之人，她卻不好做得太明顯，若是事後被人扒出來，謝崢跟她都跑不了。

安福跟趙統領自然明白她的用意，帶著人在前院吃吃喝喝，也將女眷家人全都送到她這邊——全王府最安全的地方，就是王妃所在的瞰日居，王妃這般做，就是考慮了最壞的情況，他們恨不得進來磕兩個頭呢。

祝圓落坐後，跟眾人略說了幾句吉利話，便發話讓他們各自閒聊賞月，無須顧及她。

這一年多來，幾位家眷們已經對她有些了解，知道她性子隨和得很，加上逢年過節祝圓都喜歡見見她們，給她們送點節禮啥的，因此，今晚的賞月宴雖有些突然，她們依然穿著光鮮亮麗地過來了。
看到佈置得漂漂亮亮的園子，和滿滿當當的瓜果、點心、甜湯以及月餅，更是驚喜不已——沒想到有一天，她們這樣的人物，也會被堂堂王妃招待。
只是驚喜歸驚喜，十幾桌人，還是有些拘謹。
祝圓也不多說，因在場有許多孩童，年紀小的白露幾個早早得了她的吩咐，領著這些孩子在空地上玩遊戲。
孩子嘛，玩起來哪裡還記得長輩吩咐的尊卑有別，很快便玩瘋了，尖叫聲、歡呼聲幾欲震破蒼穹，甚至逗得大人們都跟著嘻嘻哈哈起來。
祝圓在邊上看著，見此情況才暗鬆了口氣。雖是迫不得已，她還是希望大家的中秋能過得開心些……
與皦日居這邊的女眷不一樣，前院不是謝崢幕僚，就是安福等心腹太監、管事，還有趙統領等幾位護衛，還不能喝酒。
故而這賞月宴，吃得是索然無味，所有人都心神不定，偶爾有人提起話頭，也是前言不搭後語，幾次下來，大家便歇了說話的心思。
一時間，十幾桌人竟然都安靜了下來，氣氛正自沈悶，陡然一陣孩童尖叫歡呼聲從正院方向傳來。
眾人抬頭，循聲望去。
黑暗中，皦日居那邊燈火通明，映得天空都亮了幾分。孩童的歡聲尖叫，還有婦人們的笑聲在安靜的夜裡格外分明。

「我聽著，彷彿有我那頑劣孫兒的聲音。」幕僚之一遲疑道。

「哈哈哈，何止，肯定也有我那小女兒的，她皮實得很。」

「看來那邊熱鬧得很啊。」

「哎，好好的中秋……咱們可不能輸給女人們，來來來，以茶代酒走一個。」

「喝酒都沒見你這麼積極，也別光喝了，猜個拳，看誰喝茶喝到吐！」

「來，我就不信了！」

前院很快也跟著熱鬧起來了，趙統領、安福及吳先生等人坐在一桌子，這般情況自然盡收眼底。

吳先生朝皇宮方向舉了舉杯子，笑道：「王爺好眼光。」

在座都是聰明人，瞬間便意會過來。

安福率先跟著舉杯。「敬咱主子的好眼光。」

「敬王爺的好眼光。」

眾人紛紛跟進，然後一飲而盡。

「哎，這茶真的太淡了，待……我定要喝個痛快！」

「一起一起！」

正說話呢，一名護衛飛奔進來。

趙統領神情一凜，輕聲道：「來了。」

祝圓畢竟快臨盆，孕後期會出現的尿頻症狀，她也逃不開。

故而，等宴席氛圍好起來了，她便扶著腰慢騰騰挪回屋裡解手。

剛解決完生理需求，出來便看到滿頭大汗的安福。

祝圓心裡一咯噔，不等他行禮，便問：「宮裡是不是出事了？」

安福行了個禮，然後才搖頭，道：「奴才不知。」

祝圓皺眉。「那你著急著慌地做什麼？」

安福苦笑。「稟王妃，咱王府，被包圍了。」

祝圓。「……」

好傢伙，這個答案更刺激。

「看來咱家王爺果真招恨。」她忿忿道：「回頭定要給他一頓好果子吃！」

安福苦笑。「奴才也盼著這一天。」只要他家王爺平平安安回來，王妃並小世子安安穩穩的，才能看到這一天呢。

「會有的！」祝圓深吸了口氣。「跟我說說，外頭什麼情況？」

「是。」

祝圓邊聽安福細說邊走出院子，隔著假山小池，依然能感受到那邊的歡快和輕鬆。

祝圓嘆了口氣，朝擔憂的徐嬤嬤道：「去給她們也說一聲，今晚這月亮，賞不了了。」

寧王的兵，直接攻到門口了。

徐嬤嬤過去沒多會兒，那邊的歡聲笑語便停歇了，隨之而來的，還有幾聲驚呼，然後隱約有哭聲傳來。

祝圓嘆了口氣，朝穀雨道：「起風了，外頭涼，妳把人帶去西廂那邊，瓜果點心都一併送過去，讓她們在那兒歇著吧。」

「是。」

祝圓想了想，又道：「孩子多，若是地方不夠，東廂那邊也開了。」

「是。」

「去吧。」

祝圓站在門口待了片刻，回身，坐到大堂上，問安福。「府裡的侍衛都安排好了？」

「安排好了，趙統領已經在大門那邊指揮了。」

「嗯，其他地方呢？萬一那些歹人從別處進來呢？」

「各門都有護衛守著，還有巡邏隊伍四處走動。」

祝圓沈吟片刻，皺眉道：「太分散了。將府裡其餘人等集中到旁邊院子，加上前邊，護衛們便只需護著三處院子，壓力小一些。」

安福不贊同。「現在還散在各處的，基本就是些婆子粗使，何必折騰這一番？」不過是些門房婆子之流，沒了就沒了。

雖然知道這狗太監冷血得很，聽了這話，祝圓還是沈下臉。「不管做什麼、出身何處，只要在我肅王府當差的一天，就是我肅王府之人，我身為王妃，豈能置他們於險境而不顧？」

安福抹汗。「這……主子臨走前吩咐了，您的安危才是重中之重，旁的都……外頭的護衛隊是輕易動不得呢。」

祝圓一個眼刀子剜過去。「你傻啊？他們有手有腳，還有一把子力氣，一個兩個單獨行走肯定危險，十個八個走一起呢？十幾二十個呢？」

安福恍悟，一擊掌。「對，把人挪過來，還能給這邊守院子！奴才這就吩咐下去。」

祝圓。「……」

行吧，他愛怎麼想怎麼想。

安福離開後，祝圓便撫著肚子坐在大廳裡，提心吊膽地等著。

暾日居畢竟離王府大門遠得很，大門的動靜絲毫傳不到這邊。

她呆坐在那兒，輕輕撫著腹部，心神慢慢鬆懈下來，然後才後知後覺地察覺，腹中竟然有些隱隱作痛。

她頓了頓，扭頭問徐嬤嬤。「嬤嬤，什麼時辰了？」

徐嬤嬤估算了下，道：「回娘娘，約莫剛過戌時。」

剛過九點。祝圓再次摸了摸腹部，苦笑。「那看來，接下來這裡要交給妳跟安福——」

「誒，奴才在。」方才出去的安福正好進門，笑著行了個禮。「稟娘娘，已經安排好了一隊巡邏衛，他們會從東邊過去，一路將府裡各處人馬接過來。」

「那就好。」有一隊護衛隊，安全係數更高了，希望這些人能撐到他們過去。

有了這一打岔，祝圓反倒又不慌了，她鎮定道：「別的事情先不慌，現在，讓人找劉大夫過來。」

安福不解，徐嬤嬤手一哆嗦，祝圓深吸了口氣說道：「我要生了。」

眾人。「……」

一頓兵荒馬亂，被護衛隊護送過來的劉大夫快步走進皦日居。

西北邊空地上的燈籠還沒來得及撤下來，皦日居裡的園子被映照得燈火通明。

劉大夫一眼便看見了人群簇擁下在院子裡溜達的祝圓，那言笑晏晏的模樣，哪有一點像要生的樣子，他跟護衛隊都有些傻眼。

正主很快也發現了他們，揚聲抬手，道：「喲，來這麼快啊。」

劉大夫&護衛們。「……」

見她扶著腰慢騰騰走過來，一行嚇了一跳，忙不迭迎上去行禮。

祝圓先開口。「這會兒還講究這些做什麼，免禮了免禮了。」

劉大夫掃了眼邊上緊張兮兮的安福、徐嬤嬤等人，小心道：「王妃，老朽給您看看吧？」

祝圓擺手。「不著急。」然後問護衛們。「外頭情況如何？」

一名看似小隊長的護衛站出來，神色有些凝重，道：「稟王妃，小的過來之時，外頭歹人已經弄來梯子，開始翻牆了，請王妃吩咐下去，接下來萬不可讓人落單行動，謹防歹人作惡。」

祝圓暗嘆，面上則鎮靜地點頭。「知道了，有勞你們了，若是有何地方需要我們幫忙，儘管提出來。」

一群婦道人家和太監，能幫得了什麼？護衛隊長不以為意，拱了拱手，告辭離去。

祝圓也不多說，站在那兒望著王府大門方向不動。

徐嬤嬤忍不住催了句。「王妃，咱們還是回去吧。」她都要生了，還管外頭做什麼？

祝圓回神，看看左右，笑道：「就在那邊把脈吧。」她指的是邊上的小石桌。

徐嬤嬤不贊同。「都這會兒了，咱們還是趕緊回屋吧。」她說的是產房那邊。

「還早呢。」祝圓直接抬腳過去。「待會我還得走走，這一大堆人進進出出的，別弄髒了屋子。」

那是產房，這麼多人來來去去，還都沒消毒，會帶去多少細菌？她才不幹，她惜命得很呢。

再者，雖說她以前沒生過，可是她有眼睛看、有耳朵聽，同事、同學聊起這些都是頭頭是道，還經常給她這個未婚小姐補充這類知識，故而，她很了解生產前後的一些狀況。

她現在羊水還沒有破，只是隱隱作痛，要生，還早得很。

她現在不光不能躺著坐著，得多走動，讓胎兒儘快入盆，生的時候才能輕鬆些。

徐嬤嬤她們不知道，看她這不慌不忙的，緊張得不行。

「大家今晚都特地換新衣裳，乾淨得很，怎麼會髒呢？」徐嬤嬤苦口婆心。「您都要生了，這會兒亂走動，待會要沒力氣了。」

祝圓已經到了石凳前，也不等丫鬟鋪墊子，直接一屁股坐下。

徐嬤嬤驚呼。「石凳涼——」

「劉大夫，把脈吧。」祝圓打斷她，朝跟過來的劉大夫道。

「是。」劉大夫也不多說，順勢在對面落坐，搭上她伸出來的手腕。

這回穀雨眼疾手快，迅速在祝圓胳膊下墊了脈枕。

徐嬤嬤沒轍，只得朝劉大夫使眼色。

後者只笑呵呵，問：「王妃感覺如何？」

祝圓點頭。「腹部下方有陣痛，約莫一盞茶一次。」

劉大夫微微詫異，眼瞼半合，片刻後，睜眼，道：「王妃狀態不錯，且耐心再等等。」

祝圓微鬆了口氣。看來身體是沒太大問題，就等小傢伙出來了。

徐嬤嬤見狀，忙不迭道：「既然沒問題，咱們趕緊回屋裡吧。」

祝圓無奈。「嬤嬤。」

劉大夫捋了捋長鬚。「徐嬤嬤也無須太過著急，胎兒入盆還需要些時間，王妃多走動走動，可讓胎兒儘快入盆，有益生產。」

祝圓連連點頭。她說的沒人相信，劉大夫說的，她們總信了吧？

連劉大夫也這般說，徐嬤嬤等人頓時啞口無言。

安福看看左右，湊上來，問：「劉大夫，那，大約什麼時候能生？」

劉大夫估算了下，道：「最快也得子時後。」

安福瞠目。「這麼久？」

徐嬤嬤白了他一眼。

祝圓則摸了摸繃緊的腹部，苦笑。「那可有得熬了。」她知道頭胎宮口開起來會久一點……可外頭還有寧王的兵呢，也不知道能不能撐——呸，他們一定會撐過去，會等到謝狗蛋回來的。

眾人沈默。

劉大夫想了想，朝徐嬤嬤道：「讓人備些好消化的食物，待會給王妃用一些。」

徐嬤嬤一拍額頭。「瞧這腦子。」扭頭趕緊吩咐穀雨、白露她們去準備——大廚房去不了，皦日居還是有小廚房可以煮的。

她們去忙碌了，祝圓也緩了會兒，扶著石桌再次站起來。「那我們再轉兩圈吧。」

徐嬤嬤跟安福忙過來扶她。

外頭劍拔弩張，她卻滿院子溜達，待在廂房裡的內眷們自然都看得見，驚慌的心情便不由得慢慢平復下來。

只是，自家男人、父親等都在前邊，擔心是在所難免。

因此，祝圓扶著肚子走走停停地逛了一大圈回來，就看到廂房那邊窗戶人頭挨著人頭，全都目光灼灼地盯著她。

祝圓。「……」

大半夜影影幢幢的，嚇人不？

屋裡燭光再亮也比不過現代燈火，一堆人頭人影擠在窗邊，背後是搖搖晃晃的燭火，看起來真的嚇人。

祝圓停在原地緩了緩，才扶著徐嬤嬤慢慢走過去。

眾人意欲過來行禮，被她阻止了，她站在廊下，問：「天也不早了，怎麼不歇息？」

有人問了。「王妃，外頭情況……」

祝圓認出那是吳先生的夫人，朝她點了點頭，安慰道：「老夫人放心，有趙統領他們在，吳先生等人必定安全無虞。」

「可是……」

見吳夫人遲疑，有人插嘴。「可是光等在這兒也於事無補，若不然，讓咱們也去前頭幫忙吧？」

祝圓啼笑皆非。「妳們安全待在這裡，他們才能安心——」

「安福公公何在?!」高喝聲由遠而近，一名人影疾步奔進院子。

正是方才護送劉大夫過來的護衛小隊長。

安福登時皺眉，顧不上朝祝圓告罪便快步迎上去。

兩人一番交頭接耳，眾人都有些緊張。

祝圓摸了摸再次開始陣痛的腹部，咬了咬牙，扶著穀雨走過去。

「是不是出了什麼事？」她問道。

正在低聲說話的兩人一驚，同時回身。

那護衛隊長還有些遲疑，安福便如實稟報了。「已經有不少賊人從各處院牆翻進王府，趙統領決定放棄王府大門，撤回二門處，全力防守皦日居。」

……趙統領他們擋不住了嗎？祝圓暗自心驚，面上則強撐著點頭。「知道了。」頓了頓，她索性道：「算了，直接放棄二門，帶人退回皦日居吧。」

只守一個院子，護衛力量會更集中，安全才能更有保障。

「這……於禮不合……」安福有些遲疑。

祝圓強撐著陣痛，嚴肅道：「非常時期，不要太過講究，即便王爺知道了，也自有我頂著。」

「是。」安福也不糾結了，轉身朝那名護衛隊長道：「速去報給趙統領，讓他立即帶人退守皦日居。」

那名護衛隊長。「……」

祝圓正疼呢，只擺擺手，表示沒意見。

那名隊長拱了拱手，轉身飛奔離去。

「快來人，」扶著祝圓的穀雨自然早就察覺不對，等人一走，立馬低叫出聲。「王妃腹疼。」

安福這才發現祝圓額上都是冷汗，嚇了一跳，跟徐嬤嬤等人疾衝上前，見徐嬤嬤等人已經攙住了，只得回頭吼道：「兔崽子還不趕緊讓人弄台轎子過來？」

祝圓靠在習武的穀雨身上，喘了口氣，道：「不用了，過去了。」一陣痛陣痛，撐過去就好了。「把大家叫出來，我有事吩咐。」

安福遲疑。

「安福。」祝圓語氣輕柔，卻是第一回直呼其名，不稱公公。

安福打了個激靈，俯首。「是！奴才這就去安排。」

待他走開，祝圓轉回來。「扶我到廊下坐著。」

穀雨都快哭了。「王妃您還是歇著吧，您都快要生了。」

祝圓語氣淡淡。「我現在累，不要讓我說第二遍。」

穀雨咬了咬唇，只得聽令行事。

徐嬤嬤也不好受，兩人一左一右，攙著祝圓慢慢挪到正房廊下。

打前邊經了一回，白露手裡一直拿著軟墊，這會兒終於讓祝圓用上。

廂房的窗戶一直開著，祝圓等人說話的聲音也半分沒遮掩，眾人自然對事態清楚明白得很。

待安福把人全部帶出來後，半靠在徐嬤嬤身上的祝圓笑笑，道：「什麼大道理我也不說了，外頭什麼情況，想必大家也聽見了，肅王府一榮皆榮、一損皆損。倘若趙統領那邊撐不住，在座之人，想必也沒幾個能活下來。

「外頭在抗敵的，都是我們的家人，他們在前頭拚命，我們雖為婦孺，卻也有一身的力氣，與其站在這裡看著，不如，一起並肩作戰。」

她畢竟剛強撐過一波陣痛，說話有些無力，好在在場無人敢喧譁，讓她慢慢的、一句一句的將話說完。

安靜的夜晚，輕柔的嗓音卻鏗鏘震耳。

「你說，王妃讓我們直接退到曒日居？」守在大門處，等著殿後撤離的趙統領驚了。

「安福呢？安福那老傢伙怎麼說？」

「他也聽王妃的。」

趙統領遲疑。

「統領，要不，咱們就照王妃所言，退回去吧？咱們留下的人雖多，護兩個院子也著實有壓力。」尤其是曒日居，太大了，萬一守不過來，讓一二賊人翻進去，後果不堪設想。

「砰！」

王府大門顫了顫，外頭敵人竟不知從何從弄來巨木，開始撞門了。

趙統領一咬牙，道：「退，全部退回曒日居。你速去二門處將人帶走，我這邊再攔一會兒！」

「是！」護衛隊長撒腿就跑。

趙統領扭頭吩咐。「柴禾準備好了嗎？」

「好了！」

「燒！」

「是！」

幾輛木推車很快燃起大火，外頭撞門之舉猶然繼續，「砰砰」之聲接連不斷。

趙統領瞅著差不多了，立馬將頂著板子堵門的護衛撤開，燃著大火的柴薪推車被推到大門後不遠處，傾倒落地。

熊熊火光照亮了王府大門。

「撤！」

趙統領一聲令下，斷後的護衛跟著他疾步往裡撤退。

「砰——轟——」

就在此時，王府大門轟然落地，一群兵丁歡呼著衝進來，卻被一整圈半人高的火線堵住……

趙統領帶著人疾步衝到暾日居。

「關門！」他大吼一聲。「迅速佈防。」

「是！」提前回來的護衛隊長高聲應道，聲音似乎還帶著些許……興奮？

趙統領沒注意，抹了把汗水，問：「人都帶——」未完的話堵在嗓子眼，他瞪著面前場景。「這是在做什麼？」

他眼花了嗎？怎麼一堆婦人姑娘在池塘那邊——搭灶燒火？

再看，還有在池塘邊捋起袖子拿桶提水的、從後頭抱著柴薪跑出來的……熱熱鬧鬧的，竟彷彿有幾分——春遊之感？

護衛隊長搓了搓手，嘿嘿笑道：「這是王妃吩咐的。」言外之意，與他無關。

趙統領氣急大吼。「都什麼時候了，還在這邊折騰吃吃喝喝？都給我回屋裡待著去！」

護衛隊長擺手。「不是不是，不是為了吃的，王妃說，大敵當前，大家都得盡一份力氣，所以讓她們出來幫忙。」

「一群女人家能幫什麼忙？都給老子攆屋裡去！」

「趙統領。」一名綠裳丫鬟聽見動靜，快步過來，站在他面前。

趙統領認得這人，是王妃身邊的穀雨。

他半點不壓怒意，搶先道：「我不管王妃怎麼交代的，我身為王府護衛統領，只聽王爺令，守護王妃安危。妳們現在阻撓了我的護衛工作，我命妳們速速回屋！」

穀雨福了福身，半點不怵他，脆生生道：「趙統領只管做好你的工作，我們這邊是奉王妃之令，守護皦日居，與護衛們共同抗敵。」

趙統領。「……」

他不屑地上下打量穀雨，嗤笑出聲，就靠她這種嬌滴滴的姑娘家？

趙統領的不屑，穀雨自然看在眼裡。

她是習武之人，心性本就堅定，這幾年跟在祝圓身邊，潛移默化間，性子也被祝圓影響了幾分。

別的不說，旁人的眼光，向來不是祝圓在乎的東西，否則，《灼灼》、《農女修仙傳》、萌芽幼學、女子書院……這些東西，如何能出現？

故而，趙統領不屑歸不屑，穀雨半點沒搭理，扭頭就接著忙去了。

趙統領看這群娘們只在水池邊忙活，索性也不搭理——也沒工夫搭理了，敵人已經追到院門了。

他如今退守皦日居，防禦壓力頓時減輕。

原來防守皦日居的護衛繼續留在原地，他得將帶來的人員拆分，安排各種防禦措施，堵門的、巡邏的、回擊的——沒錯，回擊。

要守住王府，自然不可能只是被動地光堵門就好，消滅對方的力量，也是守護的一種方式。

他早早就準備好了許多梯子，箭枝更是備了數百支，就等這一刻。

皦日居的院牆畢竟不是王府外牆，高度有限，他這邊剛安排好，外頭就開始有人攀爬上牆。

趙統領冷笑一聲，大喝。「射！」

裂空聲響，十數道帶著火光的箭矢飛向院牆。

正在池子邊忙活的女人們還沒看清院牆上的身影，就聽見慘叫聲傳來，緊接著是砰然倒地的巨響和怒罵聲。

外頭吵雜紛亂，院子裡卻陡然安靜了下來——女人們第一次直面這種生死對抗，都有些嚇著了。

「愣著幹麼？趕緊燒！」正忙著搬柴的穀雨一抬頭就看到她們不動了，立馬斥道：「敵人都打到跟前了，咱們速度得快點。」

眾人回神。「是！」

「讓開讓開！」幾名太監扛著一個巨型的、恍如大號鐵桶的玩意過來，後面幾名太監則抱著粗長管子。

「穀雨姑娘，這玩意放這兒成嗎？」

穀雨放下手裡柴薪，拍了拍手，道：「儘量往院牆那邊靠，只要管子夠長。」

「行！」

太監們一通忙活，將鐵皮大桶安置在水池與院門中間。大桶上方接了個大漏斗，一側接著管子往院門方向延伸，大桶前方還連接著一個小些的鐵皮桶。

「好了！」東西一接好，太監忙不迭把穀雨喊來。

穀雨早就帶著人提了水等在一邊。「先用池水試試，萬一哪裡漏了就不好了。」

「我們辦事，姑娘放心。」太監拍拍胸脯。「這玩意我們幾個都裝過好幾回了，錯不了。」

「試試，小心無大錯。」

「……」

於是，剛又攔下一波強攻的趙統領突然聽見身後傳來嘩啦啦的水聲。

他倏地回頭，瞪著那抓著管子放水的丫頭片子，怒道：「妳搗什麼亂？」他這邊放箭都要點火呢，這丫頭還澆水，不是給他搗亂嗎？

轂雨正朝著路徑兩邊的花木澆水呢，陡然被吼一句，愣了愣，懟回去。「關你什麼事？」扭頭就走。「關了關了，檢查一下看看有沒有漏水的地方。」

「是！」兩名太監小心翼翼地瞅了眼黑臉的趙統領，趕緊跟著轂雨退回來。

趙統領。「……」

「統領，他們又來了！」

趙統領收回視線，沈著臉看向黑暗中的院牆。

第四十章

帶火的箭矢再次射出，準準地刺中了牆上等人。

但這回，這些人只停了片刻，冒著火星的箭矢便紛紛掉落——這些人竟然弄了些樹枝藤條當擋箭牌。

「殺！」趙統領握緊大刀，沈聲喝道：「一個都不許跑了。」

「是！」眾護衛大喝。

很快，翻牆過來的敵人便被護衛們斬殺殆盡。

戰況再次平靜下來。

「統領，怎麼辦？火箭這招被剋住了。」

趙統領搖頭。「無事，火箭能擋一時已經不錯了。」

「那咱們剩下這麼多箭……？」

趙統領摸了摸下巴，道：「不要浪費了。接下來，我們該反擊——」

「都讓開！」一聲嬌斥從兩人身後傳來。

然後，就見那名叫穀雨的丫頭扛著一條長長的、軟乎乎的管子從他面前經過，站到院牆下在守牆的護衛們前邊。

趙統領皺眉，正要說話——

「開閘！」穀雨大喝。

站在小鐵桶前邊的太監立刻賣力地開始按壓，趙統領沒注意，他只盯著穀雨，打算看看她要搞什麼鬼。

這丫頭肩膀上似乎墊著東西，手也戴著粗布手套，而她肩上那條管子，除了她手裡抓著的部分，其餘部分依舊軟趴趴的——

下一瞬，那管子卻陡然變得堅實直挺，閃著碎光的水柱從管子裡噴湧而出，越過院牆，噴灑開來。

「啊——」

「好燙——啊——」

牆外響起一片慘嚎。

趙統領愣住了，倏地扭頭看向穀雨，再沿著她肩上管子，看向不遠處那個大鐵桶——

一桶一桶燒開的熱水被抬到大桶上面——大桶邊不知何時架了梯子，太監、僕婦們合作將熱水從大桶上方的漏斗灌下去。

所以，那管子裡噴出去的，是剛燒開的熱水？

聽著外邊慘嚎一片的動靜，趙統領沈默了。

熱水畢竟有源可見，外邊的人很快便躲避開熱水範圍。

穀雨大喝。「停！」

按壓的太監立馬鬆開，灌熱水的也停了下來。

轂雨齜牙咧嘴地放下管子。「燙死了！」

趙統領走過來，捏起再次恢復軟趴趴的管子仔細查看。不是布料，是從未見過的材質。若非管身依然滾燙，他真沒法相信，這軟綿綿的管子竟然能運送滾燙的熱水，且威力不小……

他驚異地看向轂雨。「這是什麼？」

轂雨笑嘻嘻。「這是安置在泡澡池子那兒的送水裝置啊！」她插腰。「怎樣，比你們的火箭要厲害多了吧？」

火箭可以用枝枒、藤條擋，開水可擋不了。

趙統領心服口服。「確實。」

轂雨拍拍手。「好了，這熱水設備交給你了，我去準備下一個了。」

趙統領。「……」

好吧，這麼滾燙的東西，確實不適合嬌滴滴的姑娘家。

有了這熱水噴灑裝置，趙統領如虎添翼，火箭、熱水輪番掃射，將外頭敵人打得半天不敢上前。

他也沒有掉以輕心，將院門交給一名得力隊長，他親自帶著人開始沿著牆根巡邏，加上原本的巡邏隊伍，掃掉了許多試圖從別處院牆摸進來的敵人。

只是，一波又一波的襲擊不停在各處湧現，即便他們常年訓練，繃緊的神經依然讓他們疲憊不堪。

他們感覺已經過去了大半夜，實則，距離叛軍攻打肅王府才過去了一個多時辰。

涼如水的秋夜，趙統領胸前背後衣衫卻皆已濕透。

又打退一波襲擊，他隨手抹了把汗，聲音嘶啞道：「再堅持一下，王爺那邊應當快有消息了。」

「是！」

腳步聲陡然響起，趙統領神情一凜，抓緊手裡大刀，悄無聲息地迎上去——

「嚇！」揹著籮筐鑽出廊道的穀雨嚇了一大跳。「你走路都沒聲音的嗎？」

趙統領。「……」

「好了好了，看到你們就好了，我們是來給你們送點吃的喝的。」她解下籮筐，掀開棉布，掏出大饅頭遞過去。「趕緊吃點歇會兒。」

趙統領皺眉。「哪有工夫吃吃喝喝，我們還要巡邏——」

「我們在這呢，怕什麼！」穀雨大手一揮。「動手。」

「是！」

僕婦們在護衛們詫異的目光下，從背筐裡翻出東西，小心翼翼的鋪在院牆下方。

這裡是皦日居側後方，除了廊上零星掛著的燈籠，其他光源都沒了，站在院牆這邊，更是影影綽綽，不走近了壓根看不清楚她們鋪的啥東西。

有了前邊的熱水裝置，趙統領現在可不敢小瞧她們，湊過來仔細打量了，才咋舌道：「這是針氈？」

轂雨嘿嘿笑，壓低聲音道：「對啊。」

「妳們何來這些針？」這些閃著微弱光芒的針又粗又長，絕不是平日的繡花針。

「這是納鞋子的粗針。」

哦，趙統領了然。「別處也有？」

轂雨白了他一眼。「你當我們皦日居開針鋪嗎？哪來這麼多納鞋針？」

「那……」趙統領撓腮，想問又不敢問。

轂雨心領神會。「別擔心，別處有別處的陷阱。咱們府裡又不是只有針。」還有小的繡花針、拆開的剪子、匕首、果刀、菜刀……她們甚至連花棚架那邊的竹竿子都削了。

當然，她沒有細說，只略略提了幾樣。

趙統領聽完，輕舒了口氣，誠心誠意道：「謝了！」

「……」什麼話，她也是肅王府的一分子呢！轂雨無語，將饅頭塞進他手裡。「吃你的吧，這麼多廢話。」完了開始給他身後的護衛們分發饅頭。

守了半夜，又都是體力活，這些護衛們確實都有點餓了，趙統領點了頭，大夥便站在那兒開始啃饅頭。

水自然是沒得喝，不過他們在外頭訓練的時候都習慣了，半點也不勉強的。

趙統領吃著饅頭也不敢分心，眼觀八方、耳聽四方，同時隨口問她。「妳們怎麼敢四處亂跑？」

轂雨笑嘻嘻，抬起手，給他看了看綁在手腕上的竹筒，道：「我們有這個。」

趙統領凝神，驚道：「袖箭？」

「對啊。雖然只是竹箭，不過，傷人應該沒問題。」

趙統領這回是真服了。「妳們太厲害了。」

穀雨下巴一抬。「那當然，王妃說了，女人能頂半邊天！」

趙統領。「……」

護衛、婦人、太監，所有人聯合出動，將圍剿他們的寧王軍徹底攔在皦日居外。

進入丑時，對方彷彿突然著急了起來，集中力量攻擊皦日居大門，且搭梯翻牆之人越來越多。

此時，箭枝、柴薪已然消耗完畢，趙統領讓人架上梯子，親自帶人爬上去與敵方廝殺。

婦孺、太監們則接力將受傷的護衛抬到一邊，清洗、上藥、包紮……

雙方正膠著，外頭陡然湧進一群舉著火把的士兵——是禁衛軍！

他們一進來便直衝寧王兵撲殺而去，趙統領見狀，當即率人躍下院牆，加入戰局。

寧王兵看到禁衛軍便知事態不妙，加之如今兵力懸殊，領隊之人二話不說，當即投降。

趙統領再次翻牆回去，找到緊張地等在一邊的穀雨，道：「禁衛軍已到，肅王府安全了，速去稟——」

「太好了！」穀雨的眼淚湧了出來。「太好了——嗚嗚嗚嗚～～」

趙統領。「……」

很快，其餘婦人、姑娘們也跟著嗚咽起來。

「生了生了！」這時，一名小丫鬟提著裙子從裡頭衝出來。「王妃生了！」

暫做產房的屋子裡，祝圓已經被收拾乾淨，清清爽爽地躺在床上。

聽說禁衛軍已到，外頭也已然安全了，她顧不上別的，先問情況。「可有傷亡？」

隔著屏風，紅著眼睛的穀雨道：「趙統領說，死了四個兄弟，還有九個重傷、二十八個輕傷，奴婢這邊沒有傷亡。」

祝圓怔怔然半晌，道：「我知道了，辛苦你們了。」

輕輕慢慢一句話，卻引得穀雨再次嗚咽出聲。

祝圓嘆了口氣。「接下來我會讓夏至去處理，妳趕緊下去歇歇吧，折騰這麼久，妳肯定累壞了……」

「謝王妃體恤，這都是奴婢應當做的。」穀雨磕頭。

祝圓畢竟剛生完，她疲憊地擺擺手，讓徐嬤嬤把人勸下去。

轉過頭，她盯著身邊襁褓裡的小猴子。

半晌，她再次開口。「來人，備紙筆。」

皇宮，御書房偏殿。

這處偏殿不大，除了坐在中間、身上依然帶著血跡的謝崢，就只有十幾名身形高大的太監守在門窗各處。

看起來像是在保護他，又彷彿是在防著他。

隔著牆，就是御書房。

雖是半夜，但朝中重臣，該來的，都已經在隔壁了，隱隱約約的，還能聽見有些激動的說話聲。

謝崢眼瞼半合，彷彿在閉目養神，暗地裡，卻是一直盯著對面牆上的字帖——府裡也不知情況如何。

方才他冒死求父皇派兵前去援救，這會兒想必已經安全了吧？

也不知道圓圓有沒有受到驚嚇，現在情況如何——

「狗蛋！」字帖上慢慢浮現墨字。

是圓圓！謝崢大喜。能寫字了，是不是來報平安了？

熟悉墨字緩慢浮現。「謝狗狗有點醜。」

謝崢。「……」

雖然祝圓語帶嫌棄，謝崢卻明白——他們的孩子出生了。

他先是一喜，後是驚怒，祝圓是不是受到驚嚇而早產……思緒飛轉，搭在扶手上的大掌瞬間緊握成拳。

守在各處的太監們注意力都在他身上呢，登時都繃緊了神經，有個年輕些的，甚至彎下腰做攻擊準備。

謝崢回神，卻不是因為他們，而是祝圓又寫字了。

與他相知多年，祝圓自然知道他會怎麼想，一筆一劃，慢慢地將今晚的情況道來。先報了平安，再解釋了下今天生產只是巧合，最後，將今晚的防禦、傷亡情況簡單介紹了一遍。

她剛生完，身體還有些虛弱，寫字也就慢吞吞的。

謝崢察覺了，想到祝圓辛苦生下他的孩兒，還要撐著給他報平安……他心裡便酸軟不已。

連被承嘉帝懷疑的陰鬱、被一堆閹人看管的厭惡，也全都消散無蹤。

祝圓太累了，將事情簡單交代了幾句，給他留了句「盼歸」，便擱了筆。

待字帖上的墨字慢慢隱去，謝崢才收回目光。

知道祝圓平安，他心裡便輕鬆了。

他的視線落在旁邊太監身上，那名太監緊張不已。

謝崢敲了敲扶手。「茶呢？」承嘉帝只讓他在這兒等著，可沒說不許他喝茶。

諸位太監。「……」

謝崢冷眼一瞟。

那名太監打了個激靈，立馬去泡茶。

故而，待承嘉帝忙完一通，想起這位兒子還在偏殿，過來找他時，就看到他正好整以暇地品著茶。

承嘉帝。「……」不孝子！

謝崢看到他，也絲毫不緊張，放下茶盞，慢條斯理地給他行禮。

承嘉帝黑著臉進來，也不叫起，劈頭就罵。「你倒是悠哉，外頭亂成什麼樣，你還有臉喝茶？」

隨他進來的德順、德慶忙揮手讓屋裡的太監退下去。

另一頭，謝崢見承嘉帝這樣，索性自己站起來，淡定道：「兒臣不過是禮部一名小吏，外頭再亂，兒臣也管不著，在其位謀其事，兒臣何苦勞心？」

承嘉帝。「……」

「你管不著？你不勞心？」他氣得抬腳踹過去。「那是你二哥！你不勞心？你這沒良心的兔崽子！」氣起來，不小心連自己都罵了。

謝崢紋絲不動。「兒臣記著二哥，二哥可不見得記著兒臣。」這會兒，去肅王府的人應該已經回來報信了吧，他就不信承嘉帝不知道。

承嘉帝登時語塞。

「父皇，既然接下來的事情與兒臣無關，兒臣是否可以回府了？」

「……誰說與你無關的？」承嘉帝臉黑如鍋底。「若不是你——」

若不是謝崢什麼？他也說不下去。

此事確實與謝崢無關。

兒子們年歲漸長，野心漸露，加上這些年謝崢行事頗得他心意，他為了防止兒子們自相殘殺，數月前便放出風聲，意指謝崢。

老大、老四都相繼偃旗息鼓，沒想到老二竟然……竟然做出如此大逆不道之事。

承嘉帝臉色灰敗，頹然坐到椅子上。「確實與你無關……」

謝崢默然。

屋裡安靜了下來，敞開的殿門外湧進一股夜風，燭火隨之搖曳。

好好的中秋夜宴，最後竟然出了這樣的事，承嘉帝竟不知道從何說起。

今秋大衍糧田豐收，人丁昌盛，商貿興旺，他本打算藉此中秋宴好好慶祝一番，再宣佈下月讓謝崢代理朝政，而他則親自南巡……

還沒來得及開口呢，便生亂事。

不知何處湧進來的士兵將宴席之處團團圍住，連替他斟酒的太監也掏出利刃，直撲向他。

危機之時，謝崢比他的暗衛來得還快，俐落幾下，將太監的利刃奪下，並當場將其斬殺。

與此同時，許多皇子皇女身邊的太監、宮女們，不知從何處掏出刀劍，將作亂的士兵攔在外頭，護住了他們。

再然後，便是迅速趕來的禁衛軍。

太快了。

叛亂之人早有準備自不必說，那些宮人太監為何會有武器在手？那些禁衛軍為何來得如此迅速？

承嘉帝怔怔然看著虛空，輕聲問：「今晚的佈置，你何時知道的？」

謝崢垂眸。「半月前。」他自然不可能實話實說。

「……是嗎？」承嘉帝也不問他為何不向自己稟報——稟了又如何？這種事情，如何敢輕易訴之於口？

他不想問，謝崢卻直接解釋了。「除非父皇日後傳位於二哥，否則，這場亂事早晚會出現，即便不是您，也是別的兄弟。倒不如讓他在您手裡走一遭。」好歹還能保住性命。

換了哪個兄弟，都容不了謝嶮這種有勢力、有野心，還不停蹦躂之人。

臥榻之側豈容他人酣眠？送命都是輕的。

「……」承嘉帝默然。

思及謝嶮那淬了毒般的眼神，他無力地閉上眼。

一夜之間，他彷彿陡然老了許多。

謝崢暗嘆了口氣，道：「此事，兒臣不宜摻和，還需父皇親自審度。」

承嘉帝不動。

謝崢想了想，拱手。「夜深了，父皇早些安歇，兒臣先行告退。」

承嘉帝皺眉，眼也不抬。「急什麼，陪朕說說話。」

謝崢委婉道：「夜深了，父皇年紀大了，該早些歇息了。」

承嘉帝輕哼一聲。「朕還沒老到那種地步！」出了這等大事，讓他如何安睡？

謝崢沒法，只得老實道：「圓圓這幾日就要生了，今天出了這樣的事，兒臣得回去看看。」他自然知道祝圓已經生了，可承嘉帝不知道他知道，他只能這般說了。

「……」承嘉帝呼地坐起來。「朕給忘了，方才他們來報，圓丫頭似乎生了。」

謝崢頓了頓，躬身。「兒臣告退！」說完，腳底抹油，溜了。

送上門的藉口，此時不走何時溜？再說，他也確實急著回去呢。

剛被二兒子打擊又被三兒子拋棄的承嘉帝。「……」

臭小子！

寧王逼宮，震驚朝野。

承嘉帝雷霆手段，當即剝奪其寧王封號，發配灤北，餘生圈禁；寧王妃並子女一併圈禁；嫻妃奪去妃位，打入冷宮，終生不得出。

參與叛亂的西寧軍袁都督、五城兵馬府的黃指揮使抄家滅族，與寧王同黨的諸位官員紛紛落馬，或貶或謫……

與此同時，宮中禁衛軍、太監、宮女大清洗。

此次逼宮事件攪得京城風風雨雨，為了徹查寧王勢力，也為了以示公平，承嘉帝直接勒令諸位開府皇子無召不得出府。

這一查，就查了近三個月。

其他王府如何不得而知，肅王府糧食充足，除了需要採購肉菜和柴薪，真真是全府都沒有出門。

但大家都高興。

因為逼宮當晚，大夥守府有功，富婆祝圓大手一揮，直接給全府上下發了一大筆獎勵。

眾人還沒樂呵完呢，謝崢回來，親了親祝圓，又看到自家狗兒子——啊呸，自家圓滾滾的兒子，心情大好，緊跟著又補了一次獎勵。

前後加起來，比他們半年的俸祿還多，眾人自然歡歡喜喜。

還不算，因著當晚的合作，促成了好幾對小年輕，包括祝圓身邊的大姑娘穀雨。

說來，還是趙統領親自跟謝崢求親了，祝圓才知道這傢伙竟然還沒成親。

不過，他父母不在無人張羅，加上前些年一直在宮中任職，確實不容易找到對象……

雖然年紀大了些，祝圓問過穀雨後，還是歡歡喜喜地將穀雨嫁了出去。

除了這些，兩夫妻便是關起門來，好好地享受了一把悠閒時光。

尤其是謝崢。

他甚至記不清楚，有多少年沒有這樣歇過了。

剛開始，他還謹慎地找幕僚們開會討論。

一個月後，他開始每天去前院書房半天。

兩個月後，他索性讓幕僚們都放假歇會了。

而他，則專心地在皦日居陪祝圓帶娃娃。

他們的孩子，大名謝泓燁，小名當然不是狗狗，而是包子。

兩、三月大的孩子還小，除了吃就是睡，醒來的時候也只會咿咿呀呀的發聲。

按照謝崢的想法，孩子自有奶娘、丫鬟帶著，不必太過費心。

祝圓卻不，她除了晚上休息，別的時候孩子都不離身——若不是謝崢不允，估計她連晚上都要放在自己身邊。

她甚至還親自哺乳，謝崢發現之時，大為震驚，祝圓當即抓住他開始給他灌輸育兒之道，聽得他暈頭轉向的。

但數年相交，他對祝圓這些不知何處而來的知識早就習以為常，也信任她，便聽之任之，由得祝圓安排。

只是，每每想到自己那乳臭未乾的兒子竟然敢動祝圓的……到晚上，他便忍不住多折騰祝圓幾番——打祝圓懷孕，他前後素了好幾個月，偶爾也有親熱，可祝圓有孕在身，他總歸是比較收斂。

加之祝圓坐完月子後豐腴了不少，每每讓謝崢欲罷不能。

兩人從早到晚黏糊在一起，看書、帶娃、習字、散步、聊天……日子悠哉又閒適，一家三口還一起過了個低調而溫馨的百日宴。

好日子總是過得飛快，謝崢剛覺出其中趣味，外頭，寧王之事終於塵埃落定。

他們能出門了。

收到消息，祝圓還有些遺憾呢，謝崢已經扔下他們娘倆，跑去前院找幕僚們開會了。

祝圓。「……」呸，狗男人！

不過，比起謝崢，她從懷孕到生娃，憋了可不止這三個月。

如今娃娃出生，暗中威脅著他們的寧王也被連根拔起，能出門，她也興奮得很，摩拳擦掌就要開始處理這幾月積攢下來的事情。

兩人還沒開始忙起來，肅王府卻迎來一名特別的客人——

一身便服的承嘉帝熟練地抱著小包子逗弄，小包子還不知道認人，對著他咿咿呀呀的，可愛得不行。

謝崢夫婦兩人對視一眼，心中都有些忐忑。

沒多會兒，包子就開始打哈欠了。承嘉帝想了想，讓人將包子抱下去。

謝崢鬆了口氣。

承嘉帝察覺了，斜了他一眼，酸溜溜道：「看來你這段日子過得不錯，竟然還胖了。」

他在宮裡累死累活的，這一家三口一個比一個圓潤，好沒天理。

謝崢。「……」

他這父皇紓尊降貴來到肅王府，就是來調侃他的嗎？

祝圓低頭忍笑。

承嘉帝也不是真要追究這個，輕哼一聲，轉開話題。「聽說，你那莊子倒騰得挺熱鬧的，恰好今日朕得空，帶朕去逛逛吧。」

不過三月未見，承嘉帝兩鬢霜色愈重。

原本威嚴赫赫的帝皇，如今卻眉峰緊鎖、神情鬱鬱，再脫下龍袍換上便裝，彷彿不過尋常老頭。

謝崢心下嘆息。

只是，謝峸之事剛過，說不定還有餘孽在外頭蹦躂，承嘉帝此時出行，還是太過冒險。

故而他微微皺眉。「最近亂，父皇還是回宮吧。」

承嘉帝怒了。「亂什麼亂？朕是大衍天子，還有誰能亂到朕頭上？」完了瞪他。「還有，朕要去的是你的莊子，你連個莊子都打理不好嗎？」

謝崢。「……」

行吧，老頭子強起來也是難伺候。

他無奈。「行吧，那兒臣去換身衣服——」

承嘉帝沒好氣。「朕都穿著便服，你換什麼？」

「……行吧。」謝崢嘆了口氣，回身吩咐祝圓。「我出門一趟，午膳不用——」

「圓丫頭一塊去。」承嘉帝打斷他。「聽說你那莊子的東西，許多都是圓丫頭搗鼓出來的，她不去，誰給朕解說？」

謝崢。「……」

祝圓微微詫異，看看他，再看承嘉帝，有些遲疑道：「可是，泓燁還小，兒媳脫不開身……」

承嘉帝皺眉。「出個門怎麼這麼拖拖拉拉的？把泓燁一塊兒帶出去便是了。」

謝崢&祝圓。「……」

行吧，他是老大他說了算。

行李也不用收拾了，讓人去揀出幾身謝泓燁的換洗衣物與尿布襁褓，一行便出發了。

承嘉帝這回出門，是輕車微服，連禁衛也換上低調的便服。若不是熟悉宮裡情況的人，尋常百姓壓根不知道這是禁衛服飾，更不知道被簇擁在其中的馬車裡，是大衍皇帝。

一行人低調出了城門，直奔京郊莊子。

京城乃大衍中心，不說京城裡頭，連京郊的土地也是寸土寸金。當年的謝崢手裡餘錢不多，傾盡全力，也只買了個遠郊的小莊子。

就這，還是託了皇子身分，從一名富紳手裡拿的。否則，能在京郊置辦莊子的人，哪裡缺這點賣莊子的錢？

不管如何，謝崢這處莊子，在皇子裡頭，甚至在其他富貴人家裡，面積都算小的。

可再小，那也是百八十畝地起算的，這百八十畝地，除了中間的別院和林子，其餘地方全蓋滿了房子，儼然一座小城鎮。

聽到德順的驚嘆，正閉目養神的承嘉帝掀開簾子。

只見鱗次櫛比的房子全都刷得潔白光亮，有幾棟甚至還是二層樓房，還不是木製樓房，看著就結實。

房屋之間，是乾淨整潔的水泥大道，道路兩旁每隔一段距離便有一個木箱子，偶爾還能看到抓著大掃帚沿街清掃的老者。

沿街商鋪、小販繁多，交織其中的行人來來去去，買賣吆喝、老人閒談、稚兒嬉鬧……

熱鬧得不像莊子，卻也乾淨漂亮得不像城鎮。

承嘉帝眼底閃過驚詫，他微微皺眉。「這是老三家的莊子？」是不是走錯地方了？

德順點頭。「錯不了。肅王爺跟著呢，若是走錯了，王爺他肯定會說的。」

承嘉帝也想到這點，微哂道：「看朕這腦子，老了啊……」

德順一哆嗦，當即跪了下來。「皇上，奴才不是這個意思……」

承嘉帝擺擺手。「不過隨口一說。」完了也不再多話，接著觀察外頭景況。

騎馬跟在邊上的謝崢看到車簾子掀起，想了想，打馬靠近，問：「父皇，先去莊子裡歇會兒，待兒臣安排人帶您去逛逛。」這會兒已近午，承嘉帝一大早到肅王府，想必這時刻應該餓了。

承嘉帝白他一眼。「朕記得你這莊子小得很，哪裡還需要人帶？」

謝崢面無表情、毫不客氣道：「您自己去，怕是看不懂。」要不然，他做什麼還把祝圓帶來？

承嘉帝。「……」

甩下簾子，他忿忿道：「這小子，真不可愛。」

德順卻笑了。「王爺這是真性情呢。」

比起明面嘴甜，最後卻幹出逼宮之事的寧王，好了不知道多少倍。

承嘉帝面色稍霽。

很快，他們便來到位於莊子中心的別院。

祝圓、謝崢經常過來此處小住，院子裡日常都是乾淨的，倒是無須大肆打掃。

祝圓來之前便料到要在此處用膳，特地遣了人疾速趕來，莊子上沒有的食材，還讓人一併採購了帶來。

他們一路慢行，這會兒抵達，午膳也準備得差不多了。

承嘉帝進了別院，也不急著喝茶用膳，只背著手四處溜達，還盡挑刺。一會兒說他們不懂享受，園子裡連個亭子都沒有；一會兒說他們的家具奇形怪狀，一點也不莊重；一會兒說他們沒有品味，在院子裡擺那麼多奇怪的東西，有礙觀瞻；一會兒說……

祝圓權當他是老頭子嘮叨，半點不受影響。

謝崢定力更高，全程左耳進右耳出，眼皮子連抬都不抬的。

承嘉帝那股氣憋在胸口，愣是發不出去，帶著氣回到屋裡，他又開始對著菜色、餐具橫挑鼻子豎挑眼的。

謝崢這下算是知道了。承嘉帝今兒是來拿他夫妻倆撒氣的吧？

別的便罷了，這些菜是祝圓趕著出門前那一丁點時間，急急忙忙安排下來的，到了這兒更是連水都顧不上喝一口，跟在後頭還不停地讓人去安排事情……

思及此，謝崢沒忍住，懟了幾句。

承嘉帝氣的呀，抬腳就給了他兩腳丫子。

謝崢不痛不癢的，甚至還問他。「父皇餓了吧？今天的力道彷彿不如往日了。」順手還給他挾了一筷子被其嫌棄的清蒸雞。

承嘉帝。「……」

祝圓忍笑忍得渾身顫抖，承嘉帝怒眼一掃，她當即輕咳一聲。「吃了一冬天的肉，吃點清淡的比較好消化。」

雖然皇帝脈案是機密，可年紀大了總會有些大大小小的毛病，加上這兩年承嘉帝胖了不少，祝圓估摸著，可能會有些三高之類的毛病。

如是，她便按照三高的標準，準備了這一桌清淡的飯菜——別看素的挺多，大冬天的，這些素料半點也不便宜呢。

承嘉帝這才作罷，轉開話題，開始問起院子裡那些奇奇怪怪的東西。

那些都是祝圓搗鼓出來的東西，有些是健身器材，有些是莊子裡的實驗產品，她弄一套回來玩的。

承嘉帝問起，謝崢知道的，就開口作答，不知道的，就讓祝圓親自解釋。

種種新奇玩意，甚至還有些聞所未聞的理論，聽得承嘉帝一愣一愣的，甚至開始催他們。「趕緊吃，吃完去看看。」

謝崢。「……」

他爹何時變得如此好學？

不過，不再挑他們毛病就是好的。

如是，匆匆吃過午膳，承嘉帝也不午歇，帶著他們再次返回院子裡，逮著方才提到的幾個實驗產品摸索。

謝崢自然講不明白，索性將專精的匠人找來，親自試驗給承嘉帝看看，還給他講解將來的用途、應用場景等。

期間，祝圓還偷溜出去奶了一回孩子。

等她回來，承嘉帝已經帶著人跑去廠區那邊參觀了。

祝圓。「……」

行吧，有匠人，比她解說方便多了。

如是，她便安心留在院子裡帶孩子，甚至還抽空見了廠區的幾個管理，問了些專案進度。

而承嘉帝一行整個下午都在廠區打轉，及至申時末，承嘉帝才戀戀不捨地離開廠區，收拾收拾，趕回京城。

莊子裡有什麼項目，祝圓很清楚，承嘉帝看了有什麼想法，她卻是不知道，甚至謝崢也不知道。

兩口子只當這是承嘉帝因謝峸逼宮，心情欠佳，出宮只是為了散散心。

故而，那日之後，兩人是該幹麼幹麼，謝崢繼續回他的禮部待著，祝圓繼續折騰她的事業——不，不光是她的事業。

謝崢在禮部閒得很，索性便揀了莊子、鋪子的事情跟她一塊兒折騰，反正兩人傳訊極方便，要商量也容易。

這不，在祝圓懷孕生娃這大半年裡，謝崢還幫忙把她的女子書院的老師找好了，並按照她給的合同簽了約，甚至學生也招得差不多了。

只是因為祝圓想要開的學科比較多，第一批學生，她更是打算將來反聘回來當老師的，自然不能掉以輕心，人品、家世，甚至將來嫁人的可能性，她都要考慮清楚。

謝崢想事情雖然比她全面，對這時代的文化、規矩也更為熟悉，但是以他的身分和眼光，對於女性展現自我能力能容忍到何種程度，也是她需要考量的地方。

故而，在招人、製作教案的過程中，兩人天天交流，隔三差五還會鬥嘴，彷彿又回到兩人年少時。

若是祝圓懟贏了，謝崢晚間回來便要換著花樣折騰她。若是謝崢贏了，祝圓能……好吧，也不知道是不是謝崢故意為之，總之，兩人鬥嘴，大多是祝圓勝出。

總之，在兩人的協同合作之下，各大鋪子生意蒸蒸日上，錢袋子豐厚，獎賞多了，莊子的研發速度也越發加快。

與此同時，祝修齊在農事研發項目裡也進展飛速。

在禮部的謝崢隔三差五給他送去些番邦菜苗、種子，有了自家閨女、女婿的幫扶和資金支持，他大手筆建造許多溫室大棚，一年四季都能培育種子，如今已經試驗出數種值得大力推廣、栽培的糧種。

這些事自然瞞不過承嘉帝，但他只知有進展，實際如何，尚不得而知。

結果，翻過年，祝修齊便奏表一封，請求朝廷擇選地區，進行大範圍試種，甚至連每種作物適宜的大致範圍都列了出來。

承嘉帝翻看完所有內容，掩卷長嘆。

德順正在邊上伺候筆墨呢，聽見動靜，想了想，遲疑道：「皇上這幾日彷彿有些煩心，若是不忙，不如去花園裡走走？」

承嘉帝搖頭。「朕這心情啊……那些花花草草可解不了。」

德順有些不解。「如今天下風調雨順，國泰民安，哪個不念著您的好呢，還有何事可煩心的？」

承嘉帝又嘆氣。「你不懂。」德順還想再問，承嘉帝一板臉，立馬轉了話題。「老三呢？讓他滾過來！」

這段日子他動輒把窩在禮部的謝崢叫過來罵一頓，德順早就習慣了，一聽這命令，也不奇怪，立馬放下手裡東西，小跑出去傳喚。

片刻後，謝崢快步進來，行了禮後，淡定問道：「父皇找兒臣有何要事？」一句被叫過來罵兩、三回，不淡定都不行了。

「沒事就不能找你了？」承嘉帝看到他就煩，抓起祝修齊的奏本就往他身上砸。「你看看、你看看！」

謝崢撿起奏摺，一目十行地掃過，點頭。「內容說得在理，兒臣贊同。」完了問：「不過，兒臣是禮部小吏，這些事務與兒臣並不相干。」

「你也知道不相干？不相干你還天天給他們送番邦種子？」承嘉帝暴怒。「讓你在禮部幹活，天天不幹正事，天天給朕找麻煩！」

謝崢面不改色。「兒臣身在禮部，與番邦異國人員聯繫並無錯，從中獲取資源資訊，並提供給相應部門，是兒臣的職責所在。」

「那等番邦小國，能有什麼好東西？」

「父皇此言差矣。來我大衍之人，或許是番邦小國，但糧食不分貴賤，為何要考究其出身？若是產量真有如此巨大，栽種又不困難，我大衍日後豈不是糧豐倉滿？」

承嘉帝語塞。

「兒臣以為，祝大人此舉大有可為，請父皇慎重待之。」

承嘉帝自然知道，他就是……不甘心。

承嘉帝深吸口氣。「朕知道。」

謝崢微鬆口氣。

「這事兒就交給你去承辦吧。」

謝崢登時皺眉。「父皇，兒臣身為禮部——」

「行了。」承嘉帝擺手。「來人，備紙墨。」

謝崢。「？」

德順屁顛屁顛地給承嘉帝鋪好紙，承嘉帝執筆，飛快落墨。

旁觀的德順雙目圓睜，傻了。

謝崢狐疑地瞇了瞇眼。這段日子承嘉帝對他眼睛不是眼睛，鼻子不是鼻子的，難不成他今兒又想出什麼么蛾子整他？

筆墨尚未乾透的御旨被扔到他身上。

承嘉帝冷哼。「別再跟朕叨叨你那禮部小吏的身分，明天開始，跟著朝臣一起上朝議政。」

謝崢心下一動，抬頭看了他兩眼，撿起奏摺，翻開——

「奉天承運，皇帝詔曰：自古帝王繼天立極，撫御寰區，必建立元儲，懋隆國本，以綿宗社無疆之休。朕纘膺鴻緒，夙夜兢兢，仰惟祖宗謨烈昭垂，付託至重。承祧衍慶、端在元良。皇三子謝崢，日表英奇，天資粹美，載稽典禮，俯順輿情。謹告天地、宗廟、社稷。於承嘉十九年二月十三日，授謝崢以冊寶，立為皇太子，承嘉二十年二月一日，屬以倫序，入奉宗祧。」

謝崢。「……」

他以為只是升遷，沒想到……竟然直接定好了傳位的日子。

「父皇——」

承嘉帝滿臉不耐煩。「滾滾滾，看到你這臭小子就煩。」

謝崢。「……」

怪不得承嘉帝這段日子看他不順眼……估計是老二那件事刺激到他了，要做出這般決定，怕是掙扎了許久吧。

不過，承嘉帝提前退位，他也是真真沒想到……

看了眼同樣呆滯的德順，謝崢捏著聖旨默默退了出去。

回到王府，祝圓詫異地迎上來。「怎的今兒這麼早？」
謝崢隨手將聖旨遞過去。「升職了。」
祝圓挑眉。「喲？終於升職啦？加俸祿了嗎——」視線一掃，差點摔倒。
謝崢攙住她。「當心。」
祝圓哆嗦著手。「就、就這樣封了？」
謝崢點頭。「就這樣。」
祝圓再看一眼詔書。「明年即位？那、那父皇呢？」
謝崢摸摸下巴。「大概，是要做太上皇吧？」
祝圓張大嘴巴。
謝崢將其合上。「口水流下來了。」
祝圓下意識抹了把嘴角，完了白他一眼。「你還有心情開玩笑……」她嚥了口口水。「那個，沒有經禮部、沒有經太廟、沒有昭告世人嗎？」
謝崢想了想，道：「大概，是沒有吧？」
祝圓。「……」
這特麼的，也太隨便了吧？
還有，謝狗蛋明年才二十四，怎麼就要登基當皇帝了？太早了吧？

再有，歷史書上那些個風譎雲詭、爾虞我詐、勾心鬥角……哪裡去了？

怎麼他們彷彿什麼都還沒經歷，承嘉帝就主動給謝崢讓位了？這也太簡單了吧？

幸好謝崢那些個幕僚沒聽見她的心聲，否則，定會冒著殺頭的風險啐她一臉——敢情他們這些年做的事，都白做了啊……

承嘉二十年正月，承嘉帝下詔退位，舉行盛大的退位典禮。

次月初一，謝崢的登基大典如期舉行。

再兩天，是祝圓的封后大典。

若說謝崢登基之前，祝圓還有許多不安和恐慌的話，待她的封后大典過去後，她便沒什麼可擔心的了。

無他，只因新任的景明帝封后第一天，便給了祝圓一道旨意——許她一生自由出入後宮，不受宮規宮禁束縛。

從此，海闊憑魚躍，天空任鳥飛。

大衍盛世，由此開啟。

番外

「……新世通訊社報導，近日，鄺㳳地鐵六號線工程施工隊伍，在封坮路段施工時，挖出了一個大型古葬墓，據考察，此墓可追溯至人衍時期，只是墓地主人尚在研究之中。為此，我們還採訪了——」

光影一黑，懸在空中的立體投影新聞戛然而止。

「哎！」坐在台前身穿白袍的圓臉男人跳起來。「你幹麼關我的螢幕？」

另一名身穿白袍的中年人推了推眼鏡，道：「該幹活了。」

「嘖。」圓臉男惋惜不已。「接下來就是採訪我的片段呢，也不讓我看完。」

眼鏡男人手掌按在台上，台面分開，露出一塊黑色玻璃鏡面。「等忙完了，你就算一天要看幾百遍，也沒人管你。」他隨手戳了幾下，鏡面亮起——竟是一塊操作面板。

圓臉男唉聲嘆氣。「這次墓地埋得這麼深，估計當時是遇到地殼運動了，不然，這麼大的墓地，真留不到今天……東西這麼多呢，一份份研究修復下來，說不定忙到猴年馬月。」

「你不是一直對大衍的歷史很感興趣嗎？這個機會不正合你心意？」眼鏡男不以為意。

圓臉男跟著打開旁邊的操控板。「我是對歷史有興趣，對工作沒興趣啊！」

眼鏡男白了他一眼。「裝吧你，回回加班你最積極了。趕緊搞清楚墓主人，其他人還等著結果呢。」

「嘿嘿嘿。」圓臉男有些不好意思，轉開椅子，朝身後台子說了句。「小古，全景復原做好了嗎？」小古是他們實驗室的人工智慧電腦代號。

嘀的一聲，冰冷的機械音響起。「全景復原已完成，是否需要傳輸？」

「傳輸。」

話音未落，半空中再次浮現立體投影畫面。

與方才的新聞播報畫面不同，這次的畫面是光影較暗的墓地佈局。兩人瞬間進入工作狀態。

「前殿、中殿、偏殿、後殿俱全，跟我們在現場看的一樣。中殿有帝后寶座、琉璃五供、長明燈，錯不了，是君王墓。」

「配殿是空的。」圓臉男神色凝重。「小古，確認一下現場是否有盜墓痕跡。」

機械音再次響起。「小古已確認，墓地完好，並無人工痕跡。」

「要麼是殉葬制度此時已取消，要麼是這位君王沒有讓妃嬪陪葬。」眼鏡男猜測道。

「還有一種可能，此墓主人並無妃嬪。」

眼鏡男眼睛一亮。「你是說……」

圓臉男點頭。「我記得，大衍朝，景明帝父子都只有皇后，沒有妃嬪。」他看向眼鏡男。

「而昭睿帝的墓地，早在上個世紀就被挖出來了。」

眼鏡男有些激動了。「這麼說，這古墓，有可能是景明帝的？」

「我看像。」圓臉男在操控面板上滑動幾下，半空中的投影慢慢轉動角度和方向。「我們看看後殿主墓室，先確定墓主人吧。」

主墓室除了棺槨，通常會有陪葬品。而陪葬品，要麼是當代最珍貴、最好的東西，要麼是主人生前心愛之物。不管是哪個，總能窺見些許時代的風華。

投影視角移動到後殿棺槨處，圓臉男將棺槨全景繞了一圈，皺眉。「只有一副棺槨？」帝后合葬，不該是兩副嗎？他陡然想到一種可能——難道真的是合葬，合葬在一副棺槨裡？

還未等他問呢，眼鏡男卻推了推眼鏡，疑惑道：「陪葬怎麼全收在石箱裡？」

「誒？」圓臉男定睛一看。「還真是。」

兩人對視一眼，圓臉男沈吟片刻，指著棺槨正前方，道：「我們先看看這裡頭的東西吧。」這位置，慣例是置放金寶、金冊。

「年代太久了，說不定都風化了。」眼鏡男嘆氣。

圓臉男樂觀道：「大衍科技是我國科技的起點，說不定那時候的匠人就發明了防腐防風化的好東西呢。」

「也是。」

「小古，將118號箱子送過來。」圓臉男下令，同時起身走到牆邊。墓裡的所有東西都做了編號，要查驗什麼直接叫編號就行。

眼鏡男同時跟上。

「收到，開始傳送118號物件。」機械聲響起。

輕微的響動傳來，站在牆邊的兩人已然開始套防菌衣，戴頭罩、手套。

待全副武裝後，左側牆面打開一道口子，一個真空玻璃罩蓋著的石箱被傳送帶送了過來。

這就是他們方才說的，猜測會裝有金寶、金冊的陪葬箱。

現在科技發展，開挖古墓已經不需要人工手掘，全機械智慧化。

歷史墓地一經開挖，裡頭的東西接觸氧氣會產生各種化學反應，很多東西就會腐化、風化。

而科技，能改善這種過程。

只挖出一點洞口的墓地，可以放入機械設備，所有東西都會在第一時間被無氧化器具收起，運送到考古實驗室，進行保護性的研發。

正如他們此刻所做的一樣。

兩人再次確認了身上裝備妥當後，快步走到石箱前。

「小古，開始。」隔著頭罩，圓臉男的聲音有些悶。

「開啟無氧化環境，開啟單獨供氧。」

玻璃帷幕將他們籠罩起來，他們的頭罩開始輸送氧氣。

唰地一聲輕響，石箱外罩打開。

兩人走上前，小心翼翼揭開石箱蓋子——這些石箱的外型、花紋、雕刻甚至重量、材質都已經記錄歸檔，他們早就看過資料，自然知道怎麼開。

無氧化環境下，石箱裡的東西即便經歷千年，依然鮮豔如新。
兩人先讓小古將裡頭的資訊攝錄、掃描一遍，再小心翼翼將裡頭的卷軸拿出來。
一共三份卷軸，兩人先對著卷軸一陣掃描檢驗。
「竟然塗了蠟，怪不得保存得這麼好。」圓臉男咋舌。
他小心翼翼拿起一份，慢慢展開。下一瞬，他立即激動得渾身顫抖。
「是、是景明帝的金冊！天啊！老子竟然能挖到景明帝的墓！」多少人找都找不到的墓地，竟然就在他們腳下深埋。
眼鏡男展開了第二份，凝神，道：「這是景慧皇后的金寶。」景慧皇后原名姓祝名圓，死後才被賜「景慧」的諡號。
圓臉男猶自激動地撫摸那份金冊。「啊啊啊啊，我的偶像景明帝啊！我竟然挖到我偶像的墓——」
「快來看看這個！」翻開第三份的眼鏡男視線一凝，忙喊他。
「嗯？」圓臉男忙小心放開手，不甘不願地挪步過來。「這份是什麼——景明帝的親筆詔書?!」
色澤未褪的明黃色帛書上，黑色墨字彷彿是剛剛寫上去般——
「朕在位三十四載，勵精圖治，安富恤窮，開民智，鼓民力，壯國力，科技興國，萬民脫貧，道句繁榮昌盛不為過。
景慧皇后如今病逝，朕亦該離去。

朕之長子泓燁，性聰敏，習自律，有雄才大略，知人善任。朕之將才，文武皆全，有銳意，有穩重，亦有忠心。

有此種種，大衍的繁榮昌盛必能延續。

大衍之擔，朕，且交予你們。

——景明三十四年十一月三日」

蒼勁的筆墨鐵畫銀鉤，書法極好，卻自「景慧皇后」幾個字後開始帶著顫意，一直到落款處。彷彿能看到那千古一帝，強忍悲痛，顫顫巍巍寫下這傳位詔書。

半晌，眼鏡男嘆了口氣。「景慧皇后歿於景明三十四年十一月三日。」

圓臉男瞪大眼睛，不敢置信道：「景明帝是十一月五日！」

景慧皇后死後兩天，景明帝就跟著死了？

不可能這麼巧！

所以，歷史一直解不開千古一帝的死因……竟然，是因為，殉情嗎？

再看這份詔書，兩人皆有些怔然。

「算了，這些以後再說，我們接著看別的東西吧。」

兩人收拾心情，繼續往下忙活。

收錄好這幾卷東西，兩人重新將東西封存起來，接著進行下一箱。

下一個石箱，裡頭裝了塊水泥磚。

兩人有些愕然。

「還有卷軸。」

圓臉男快手將其展開。

依然是景明帝的手筆——

「景慧皇后主導研發之物：水泥。」

圓臉男。「……」

下一箱——「景慧皇后主導研發之物：橡膠。」

配的是真空玻璃罐子裡的一小塊橡膠。

下一箱——「景慧皇后主導研發之物：鋼。」

配的是真空玻璃罐子裡的一小塊鋼。

下一箱——「景慧皇后指點之利民政策：攤丁入畝。」

配的是景明帝親筆撰寫的稅改變革前後之事，及變革後帶來的種種利多。

下一箱——「景慧皇后以『佩奇先生』之筆名撰寫之書。」

配的是真空玻璃罐子裡的幾本書冊。

「……」

所有陪葬，竟然都是景明帝、景慧皇后生前的功績。尤其是後者，景明帝竟然全部親手題寫，彷彿怕世人記不住，又彷彿要向世人顯擺一般。

只除了最後一箱——全是封存的手稿，有雄厚蒼勁的墨字，也有秀麗疏朗的小楷。

兩人猜測，後者應當就是景慧皇后的親筆書稿了。

裡頭還有一份卷軸，依然是景明帝的手書。

「筆上談心，紙裡存情。朕與景慧皇后相識少年微末，相伴半生有餘。景慧於朕……」

後面的內容卻沒寫了，只在空白處留了一滴凝眼墨漬。

圓臉男隔著手套輕撫最後那一滴墨漬，嘆了口氣。

「筆上談心，紙裡存情。」眼鏡男神情也有些複雜。「看得我都想去交個女朋友了……」

圓臉男回神，嗤笑道：「得了吧，現在哪裡還有人寫字啊……」

「……也是哦！難不成我們要改成網上談心、AI存情？」

「噗，你這是玩網遊玩傻了呢？還AI存情！」

色澤鮮豔如新的帛書穩穩地鋪在台上，彷彿在靜靜地等待——等待著現世，等待著參觀。

千年前的故事，終將會被流傳。

——全書完

紅顏彈指老，剎那芳華留／不歸客

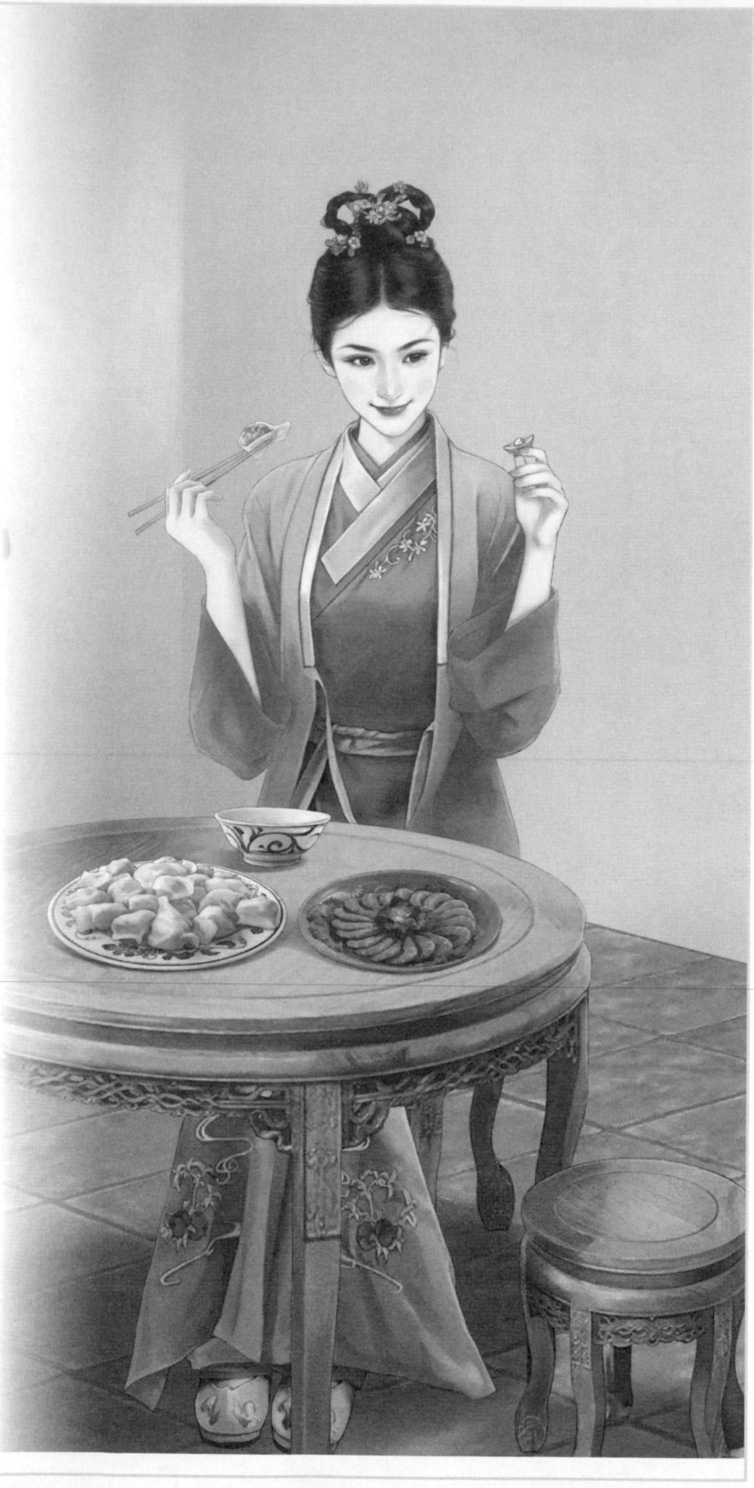

書中自有圓如玉 4 完

國家圖書館出版品預行編目資料

書中自有圓如玉 / 清棠著. --
初版. -- 臺北市 : 狗屋出版社有限公司, 2021.02
冊 ; 公分. --（文創風）
ISBN 978-986-509-183-5（第4冊：平裝）. --

857.7　　109021488

著作者	清棠
編輯	黃淑珍　李佩倫
校對	周貝桂
發行所	狗屋出版社有限公司
地址	台北市104中山區龍江路71巷15號1樓
電話	02-2776-5889～0
發行字號	局版台業字845號
法律顧問	蕭雄淋律師
總經銷	知遠文化事業有限公司
電話	02-2664-8800
初版	2021年2月
國際書碼	ISBN-13　978-986-509-183-5

本著作物由北京晉江原創網絡科技有限公司授權出版

定價260元
狗屋劃撥帳號：19001626
網址：love.doghouse.com.tw　E-mail：love@doghouse.com.tw